GAEA

Gaea

復仇女神的正義

上

譚劍——著

復仇女神的正義 上

目錄

聲明

本故事純屬虛構，絕無影射成分。

所有涉及警隊、法律及醫學的部份，即使看來像眞有其事，但也全屬虛構，並不反映實際狀況。

書中所有科技皆眞實存在，但技術細節同樣都爲劇情服務，只是難保有一天會成眞。

爲了做好事，你可能必須參與邪惡的行爲。

有時候我們必須承認自己需要參與邪惡行爲，但要將其最小化。

——《戰爭迷霧：羅伯特・麥克納馬拉的十一堂生命課》

（*The Fog of War: Eleven Lessons from the Life of Robert S. McNamara*）

司徒美茵的最後一個冬天

「快冷死人了，我要跳進男人的懷抱裡，不然會死在街上」

按下傳送鍵後，二十三個中文字連同兩個標點符號轉換成一堆數字，在電子世界裡和全球數以十億人發出的訊息洪流匯合，不消一秒鐘，在地球繞了不知道多少個圈，最終竄進被演算法算出來的網友的手機畫面上。

司徒美茵的話雖然有開玩笑的成分，但其實也是自己的願望。

聖誕節快到了，節日燈飾準備亮起。她不介意搭上一個比她年長得多的男性，如果是父親型的就更好，但很多三十五歲以上的大叔都只是照片好看，本人不是挺著顯眼的大肚子，就是髮線後退，或者在炫耀自己的名車、在大企業擔任的職位、收入、去過哪些國家旅行、和什麼名人聚餐。

——關我屁事！

他們語言無味，腦袋裡除了賺錢、花錢和打炮外一無所有。他們只對她的身體有興趣，也因此裝作對她身體以外的部份感興趣。

不到一分鐘，網友就開始在她的帖文留下貼心問候。

「香港還有冬天嗎？」

「歡迎來到溫暖的冬天」

「二十度的天氣能冷死人嗎？妳喝醉了吧？」

「老娘辛苦了一整天，晚飯喝點酒放鬆一下不過分吧！」司徒美茵回答。

大家你一言我一語，很快就形成一條長長的留言串。在這個繁忙的城市裡，她忘了跟中學同學面對面交談是多久前的事。其他的網友她根本沒見過，也沒打算去見。

網路不過是一場賓主盡歡的假面舞會，何必脫下面具以真面目示人？

不過，有時她覺得網路上的身份才是真正的自己，現實世界那個不過是負責吃喝拉撒睡的軀殼。

「妳要控制酒量，別被人撿屍！」有人留言說。

司徒美茵無視這個留言。有些網友會像媽媽般管束自己。這時的她不需要媽媽的關心，只需要男人的慰藉。

她二十二歲了，不想一個人孤伶伶地度過聖誕節。

她從手袋裡拿出手機，啟動交友ＡＰＰ「自由愛」，只要每次和男性見面後回答八題簡單的選擇題，讓ＡＩ瞭解她的交友要求後，就會用演算法找出下一個匹配的男性。

交友ＡＰＰ是人類史上最偉大的發明。它可以找出你理想中的男性，也可以找到你想像不到的男人。

可是她用了一年多，發現找來的男性都和自己的要求有很大落差。大部份男性除了會用ＰＵＡ（Pick Up Artist，搭訕藝術家）的搭訕技巧引導未見過世面的女生投懷送抱，也知道怎樣做手腳欺騙演算法，就像英國的「劍橋分析」（Cambridge Analytica）利用大數據操控選民的投票意向，左右選舉結果。

演算法不一定安全，大數據一點也不客觀。

幸好自由愛可以替她直接搜尋範圍三百公尺內同樣寂寞的男性。距離能任意調整，叫對方馬上過來驗明正身，確定是否真的是照片上那張臉和是否自己喜歡的類型，不必浪費時間在魚雁往返的訊息上面。

在男女約會的遊戲裡，年輕貌美的女性就是女王，擁有至高無上的主導權。

她需要的只是快餐，不是天長地久。

原教旨道德主義者，你們下地獄吧！

不到一分鐘，就有八個男性敲她。她不信奉「先到先得」的原則，於是再把搜尋範圍縮小在二十五到二十八歲之間，要比自己高十公分，體重在七十公斤以下。

不要處女座，那些混蛋挑剔得令人討厭，就算只相處十分鐘也讓她受不了。

司徒美茵挑了一個名字看來很酷的男性，綽號就叫「溫柔死神」，這跟美茵的「烈酒一滴」都剛好是四個字，帶有壞壞的氣息，非常匹配。

高大的溫柔死神在三分鐘後翩然而至。

他樣貌沒有特色，是大眾臉中的大眾臉，本人比照片上來得胖，顯然和自己的照片一樣是修圖軟體的產物。只是他本人比照片蒼白，而她反過來照片比本人雪白。

他的頭很圓，凝視她的表情像紀錄片裡的海豹。海豹被鯨魚捕殺時很可憐，身體被咬住再從上上下下拍落水面，死前要承受莫大的痛苦，但海豹獵殺可愛的企鵝時非常殘暴，嘴巴都沾滿鮮血。

有些同齡的女性會輕易被花言巧語說服，不介意容貌，只要求床上的戰鬥力，但美茵不是，她是外貌協會的終身會員，就算約炮也不例外。她打算拒絕他，沒想到他的話讓她大大吃驚。

「妳是司徒美茵嗎？炮台山官立中學的司徒美茵嗎？」

「是呀！」她驚訝地反問：「你認識我？」

在這種情況下碰到認識自己的人，實在尷尬死了，所以她一向挑比自己大三歲以上的男性。她不認識那個年齡層的男性。

不過，交友APP上有些男性會多報歲數，裝成熟去哄女生上鉤。

「我是和妳小學和初中時同班的鄧少琦，那時我們常跟何北彩和羅日明他們去維多利亞公園玩，妳記得嗎？」

當年她下課後，會和朋友去維園打籃球，也記得鄧少琦的名字。他是很會唸書的模範生，每年都考取全級第一，是學校的風雲人物。大家都覺得這人前途無可限量，但他唸完中一就離校，隨家人移居外國，差不多十年沒有見過。

她久不久會聽到小學同學提到他的名字，大家都很想打探他的近況，不是單純的敍舊，而是大家都不再是小孩子，知道社會的遊戲規則，渴望把厲害的人物放進人脈存摺裡。

沒想到他變胖也變高了，連聲線也變得深沉，不過，不奇怪，那時他還沒有發育，比她矮上一個頭。要不是他能說出其他同學的名字，她會覺得他是冒牌貨。

「老天，我幾乎認不出你。」

「幸好我認出妳，妳的姓氏很特別，我到現在只認識妳一個姓司徒。妳和以前一樣漂亮。沒想到居然要用自由愛才能找回失聯的同學。妳好像喝了不少酒。」

「今晚只喝了一小瓶而已。」

她騙他道。她習慣吃完晚飯，就去便利店買啤酒喝，剛才像倒水般一口氣喝了兩罐，而且毫無醉意。

「一個女生喝醉後玩交友ＡＰＰ太危險，說不定會被人撿屍，幸好妳碰到我。」

司徒美茵討厭人家碎碎唸。她在自由愛玩了一年多，和不知多少男性滾過床單，從來沒有出過事。

「我剛下班。」他又說：「打開自由愛就找到妳。眞是巧得很。不要多說了，我請妳去吃宵夜，附近有家甜品店很不錯。」

她並不需要汲取他這個模範生為人脈，也沒有興趣和現在這個外表的他滾床單，以他這副尊容，除了付錢，否則沒有女性會對他感性趣。

不過，她對甜品一點抵抗能力也沒有，就像在社區盤踞的貓狗抵抗不了零食的誘惑，只會乖乖跟著人走。

序章／從入獄到出獄（2015-19）

1

曹國祥剛把雙手放在身後，兩隻大拇指馬上被細長的束線帶用力扣緊，把他弄痛。但他沒有喊痛去示弱。

他做的不是錯事，而是義舉，因此拒絕戴頭罩離開。

這是公司第一次有警察上門，也應該是同事們第一次近距離目擊認識的人被拘捕。超過二十個警察在現場，比公司的總人數還要多。小小的工作間擠得水洩不通，連公司的吉祥貓米奇也失去平日撲向陌生人的膽量，不知道躲到了什麼地方。

十五個同事全部退守在狹小辦公室的一邊，與他跟警察保持距離，默默看著他被逮捕。他們注視他的眼神和平日大不相同，含有驚訝、忿怒、同情、鄙視等不同的情緒。

公司創辦人三十出頭，理平頭穿黑色短袖T恤搭配牛仔褲。他的前腳剛跨過辦公室大門，手上的星巴克咖啡杯就掉到地板上。咖啡在灰色地氈上形成意象不明的深色圖案。

曹國祥沒有機會向對方道歉，警方把他桌面上所有私人物品連同電腦全部裝進一個紙箱後，迅速押走了他，帶進升降機裡，和其他八個警察一起填滿狹小的空間。

升降機門打開兩次。換成在平日，外面的人如果無法進去升降機時會氣得罵髒話，字數長到門關上也沒罵完。今天大家都沒有多話，飾演知書識禮也很有耐性的市民。

升降機門在大堂打開時，外面擠滿了人，彷彿整座商業大廈的人都跑來圍觀和打卡。

很多臉孔他平日都見過，但叫不出姓名也沒打過招呼。他們像出席自己的喪禮，但並不悲哀，反而帶著看熱鬧的興奮。

他被挾往停在大廈外的警車，期間一直迴避他人的目光。有些記者舉起大砲相機對著他拍照，刺眼的白光閃個不停，甚至能喊出他的名字。

「曹國祥，麻煩看鏡頭。」

他從這一刻開始，討厭陌生人叫自己的名字，不管是綽號或真名。凡是叫得出的人，都知道他幹過的事。

即使他認為自己在做的是義舉，警察卻不這樣想。他們從一開始就把他當成罪犯處理。上警車後，他被兩個警察夾在中間，左邊的警察伸出右手，右邊的警察伸出左手，兩人合力按著他的大腿。

日後他才知道，這是警察的標準作業程序。

抵達警署，他們給他拍了正面和側面照片、打指模、回答了幾條題目後，把他丟進像獸籠的臨時羈留室。裡面沒窗，沒有冷氣，非常偪促。

他的手一直被束線帶扣在身後沒有解開。

裡面除了他外，還有其他五個男人。他們只是打量他，不發一言。

他本來以為上個月才二十歲的自己會是最年輕的一個，但其中兩個手臂都紋了彩龍的蠱惑仔即使臉上有深淺不一的傷疤，肯定不到二十歲。

另外三個看來只是普通市民，無精打采，不到四十歲，可能是長期加班到人生失去希望的典型香港人，也可能是混進來套話的警方臥底——犯罪類電視劇常有這種設定，所以臨時羈留室裡的人都保持沉默。

曹國祥覺得警方把自己和蠱惑仔囚於一室，等於認為自己和他們沒有兩樣都是罪犯。

不，他不是。

他是英雄，而且會在法庭上證明自己的清白。

2

沒有手機，每一分鐘都度日如年。

曹國祥看著臨時羈留室其他五個人陸續換了一批又一批後，警方才來叫他的名字，帶他穿過長長的走廊，把他丟進一個小房間裡。

裡面只夠放一張三角桌和兩張椅子，頭頂有個像魚眼的監視器，一面牆上有一塊長鏡。他在電視劇裡見過這種場景，那其實是單向玻璃，方便另一邊的人監視。

進來坐在三角桌後面的男人在三十至四十歲之間，穿黑色條紋西裝，打藍色領呔（領帶），頭髮很整齊，像在中環上班的專業人士。方形的眼鏡框讓他看來冷峻無情。自稱是法律援助署署長委派的辯護律師。

「我姓『樂』，快樂的『樂』。」

曹國祥很懷疑，見到樂律師真的會快樂嗎？

警方在樂律師要求下，解下他的束線帶。他感到久違的舒暢，也就是快樂。剛才臨時羈留室讓他熱得冒汗，這裡冷氣充足，滿頭大汗的他被冷氣侵襲時打了個冷顫。

樂律師輕敲桌子，叫抬頭找冷氣口的曹國祥注視自己。

「我工作了大半天，還沒吃午餐，累得隨時可以倒下。我大概知道你的案情。你最好在審訊前認罪，可以扣減三分之一刑期，我會再替你求情，希望法官盡量輕判。從現在開始，你要跟我講老實話。」

這傢伙的口吻像警方多於律師，擺出泰山壓頂的氣勢。

曹國祥很不服氣。「在判刑前，我不是被認定為無罪的嗎？為什麼要認罪？我只是把那個混蛋做過的壞事公諸於世。」

「你和他是兩個完全獨立的案件。他會接受法律制裁，但你駭進他的電郵帳戶裡，也一樣違法——」

曹國祥打斷樂律師的話。「可是不駭進去，怎能找到證據？」

樂律師的嚴肅表情一點也無法讓曹國祥感到快樂。他用筆桿指向曹國祥。

「社會不是像你想像那樣運作。有些事情，不管你的理想多崇高，也不能去做。你要做的話，就要用正確的方法。就算你遮蔽了女學生的姓名和用一條線遮眼也沒用，她們仍然會被認出來，會被欺凌，出現心理創傷。你父母接受電視台訪問時說，你騙他們說在上大學，是真的嗎？」

曹國祥沒想到記者會找上父母，而他們又願意接受訪問。

身為父母都外出工作的獨子，他自小開始就在網路上打滾，在虛擬世界裡學習和其他人打交道的方式，在汲汲皇皇不斷碰撞中培養自己的價值觀。

父母沒有能力去管他在網路上做什麼，和什麼人打交道，只是覺得網路上沒有壞人，兒子留在家裡就不會學壞，等他大學畢業後上繳孝親費。他們就完成身為父母的責任。

「我父母沒接受過高等教育，只是盲目覺得要上大學才有用，可是現在很多知識都可以從網路上學到，上大學根本是浪費時間。就算大學畢業，也不代表找到什麼好工作。」

曹國祥的DSE[1]成績除了數學、英文及「資訊及通訊科技」不錯外，其他科目都不怎麼樣，在競爭激烈的香港根本上不了大學。他大部份時間都花在鑽研網路保全技術，並在討論區上認識一間科技保全公司的創辦人，對方重視即戰力而不是學歷，特別破格給他

1 DSE：香港中學文憑考試，也就是大學入學試。

一份很初級的工作，擔任前線的技術支援，也就是接電話，向客戶提供「天書」上的標準答案，或記錄客戶的要求，再轉給第二線的同事，性質跟一個線上客服機械人沒有兩樣，但他總算進入了想要投身的產業。

「雖然工作了一年多，我已經通過CISSP的考試，只要再累積幾年經驗就能拿到專業認證，有大好前途。」

「CISSP是什麼來的？」

「是個專業的保安技術認證（Certified Information Systems Security Professional，資訊系統安全認證專家），考試長達六個小時，要回答二百五十條選擇題，答對七成才合格，合格率低於五成。我第一次應考就過關，公司有些同事要考兩次。」

曹國祥得意洋洋地說，這件事他一直引以自豪，但是樂律師沒有打開手機去查，表情很嚴肅，曹國祥覺得情況很不妙。

「如果我認罪，可不可以請法官網開一面，只判我『守行為』[2]或者社會服務令？」

曹國祥覺得自己這種天才型駭客不多，入侵行為應該被網開一面，社會給他機會改過自新，服務社會。

「你以為是幾十年前嗎？」樂律師板起臉孔。「現在你這種網路保全專家供應多不勝數。你起碼觸犯了『不誠實取用電腦』[3]和『侵犯個人私隱』兩條罪。如果你認罪，裁判也許會考慮這幾項刑罰同期執行。」

曹國祥很討厭律師不斷叫他認罪。「你一直勸我認罪，是不是因為這樣花你的時間最少？」

樂律師推眼鏡。

「當然，你以為你找的是律師行（律師事務所），有個龐大的律師團隊為你辯護嗎？他們上訴案收費起碼二十萬（港幣，下同）一堂。你這種情況如果要脫罪，起碼要五十萬。你有錢的話，就找他們。我不在乎。我一個人現在要同時處理八宗像你這樣的官司。我接你這種案，拿的是低於市場的報酬，沒有好處，只能在今天早上到現在下午三點吃到一份難吃的熱狗和喝掉三杯難喝的咖啡。那熱狗難吃到丟進維多利亞港裡能把魚毒死。」

曹國祥想說什麼反擊時，樂律師又用力敲桌面，那聲音馬上把曹國祥的思緒打散。

「我跟你老實說。你讀書不成，欺騙父母，已經給裁判官很差的印象。判一個人有沒有罪，除了客觀證據，也視乎主觀感受。這牢你是坐定的，我已經看到你剃光頭穿囚衣的模樣，青靚白淨，好靚仔（好帥）。放心，裡面沒有人會打你或者打你身體主意，但要不

2 守行爲：即「不提證供起訴自簽守行爲」（Offer No Evidence Bindover）。

3 不誠實取用電腦：香港法院於二〇一九年四月裁定，「不誠實取用電腦」罪行只適用於取用他人的電腦，用自己的電腦不會觸犯法例。

要認罪，少坐幾個月的牢，你自己決定。我無所謂，反正最後要坐牢的，是你不是我。」

3

【本報訊】二十歲的曹姓科技公司職員在網路上和萬姓醫科生結怨後，利用釣魚方式駭入對方的電郵和臉書帳號，挖出對方與未滿十六歲的女學生的曖昧對話和交換不雅照片，並在論壇上公開。今年七月三十日，警方接報後採取行動，分別將兩人拘捕。

被告曹國祥上月第一次上庭，由代表律師認罪，並向女學生致歉。案件押至今日上午宣判。裁判官將三項控罪的刑期同期執行，以十五個月爲量刑起點，由於被告認罪，扣減三分之一刑期，被判入獄十個月。

萬姓醫科生將接受心理評估，並於下月中再提堂。

4

曹國祥在監獄裡的第一天就發現自己是名人，大家都知道他因為不齒幾個少女在網路上被誘騙，所以駭進一個醫科生的電郵帳戶去挖證據。

可是，名氣沒有給他什麼好處。他仍然是一個監躉（囚犯），要「通櫃」（摳肛門）、剃頭和穿囚衣。

監獄裡不乏各種專業人士和大名鼎鼎的名人，唯獨缺少港片裡描繪的戲劇衝突。現實裡的獄中生活非常規律化，也就是艱苦和沉悶。

他和二十五個囚友共處一室。有黑社會背景的人不到一半，大部份獄友來自各行各業，包括醫生、會計師、律師、測量師等專業人士。他們除了在監獄裡教獄友英文，也廣結人脈，準備出獄後東山再起。

囚犯早上五點半被鈴聲叫醒，白天幾乎都是去工場進行體力勞動的工作，像洗衣和縫製手術袍。曹國祥希望被安排去製作路牌，偷偷把路牌的方向左右對調，或者改掉文字，像把「火炭」改成「火星」、「北角」改成「北韓」、「大埔」改成「大便」等。

很無聊？沒錯。他心中的怒火無處發洩，希望透過這種無聊的事情使心理稍平衡。

可是，最後他被安排的工作是圖書釘裝，把公共圖書館的書由平裝改為硬殼，每個月賺取數百元零用錢。

雖然與書為伍，但要在獄中認真讀書，一點也不容易。

監獄圖書館的藏書大部份都在十多二十年前出版，實用書的內容遠遠追不上時代的變化。雖然可以向公共圖書館借書，但懲教署規定囚犯讀的書不能是硬殼（即使經他們雙手加工），以免作為攻擊武器，所以只能借數量很少的平裝書。

監獄圖書館裡最受歡迎的是流行小說，以金庸和倪匡的著作為大宗，也早就被翻爛。

在囚人士可以請訪客帶書給自己，每月可收最多六本，包括書、雜誌和期刊，但從來沒人探訪曹國祥。

他不怪公司同事，他們和他非親非故。他一直以為自己有朋友，直到上庭後才發現根本沒有。

父母從他上庭到入獄都沒有去探望他，也沒打算去理解他犯案的理由，應該認為他的所作所為有辱家聲。

喂，我們一家是社會的低下階層，有多少人認識呀？

他工作一整天，晚上就累到半死直接倒在下格床上。

囚室空氣不流動，夏天很熱，冬天很冷。跳蚤很多，蟲屍多到可以裝滿一個飯碗。雖然很累，但囚友的鼾聲此起彼落，影響睡眠品質，而且走廊的燈長開，睡在靠近走廊位置的他即使躺下六個小時，但真正入睡的只有兩、三個小時，甚至更少，過了一個多星期才能睡飽。

獄中刻板的生活，除了消耗一個人的青春，也把一個人的鬥志磨得清光。

他不喜歡浪費時間，入獄前沒有閱讀習慣，但在牢中慢慢培養出來。坐牢能讓人專注地讀好多好多書，包括平常沒人碰的文學經典。他把《戰爭與和平》、《福爾摩斯全集》、《一千零一夜》、《基度山恩仇記》等一部部大部頭的書啃完，也愈讀愈快。

後來有個同室囚友接收了家人送的《笑傲江湖》和《天龍八部》，每看完一冊，就借給曹國祥看。

除了看書外，曹國祥也努力做掌上壓（伏地挺身）、仰臥起立，半年後，不只練出結實的手臂肌肉，還有六塊腹肌，算是前所未有的成就。

他在獄中沒有那個醫科生萬豐年的最新消息。如果見到對方，一定會對對方飽以老拳，就算要加監（延長刑期）也在所不計。

5

這座監獄原本有個硬地球場，但正動工興建另一排監倉（囚室）。囚友只能在沙地上踢足球，腳踏用微薄工資買來的白飯魚（白色布鞋），不管跑步、傳球或射球，都會激起塵土，因此場上沙塵滾滾，有時根本看不到皮球滾到哪裡去。

不是所有人都會去踢球，有些只是坐在球場旁邊的長凳上放風。

這些囚友的背景各異，既有曹國祥那種年輕的短期犯，也有被判終身監禁的年邁死囚。

「你別以為這身材可以做模特兒。」外號叫「阿諾」的大塊頭中老年囚友在放風時對曹國祥說：「模特兒代表客戶，所以模特兒公司很重視個人操守，在報名表格上要你申報沒有案底（前科）。」

曹國祥還有兩個月就出獄，正為此煩惱。「有什麼工作適合我？」

「很多工作都要求求職者身家清白，你只能去不介意僱用釋囚的公司，或者自己做老闆，只有這兩條路，不要考慮第三條。不幸中的大幸是，沒有國家會輸入監躉和黑社會，所以你不用煩惱移民。」

曹國祥沒打算移民。他哪有本錢？「有第三條路？」

「就是學我這樣，適應不了外面的生活，連『低能電話』（智障型手機）也不會用，所以不斷犯小案，檔案厚過電話簿，就算去超市高買（盜竊），也會送進來一年半載。如果嫌少的話，就刑事毀壞。藏毒刑期很長，一公斤K仔要被判十年以上。」

「天呀！」

「但你知道嗎，毒販比警方更積極強逼我遠離毒品？」

「為什麼？」

「一公斤K仔市價四十幾萬港紙，被充公就見財化水。」阿諾皮笑肉不笑道。「你才二十出頭，不用這麼快回來。」

曹國祥好奇問：「什麼時候可以回來？」

「五、六十歲很難找到工作的時候，或者，」阿諾舉起指尖下垂的手掌。「性無能不用找女人的時候。」

阿諾很年輕就加入黑社會，因嚴重傷人和其他罪行，十九歲第一次吃牢飯，坐了八年，重獲自由後，發現以前常去的西餐廳變成快餐店，銅鑼灣的日資百貨公司松坂屋和大丸都結業，主持兒童節目的周星馳莫名其妙變成電影巨星，電腦和網路成為很多年輕人的新玩意，每人身上都有流動電話（九十年代的說法），政府正開發大嶼山興建新機場。

快速變化的香港陌生得像變成另一座城市。

以前看顧他的叔父和兄弟，從威風八面變成不是坐牢就是失勢。

「我們自身難保，你去學電腦吧！很多像你這樣的年輕人都去學。」

英文他只懂ＡＢＣ等字母，連起來就看不懂，打字更是一竅不通，怎樣去學電腦？

他適應不了巨大的變化，幾個月後故意高買入獄，被囚友取笑是放完假回家。

他不斷進出監獄，斷斷續續吃了二十多年牢飯。他的世界裡沒有電郵、網路、社交媒體和即時通訊軟體。雖然四十多歲，但對科技的認識連小一學生也不如。

遠離科技的鐵窗生涯令他失去自由，但科技停留在連北韓也不如的環境裡讓他自在。

不懂科技，就會被世界拋棄，只能住在和死在監獄裡。這是阿諾給曹國祥的示範。

阿諾的人生願望，就是納稅人出錢讓自己在監獄裡過一輩子，希望懲教署永遠不會大發慈悲或發神經送他離開，所以努力不安分守己，時不時就找麻煩，延長自己的刑期。

就像，任何風化案犯人進來，阿諾都會和幾個志同道合的囚友一起給他教訓，把他按在地上，用一支牙刷讓他失去男性尊嚴。

撇除這個部份，阿諾是個正常人，其他囚友會和他聊天說笑，不當他執行私刑有問題。這是曹國祥覺得監獄最不正常的地方。

在監獄這鬼地方待得愈久，就愈和現實脫節。

曹國祥告訴自己絕不要回來，一直在算還剩下多少天才可以重獲自由。

他要復仇，用聰明的方法復仇，不會被發現，不會再被關進來。

6

坐在另一張長凳上身形消瘦的老人，是在三十多年前名震香港甚至國際的連環殺手凌友風，被他姦殺和肢解的女性超過一打，毫無懸念被判死刑。

當時英殖香港已經跟隨英國廢除死刑，時任港督麥理浩（Murray MacLehose）只能依照慣例，將他由死刑特赦為終身監禁。

他的犯案經過被多次拍成電影和電視劇。YouTube上有一大堆談論他的影片，每隔幾個月就有新片推出，點擊率都很高，但他本人別說沒看過，甚至不知道這些影片的存在。

很多八十年代的明星和名人的名字都像廁紙般被人遺棄，但凌友風的名字卻像刻在石碑上被一代又一代香港人牢記，成為不一樣的集體回憶。

現在他削瘦禿頂，在獄中不鬧事，表現良好，書不離手，研習掌相（手相）和紫微斗數。雖然是重犯，但探望他的人不少，包括太平紳士[4]、記者、作家。書籍由他們相贈，是淩友風和他們談話的報酬。

曹國祥在獄中聽說，受刑人在刑期期滿之前，如果在獄中表現良好及證明有悔意，可以申請假釋，提前出獄。

淩友風多次申請假釋被拒，但從高度設防監獄轉換到中度設防監獄，最後來到這個低度設防監獄。由單獨囚禁變成十二人一倉。

有些三山五嶽的囚友會和他同桌吃飯，甚至找他指點迷津，說他像個導人向善的慈祥長者。其他囚友則和他保持距離，特別是上年紀的，在民風保守的八十年代不只看過他殺人姦屍的新聞，其後又看過以他為主角的變態驚悚電影，一致認為淩友風本人比幾位影帝的演出更令人不寒而慄。

幾個斷斷續續坐了幾十年牢的老囚友說，淩友風剛進來前十年，自帶一股氣場，說話沒有抑揚頓挫也沒有感情，像鬼不像人，是領洗後才慢慢變成現在的人模人樣。

不管是連環殺手或明星名人，只要都見到他和你穿一模一樣的囚衣，吃同樣難食的垃

4 太平紳士：Justice of the Peace，由政府委任的民間人士出任維持社區安寧、防止非法刑罰及處理簡單的法律程序，多半存在於適用普通法系的國家或地區。

圾食物，對柳記[5]必恭必敬，就會覺得對方和你沒兩樣，因此，曹國祥沒害怕過凌友風。

出獄前一個月，曹國祥在球場放風時，走過去找獨坐看書又駝背的凌友風。

有些囚友叫他「阿風」，但曹國祥覺得這樣稱呼一個比自己大四十歲以上的老人很不敬，不管對方是著名的連環殺手或者單純的囚友。

「凌生，可以幫我看掌嗎？」

凌友風抬起過來。這是曹國祥第一次和他交談，也是和他的最近距離接觸。

曹國祥以前見過的凌友風是透過幾十年前的新聞片段。大眾不知道他現在清減了許多，手腳都是皮包骨，衣服披到身上就和掛在衣架上隨風飄揚沒有分別。

再厲害的連環殺手，也會衰老、佝僂、掉牙齒、長老人斑，和在公園裡做早操的阿伯沒有兩樣。

「你快出獄了吧？」老人的聲線很柔和，柔和得你無法聯想到他做過的事。

「看得出來嗎？」曹國祥很驚訝凌友風連他的掌也沒看就料事如神。

「你們這些年輕人呀，就是快出獄才會想起我這老人家，好像怕我會把你們吃掉。我提醒你們，我這輩子沒傷害過男性。」

曹國祥不同意囚友說像凌友風這種環殺手特別聰明。一個人在牢裡蹲了三十多年，博覽群書，又和形形色色的囚犯打交道，常識和人生經驗自然比那些遊手好閒或腦裡只想用煙仔（煙枝）壯大自己勢力的蠱惑仔豐富。

凌友風把老花眼鏡脫下，放在長凳上，抬起曹國祥的手掌放到鼻尖的距離去看。

曹國祥很怕老人突然像狗般伸出舌頭舔他的手掌，那是《雨夜殺手》的情節。

凌友風像看地圖般，仔細看了他手掌一分多鐘才放手，重新戴上眼鏡，沉思了一陣後鄭重地道：「你這人懷才不遇，一生都會面對大大小小不同的困難。不過，你的命很硬，不會輕易屈服。」

曹國祥無法確定凌友風講的是對每個人都會講的廢話，或者這真的是自己的命數。

「那算好或者不好？」他試探地問。

「和我比，當然好，起碼可以重獲自由，你還這麼年輕。」凌友風注視在球場上追逐皮球的囚友。「就算明天放我出去，我也風燭殘年。你知不知道這成語的意思？」

曹國祥點頭，只是沒想到這出自全港所有監獄裡最惡名昭彰的囚犯之口。

「很好，不愧是愛看書的人。現在很多年輕人對成語認識比我這個識字不多的重犯還少，真讓人感慨。我年輕時用過電腦，２８６（Intel於一九八二年推出的80286處理器），跑ＤＯＳ，你知道是什麼嗎？現在我想學習怎樣使用網路和手機、上網購物，和網友傾計（聊天），但是這輩子不會有這些機會。我在八十年代中進來時，網路仍沒有出現。」

5 柳記：即「懲教署職員」。「柳」指廣東話同音的「扭」，即「扭」開囚室門的動作。

凌友風突然把手掌拍在曹國祥從短褲露出的大腿上，嚇了曹國祥一跳。凌友風會否因無法接近女色而變成對男色有興趣？

曹國祥不好意思推開他的手，這樣太突兀。

幸好凌友風的手掌很快移走。

「我比很多人都要聰明，包括抓我的警察、幫我辯護的律師、判我進來的法官、訪問我的作家、來巡視時跟我聊天的太平紳士。和他們講三句話，我就知道他們是什麼人。他們只是讀書比我多，做安定的工作，一旦離開了自己的專業領域，想法就非常幼稚，只是煩惱錢、工作、男女關係和家庭，從來沒有去思考人生的意義。」

曹國祥不懂他話裡的意思。錢、工作、男女關係也就是愛情和家庭，加起來不就是整個人生了嗎？除此之外，還有什麼？

你不就是個要坐一輩子牢的囚犯而已，有什麼了不起？

你不是說愛情而是說男女關係，因爲你的世界沒有愛情。

曹國祥低頭時，發現凌友風旁邊有本嶄新的《正義：一場思辨之旅》（*Justice: What's the Right Thing to Do*，作者為哈佛大學政治哲學教授邁可．桑德爾Michael Sandel）。監獄裡沒有網路，能讓人專注地看書讀報。

「你知不知道我為什麼會坐牢？」凌友風問。

「不就因為做了那些事嗎？」曹國祥沒有膽量在一個連環殺手面前提出「殺人」兩個

字，怕會刺激他突然變臉。

「當然不是，是我沒有後台。」

「只要你犯下那種案件，不管你有沒有後台都會坐牢。」

「有能力的人，不會讓自己犯過的罪行見光。ＢＢＣ有個著名唱片騎師（ＤＪ）和節目主持人，我忘了名字[6]，以樂善好施見稱，曾義助慈善機構籌募數以千萬英鎊計的善款，是顯赫有名的社會棟梁，跟首相戴卓爾（柴契爾）夫人和皇室人員都有私人交情。直到死後才被揭發生前性侵過幾百個未成年男女，連ＢＢＣ高層和警方也知道，但沒有採取任何行動，因為他後台很硬，能給大家帶來好處。」

曹國祥對這則新聞毫無印象。

如果凌友風沒騙他的話，這個坐牢的過氣連環殺手不但喜歡看書，也比他更具備國際視野。

凌友風又道：「如果你擁有很大的權力，成為心臟，其他器官都依附你生存，靠你提供的血液來活命。他們和你脣齒相依，會千方百計對付你的敵人，這也就解釋為什麼勢力愈龐大的黑社會愈不會倒。」

---

6 作者註：即吉米．薩維爾（Jimmy Savile，1926-2011）。

曹國祥找不到反駁凌友風的理由。他最後那句話裡的「黑社會」可以轉換成大到不能倒的企業和科技公司。

「如果讓你見到那個醫科生，你會怎樣？避開他？或者幹掉他？」凌友風心平氣和地問，像個給他開示的得道高僧。「世界很小，冤家路窄，你們又這麼年輕。這是你未來要面對的一大課題。」

「你知道我的事？」

「當然，這裡九成人的經歷我都瞭如指掌。」

曹國祥懷疑，凌友風並不是看掌能力高明，而是瞭解每個人的底細，講出對方想聽的話。

「我……大概就算了吧！」

「你講真話或大話？這裡只有你跟我，我什麼也不會跟人家說，只會把所有祕密帶到下面。」凌友風的食指指向沙地。

曹國祥不放心，怕凌友風拿這些話向獄方告密，換取假釋，所以遲遲沒接話。

「很好，沉默是金。」凌友風笑道。「十個黑社會，一半是因為口沒遮攔而回來。」

凌友風的話總是讓人意想不到，曹國祥反過來問他：「如果是你，你會怎樣？」

凌友風輕拍他背，從他頸後快速掃下，幾乎直達股溝。曹國祥馬上按著褲子站起。

「在監獄這地方，很多人都經歷人生低潮，當大家是彼此的心理醫生把心底話說出來。如果習慣了這種交淺言深的說法方式，會吃大虧。」凌友風不當曹國祥的反應是一回事。「你在外面好好做人，不要再被抓到，不要亂說話。有空就回來探我，帶書給我。」

7

曹國祥出獄那天穿的，從外衣到內衣褲，都是他被捕那天上班穿的。七個月來沒洗過，發出濃烈的酸臭味，連他和懲教人員也感到噁心，但一樣要披到身上。

一如所料，沒人在監獄門口歡迎他回到自由世界，浪費了漂亮的藍天白雲。

雖然在監獄裡面也能看到天空，但在高牆內外，同樣的風景，意義不同。

離開監獄，你不必再聽獄卒的話，不必再把難吃的食物送進口中，也不必做沒有意義的苦工。

可是離開監獄，會不會面對阿諾說的，難以適應外面的生活？

不，阿諾第一次坐牢就坐了八年，總計人生有超過三分之二時間是虛耗在監獄裡，曹國祥在裡面行為良好，扣減假期後只被關了七個月。以囚友的標準實在不長，但在心理上像十年之久。他覺得社會在這七個月裡的變化，不管是日常用語，或者網路上的討論話題，甚至科技的發展，都快速變化到自己追不上。

更可怕的是，那種變化到底是什麼，別說自己不清楚，就算旁人也無法說出來，因為他們一直活在變化中。

手機早就沒電。他帶著一身臭味去麥當勞，其他食客都離他遠遠，只有麥難民不介意。

倒是他介意，害怕出獄後淪落為麥難民。

他以巨無霸（大麥克）套餐慶祝重獲自由，能再吃真正熱騰騰的食物，把可樂灌進喉嚨裡，他感動到熱淚盈眶。

他把充電線插到牆上的充電口。手機從長眠中醒來後，他馬上打電話給從來沒去探望自己的父母，希望告訴他們自己重獲自由，但他們把電話號碼都換掉，意思再明顯不過。

他父母的表現毫不令他意外。兩人都愛賭如命，認為賭博是人生大事，他這個坐過牢的兒子只會給他們帶來衰運。

父親是很傳統的大男人，會體罰孩子，把母親罵得狗血淋頭，罵他「生舊叉燒好過生你」（「生一塊叉燒比生你還要好」，意思就是「你連一塊叉燒也不如」）。

曹國祥沒臉去聯絡以前的僱主。他查舊新聞後發現，那家公司受他拖累，在他入獄兩個月後就改名。

他存款不多，只能省著用。去旺角花園街買最廉價的衣服後，前往康文署[7]的體育館洗澡和更衣。去深水埗租床位和買二手筆電，去圖書館使用政府提供的免費網路服務，希望在短時間內追回科技發展。

他去找以時薪計的工作——不管是便利店和連鎖快餐店都需要申報案底，也全部沒回音。

做清潔工沒人會考慮你背景，偏偏他覺得自己年輕，放不下身段，覺得仍有很多機會。

不，社會並沒有給他第二次機會。

反過來，那個他舉報的醫科生萬豐年在打官司時，找到過百人寫求情信，讚揚他是大好青年，在中學時做過很多義工（志工）服務，並拿出精神報告說他曾被父親罰站在衣櫃裡，這個童年陰影影響他的成長，他將會接受長時間的情緒治療。

法官考慮到他是高材生，認為「被告家境優秀，受過良好教育」，「他不是壞人，只是病人」，「日後對社會將會有巨大貢獻」，因此不留案底，只要他簽保守行為了事。

其後他轉去英國升學，再也沒有人知道下落。

討論區為這案件開了一個討論串。有人爆料萬豐年的父母人脈超強，找到一流的律師團隊，不只為萬豐年脫罪，還把曹國祥這個吹哨人拉下水，要他鋃鐺入獄，印證「法律面前，窮人含撚」[8]。富人能抽身而出，窮人只能認命。有後台的犯事者逍遙法外，沒有後

7 康文署：全名「康樂及文化事務署」。

台的吹哨者被判入獄，前途盡毀。

這是曹國祥用自己的前途學到的寶貴一課。如果再見到那傢伙，他無法冷靜下來。他躺在租來的床位上想像把那傢伙碎屍萬段，就算要付出終身監禁的代價也無所謂。可是，就算要報仇，最起碼要找出對方的行蹤。

8

最後給曹國祥機會的是一間物流公司。貨倉在青衣島[9]上，公司提供免費穿梭巴士往返港鐵站。他們需要大量年輕的壯丁處理倉務工作，學歷只需要初中畢業，不管你有沒有案底，監視器會確保你手腳乾淨。每天當值十小時，月薪一萬五，通過三個月試用期後可拿八千元新人獎金。

同事和他一樣都是年輕的大塊頭，單薄的灰色制服上，四顆鈕釦少一、兩顆是家常便飯。他們四人一組。往往一座如小山頭的堆積物快處理完，另一車貨物就會送來。雖然有機器輔助，但仍然需要用雙手搬運二十公斤以上的貨物。很多人上了幾天工，拉傷肌肉後就離職。

可是曹國祥沒有退路，再辛苦也要咬牙繼續下去。

他第一個星期下班後整個身體和四肢都累得像不屬於自己，一個月後才適應下來。這工作的唯一優點，就是金錢回報夠他租劏房（分租套房），擁有自己的小空間。

下班後他沒有多少餘錢花，只能留在房間裡用筆電精進網路技巧，即使知道沒有發揮的餘地，但那是他的興趣。

他也沒有忘記去尋找仇家下落，每天晚上他都用筆電google那三個恨之入骨的字，但始終沒有發現。

貨倉的氣氛有點像監獄：沒有女性，工作重複，沉悶，辛苦。

同事大多都是有經歷的人，不說多餘的話。公司提供膳食，飲料無限暢飲，算是不錯的福利。

曹國祥蓄了鬍鬚，加上健碩的身材，和以前的瘦弱形象截然不同，但仍有人認出他，偷拍他的照片貼到討論區上。他懷疑是人事部同事做的好事，只有他們才知道他的名字。

他很討厭被人叫中文全名，被認出來，很討厭被人發現他的經歷，不管那些人笑他是

8 法律面前，窮人含撚：「撚」此處指「雞巴」，「窮人含撚」指法律不公，對窮人不利。

9 青衣島：位於香港國際機場所在的大嶼山和新界之間的一個島，人口超過二十萬，是世界上人口密度最高的島嶼之一。

「傻仔」或「攪屎棍」，還是讚他「見義勇為」或「冤獄」都沒有分別。他只想和大多數人一樣沒有案底乾乾淨淨。

在監獄裡，有些人結識到更窮凶極惡的同好，學會更多犯罪伎倆，變得更凶狠，從此成為監獄的常客，他卻在裡面學到避免和人發生衝突，希望不必再回去蹲，希望這輩子可以平淡如水、和正常人一樣不受歧視。

即使人家看不出來，即使他不是要申請移民或找工作，但不管他坐車、吃飯、洗澡、睡覺，那個案底就像只有自己看得到的可恥醜陋紋身，怎也洗不掉。他不希望被人發現這個紋身，卻很矛盾地希望找到其他紋身者，希望能從眼神的交換裡找到慰藉。

如果能洗掉那個紋身，他願意付出一切代價。

既然不能，他就要找回那個始作俑者付出代價，就算明年後年找不到也永不放棄。

9

曹國祥七點下班後，就去大型商場青衣城的肯德基享受晚餐，日日如是。

他不是特別喜歡吃炸雞，但以他的收入，扣除床位租金和其他基本開支後所餘無幾，炸雞是實惠和美味兼備的食物。

不過，他經過其他餐廳前一定駐足，把菜單仔細看一遍，吃炸雞時幻想放進口裡的是牛扒（牛排）或其他他從來沒吃過的山珍海味。

這天有個穿西裝坐輪椅的男人在商場的扶手電梯（手扶梯）旁邊叫他。這傢伙很不尋常：第一，中年人，平日認出他的不管男女都在三十歲以下；第二，相貌忠厚，但目光銳利，不像弱勢人士；第三，叫他名字時加上「先生」的稱謂。

「曹國祥先生，我可以給你一份體面得多的工作，讓你發揮所長。」

曹國祥熟悉這種話術，也很清楚這種好事不會降臨自己身上。監獄裡流傳很多光怪陸離的事。有些騙徒會坦白公開自己行騙的手法和往績，希望才華能獲得其他人賞識，出獄後合作食大茶飯（做大事）。

聽過大量詐騙故事的後遺症，就是不再輕易信任其他人，因此很多囚友出獄後都寧願獨居，或者頂多和貓狗為伍。

這人可能是想套料的記者，曹國祥只想盡快逃跑，但累到別說小跑步，連快步走也沒力氣，就算面對一個坐輪椅的人也無法擺脫掉。

對方繼續死纏爛打。

「不如我請你去其他餐廳吃晚飯，你隨便挑一間吧！」

曹國祥聽到這句話時才留步，挑了一間他平日只能望門興嘆的高級西餐廳。

坐下來不到三十秒，他就點了一客三百八十塊錢的龍蝦湯配焗龍蝦尾併牛扒鵝肝薯條，這是菜單上最貴的套餐。

「你也還蠻敢點的嘛！」男人點的也一樣。

「你不會負擔不來吧！」

一道晚餐就可以測試他的誠意和財力。

「你不怕我吃了一半就跑掉？到時你就要付兩人的晚餐費用。」男人道。

曹國祥覺得這人可以開玩笑，就大著膽子說：「我不認為你會跑得比我快。」

對方笑出來。「我喜歡你的推理和坦白，不過，我這樣子不代表行動力差人一等。」

他遞上的名片上的公司名稱是「貓頭鷹偵探社」，附上半身照，職稱是「社長」，名字是古怪又標新立異的「巫師」。這是連騙子也不會取的爛名字，等於告訴人家我是騙子。

曹國祥把名片放在桌子上。「你很喜歡《哈利波特》嗎？喜歡鄧不利多、佛地魔或甘道夫？」

「開玩笑，我怎會看過？不過，甘道夫是《魔戒》的人物。」巫師答得很認真，不知道那是曹國祥故意開他玩笑。「你google我的名字，就知道我的來歷。」

在廚房準備晚餐期間，曹國祥用手機google「巫師」、「偵探」，果然在網路上找到很多資料，有文字訪問，也有YouTube影片，來自各大媒體，不是自己拍片自吹自擂。

綜合起來，巫師年輕時做過警察，但做事追求靈活，適應不了紀律部隊講究程序的繁文縟節，五年後轉往一間偵探社工作，十年後自立門戶，目前在一間行內小有名氣的私家偵探社出任社長。

曹國祥後悔拿巫師雙腿開玩笑，這人傷殘而不廢，鬥志和本事都很厲害，甚至可敬。

他抬起頭來，在思考說一句認真的話時，巫師開門見山道：「我問過你身邊的人，他們都對你有不同評價……」

曹國祥腦海浮過一張張認識的臉孔。以私家偵探的本領，巫師可以找到很多人，也問出他們的心底話。

「……有些我相信，有些不太信。天下間我最相信的人就是自己。我只會給你一次機會，要是你再做違法的事就各行各路。」

曹國祥在牢裡和這種領袖型的人打過交道，他們個性認真，講話算話，絕不食言。

「我想知道你找上我的理由？」

「我有個律師朋友提到你，就是幫過你的樂律師，他說我和你可以互相幫助。你要找跟電腦和網路相關的工作，對嗎？」

曹國祥點頭。樂律師沒有幫他，也沒有去監獄探望他，他以為這輩子不會再聽到那傢伙的名字。

「他……樂律師現在好嗎？」

「他受不了香港的填鴨式教育制度折磨下一代，所以半年前舉家移居去倫敦，你應該是他協助的最後一批人。」

「協他條毛！」曹國祥幾乎想罵髒話。「難怪他叫我認罪，這樣就不用拖時間。」

「我沒意見。說回我們偵探社，我們不做犯法的事，但不犯法的事我們都會去做。」巫師饒有深意地答。「這點不是所有人都接受，不過，你應該很想改善目前的生活狀況，我可以付雙倍的薪金。」

曹國祥不會懷疑一個私家偵探查不出他的月入。他去貨倉工作是逼於無奈。天降一份新工作，他非常願意去做。

除了，一個疑問。

「什麼是『不做犯法的事，但不犯法的事都會去做』？」

侍應剛好送龍蝦湯和蒜蓉麵包過來。那個香味令曹國祥口水直流。

「高級餐廳會訂下很多規矩。」巫師示意曹國祥先吃，曹國祥也不客氣。「主要是兩種，一種是你要遵守的規矩，像必須訂座、衣履整齊、要打領呔，另一種規矩是禁止你做的事項，像不能穿露趾鞋、不能粗言穢語、不能帶六歲以下的兒童進入。這個分別你懂嗎？」

曹新一點頭。

「身為客人，你不能吃霸王餐，」巫師繼續道：「但如果侍應把鄰座的風乾黑安格斯牛扒錯誤送到你桌上，你跟着馬上吃一口，餐廳也無可奈何，無法追究。」

「就是趁對方出錯來行動？」

「可以這樣說。」

「高級餐廳不太容易送錯吧！」

「只要是人就會出錯，當然，我們也可以耍手段讓他們出錯。」

巫師露出狡猾的笑容。

雖然曹國祥不理解這種手法的具體運作方式，甚至對私家偵探這行業的認識也只限於沒有多少真實成分的電視劇，覺得好像會有風險，但工作起碼比在物流公司有趣，薪水也高很多，可以大大改善他的生活。

只要不犯法，他就不會被送回監獄裡，身處夏天沒有冷氣冬天沒有暖氣的惡劣環境、吃難吃得要命的食物，和做單調重複的體力勞動。那種生活不只失去自由，也失去對人生的希望。

最重要的一點是，一個坐輪椅的人能夠戰勝身體的限制，領導一間公司，必然有值得學習的過人之處。

10

第二天早上，曹國祥辭去貨倉的工作，七天後去位於旺角西洋菜南街的偵探社上班。

裡面的員工都很忙，看來不像坐過牢。有些坐過牢的人，會因為有案底而失去自信，下意識避開其他人的眼神，就像貨倉裡的同事那樣。

偵探社分為行動組和調查組。行動組六人，負責跟蹤、偷拍、竊聽和其他戶外工作。調查組五人，進行網上調查，閱讀文件，和負責查冊，也就是向不同政府部門查閱紀錄。

巫師把曹國祥編入調查組，但和其他組員不一樣，他獨立工作，直屬上司就是巫師。

「我們不是警察，但做事同樣嚴謹，講究程序，要向客戶負責，不能出錯。雖然我們的偵探社很小，但情報網很大，認識很多專家，不管專門處理指紋、昆蟲等的領域都有人脈，也會外包給不同的服務供應商和專業人士，有需要時會和其他偵探社合作。」

曹國祥想起在獄牢裡的小蟲，在地板上、餐桌上，甚至身上和頭髮裡，無處不在。

「為什麼要找昆蟲專家？」

「透過研究昆蟲在屍體上產的卵，或者上面的幼蟲是第幾代，可以知道死者死去多久。只要客戶付得起錢，我們甚至可以找外國的專家幫忙。你在這裡必須和其他人合作，發揮團隊精神。忘了問，你喝酒嗎？」

「會喝一點。」

「我不管以前你喝不喝酒，來我這裡工作就要戒酒。我們這種工作很容易讓人感到挫敗，成為酒鬼。一旦失去判斷力，就無法勝任偵探。」

「好的，我戒。」

「還有另外兩條規矩。不能和委託人或調查目標搞上，不管對方是男或女都一樣，就算搞曖昧也不行。」

「如果案件完結了呢？」

「那就和我們無關了。」

「同事和行家呢？」

「只要不影響調查就行，但你要向我申報。不過，即使不申報我也會知道，這個行業很小。」巫師的語氣開始不耐煩。「最後一條，不能被收買，誰都不可以。這是我們這個行業的天條。犯了這條，你就是整個偵探行業的敵人，我們會大義滅親，用『非法收受利益』把你告上法庭。有問題嗎？」

曹國祥搖頭，監獄更繁瑣和嚴苛的規條他也能挺過，這三條算是小兒科。

「還有一樣，你要答應我。」

巫師刻意停頓了很久，營造嚴肅的氣氛。曹國祥心裡抱怨，這麼多規條不在第一次見面時在餐廳時說，而要等他辭去工作沒有退路時才開口，根本就是泰山壓頂逼他接受。

「你不能找那個醫科生尋仇，不能打探他下落，要把他徹底忘掉。」

——我昨天還在網路上google他名字。

曹國祥沒有爭辯，只是點頭。

他會繼續搜尋，絕不放棄，反正巫師不會知道。

11

工作下來，曹國祥才知道巫師和他一樣是自學成才的電腦和網路保安專家，但實力遠遠比不上，所以要找他幫忙。

巫師一開始時對他諸多懷疑和挑剔，一點小事也要報告，每天開一對一的工作會議。同事說這是微管理的手法。直到曹國祥熬過三個月試用期後，巫師才逐漸放手，不必再事事報告，而且提議他花五百塊錢去律師行宣誓辦「改名契」（Deed Poll），換一個名字。

「中英文名都要換。我不要客戶拿到你的名片就發現你坐過牢。」

「我不知道要改什麼名字。」

「不要改同音的名字，要考慮廣東話和普通話的發音，否則google可能會自動提示你的原名。」

「好麻煩，我寧願去跑一次馬拉松。」

「要不要找個算命先生幫忙？我們這行和『當差[10]』一樣，都是偏門。警察要拜關二哥，我們一樣要拜。」

偵探社不想客人誤會偵探社背後有黑社會撐腰，所以把關帝像放在隱密的位置。他們供奉的關帝像和警察供奉的一樣，都是持關刀穿紅鞋，和黑社會供奉的懸寶劍踏綠鞋的關帝像截然不同，但一般人不會察覺這個分別。

曹國祥特地花了幾晚在公司裡挑燈夜讀紙本字典，考慮過意思、發音、個人展望和筆劃多寡等因素後，打算由「曹國祥」改成「曹新一」。

他等其他人都下班後，故意把名字寫在小張的memo紙上，拿去問巫師的意見。

巫師脫下眼鏡，把memo紙幾乎拿到鼻尖的位置。

「下次寫在A4紙上……這名字不錯，夠響亮。有沒有算過姓名吉凶？」

「真的有需要嗎？」

「當然……沒有。」巫師戴回眼鏡。「我以前問過一位玄學師傅，他說名字只是代號，無法改變人的命運，只能讓人心安理得。如果有人一輩子壞事做盡，難道改了名字就能撇除得一乾二淨？一個人的性格和他做過的事，比他的名字更能決定他的命運。」

曹新一想起囚友阿諾，因為無法接受新事物，所以寧願屢次犯法回去坐牢。

「好像很有道理。」

「為什麼改這名字？」巫師問。

10 差：「差」指「差人」，警察在香港的俗稱。

「我希望人生可以重來，煥然一新，可是不管叫『曹煥然』或『曹一新』，我都嫌老氣橫秋。把『一新』反轉為『新一』就變得灑脫，日本有個微型小說作家就叫星新一。」

「我以為新一來自《名偵探柯南》，主角江戶川柯南本名就叫工藤新一，也來自星新一。」

「我沒看過柯南。」

巫師露出難以置信的表情。

「見鬼，我竟然找了一個沒看過柯南的人進來。」

「和柯南同行不是我的志願。」曹新一沒好氣道。「Google曹新一會找到一個保險界名人，我可以輕易被他的大量訪問淹沒。」

「聰明。」巫師滿意地點頭。「改名換姓後，你就變成了另一個人。」

「我要去整容嗎？」

「不用，人家不會記得你的臉，你現在的塊頭也比以前大很多，只要換個髮型就夠了。香港人很善忘，再過一年半載你就變成nobody。等等，你眼神很銳利，要戴副黑色粗框眼鏡。」

「墨鏡可以嗎？」

「需要裝成盲人時再考慮。」

12

曹新一在偵探社上班半年後，才確定「巫師」不是出來行走江湖的綽號，而是如假包換的真名。

他的英文名理所當然就叫Wizard，接到名片的人會懷疑Wizard是名字或者職稱，他說兩個都算。

曹新一覺得如果「巫師」是他出生就開始用的本名，小時肯定因此受盡欺淩，吃過不少苦頭，那段經歷或多或少影響他的性格甚至人格發展。

在偵探社工作了兩年後，曹新一在道上聽到巫師斷腳的經過。

當年巫師被一架私家車衝上行人路撞倒，受重傷並失去知覺，一度被認為會變成植物人，幸好兩星期後他醒來了。

醫生說他這輩子永遠無法像以前般健步如飛，必須學習用輪椅和義肢代步。

巫師走遍全港醫院，拜訪名醫，全部答案都一樣。

唯一收穫，就是後來他和很多醫生和醫院負責人建立了良好關係。

事發那晚沒有下雨，天朗氣清，但沒人看見事發經過，沒有目擊者，沒有行車紀錄，什麼也沒有。

以巫師在江湖上打滾了幾十年的資歷，要說沒有仇家未免太天真。如果害怕和人結怨，就別成為私家偵探。

偵探社社長連傷害自己的凶手也查不出來這點，並沒有成為行家之間的笑柄。大家都知道，真相並非無法調查，而是敢不敢去查。

巫師向曹新一談到當年慘劇時，語氣並不沉重。

「撞斷你的腿只是一個警告。下回是你家人，到時不只斷腿。你敢不敢去賭？」

巫師馬上把妻小送到國外，但做事依舊，沒有拒絕可能有風險的案件。他年輕剛進入偵探這個行業時，前輩跟他說：

「私家偵探是客戶最後一個可以求援的對象，也是社會正義的最後一道防線。如果我們拒絕，客人就求助無門，可能會走上絕路，自尋短見。你要相信，因果循環，報應不爽；天理昭彰，疏而不漏。若然未報，時辰未到。」

和巫師共事三年後，曹新一發現巫師做事很有彈性，包括講一套，做一套，就像巫師常掛在口邊的一句話。

「你要瞭解一個人，不是他講什麼，而是他做什麼。」

就像前輩的座右銘是「什麼案都不怕接，但要量力而為」。巫師把這話修改成「什麼案都接，等接了再說」。

曹新一不怪巫師，畢竟偵探社始終是生意，不是慈善事業。

巫師的腳怎會斷，江湖流傳他在調查期間勒索過富商，那雙腿就是他付出的代價。有人說巫師當年周轉不靈，要靠弄斷雙腿換取龐大的保險金。更有人說他欠黑社會千萬巨債而還不了，對方最後只好用車撞斷他雙腿去殺雞儆猴。

這些江湖傳聞多不勝數，自相矛盾，只能當笑話聽。

沒有同事和巫師爭論時以他的腿為攻擊目標，只有一個客戶當面罵他「死跛佬」，但這句話對巫師不痛不癢。其實他能站起來也能走幾步路、更衣、開車（坐輪椅並不影響開車）和進洗手間自理，只是需要比常人花更長的時間。他也無法在繁忙的街道上行走，只要被人輕輕一撞，就會四腳朝天。

反過來，巫師經常嘲笑因跑得慢而被目標甩掉、害偵探社增加調查成本的行動組同事：「我這樣子比你們跑得還要快！」

曹新一沒有放棄搜尋萬豐年，只是由每天一次，變成一星期一次，一個月一次，到最後心血來潮才來一次。

他在監獄裡時聽說，在裡面一年，等於在外面三年。成為私家偵探三年後，發現情況不遑多讓。雖然不到二十五歲，但負責過大量家庭糾紛的案件後，心態上和三十多四十歲的老男人沒有兩樣，自覺看透世情，心境蒼老。

他沒想過私家偵探會是自己的終身職業，再也沒有工作比這更有趣，更能增加閱歷。

二〇一九年底，武漢肺炎[11]來襲，沒人料到這會是前所未有的大瘟疫，地球上沒有人能置身事外，很多人開始戴上口罩，企業快速推出WFH的新工作模式。

一個月後，偵探社生意銳減八成。巫師叫他暫時別上班，只領一半的薪水共度時艱。

扣除房租後，曹新一能靈活運用的資金不多。他積蓄不多，只好省吃儉用。除了希望自己和女友不會被感染外，也可以順利度過這個不知要多久才結束的經濟寒冬。

坐在家裡百無聊賴時，他把「萬豐年」的名字google了一次又一次，仍然沒有結果。

幸好，他現在有的是時間，和幾年來增進了不少的搜尋能力。如果他要死在大瘟疫時代，死前一定要把對方找出來陪葬。

11 武漢肺炎：香港特別行政區政府新聞公報早期使用的命名是「武漢肺炎」。

第一部／過節：結怨篇

第一章／世紀疫症期間的第一宗委託（2020）

13

由於極端氣候，二〇一九年至二〇二〇年間的香港冬天就像煙花一樣短暫，幾乎沒怎麼冷過，接下來的二月同樣溫暖得像春夏之交，到三月就直接進入夏天。

星期一早上八點，鬧鐘響起來時，曹新一想繼續睡，但難得有工作不好懶床。女友在另一張床上還沒醒來。

巫師昨天在短訊裡寫道：「這案件涉及失蹤，說不定有人命傷亡」

曹新一匆匆吃完自製的腸蛋公仔麵就出門。即使在最繁忙的大街上，路人數量也不到以往的三分之一。

很多女人戴上口罩，但眼線畫得很漂亮動人。曹新一會幻想她們口罩背後的真面目。

不少人在家工作，連銀行和郵政局也沒有營業。唯獨超級市場人頭湧湧，年初網路上流傳飛機可能不會再來香港，有些人因此去搶購糧食、廁紙、消毒用品和口罩囤積，甚至炒賣。

不正常的日子持續三個月後，所有「不正常」逐漸變成「新常態」，成為生活的一部份，但曹新一尚未適應。

他回到偵探社，發現原本可以坐上十人的辦公室好像一個人也沒有。室內沒有亮燈，只有來自窗外的自然光。遠離窗口的空間昏暗陰沉，和無人打理的盆栽同樣凋零。每個角落都暗示這公司是一艘沉船，船上的人都逃得精光。

唯一亮燈的只有會客室，那盞熟悉的溫暖黃燈光向曹新一招手。

裡面只有巫師一個人，他抬頭和曹新一交換眼神時，口罩雖然遮蓋深長的法令紋，但無法掩去臉上唯一的訊息：眼睛透出的疲勞感。

巫師本來一頭黑髮，現在變成半黑半白，快五十歲的人像老了十年。他經常因身體痛楚而失眠，只肯服食止痛藥。失眠藥寧死不碰，怕一睡不醒。

曹新一在巫師旁邊坐下，把背包放在旁邊的椅子上。

距離客戶約好的時間，還有十五分鐘。

「今天為什麼不叫其他同事回來？不怕客人看到我們生意慘澹嗎？」

「一大伙人在公司做門面功夫又談不成生意不是更慘澹嗎？」

世界正高速改變運作的方式，包括偵探這行業。

經濟明顯轉差。有些人轉為在家工作，有些人失去飯碗，大量職位流失，有些行業甚至面臨滅頂之災。

很多人都要勒緊褲頭過緊日子，就像他們有個機師客戶本來懷疑空姐妻子出軌，現在兩人雙雙待在家裡朝夕相對，自然也不用再去調查另一半的行蹤。

不少企業凍結人手和裁員，就算聘用員工，也不會找偵探社做背景調查。

總之，砍掉調查費這種不能創造盈利的支出。偵探社的業務在兩個月內暴跌九成。

「阿夢呢？」曹新一問。

阿夢是曹新一的行動組搭檔，英文名理所當然就是Dream，像過氣女團的名稱多於人名。雖然是搭檔，但兩人在工作以外不會聯絡，自從不用上班以來就沒有她的消息，上次見她是三個月前。

「她是醒目（聰明伶俐）女，見形勢不對，馬上跑去做兼差外送員，每晚回家累得連洗澡也沒力。」巫師答。

「我不相信她會比我在貨倉工作時累。」

「不要拿她和你比，她的體重可能只有你一半。」

「你知道她的體重？她不把你滅口嗎？」

「我不知道，我用猜的。」巫師白了他一眼。「但就算你們全部停職留薪，我也要交這個辦公室的租金，去年才續租，還要再撐十八個月，加上燈油火蠟等基本開支。如果沒生意，我就要從自己荷包裡掏超過一球[12]出來去維持經營。」

「不能叫業主下調租金嗎？」

「業主都是吸血鬼，哪來這套？」

有些香港人稱房地產市場為百業之母，小市民賺錢就是買樓還一輩子房貸，大企業賺到錢就去投資房地產，搞不好本業收入都不及從中賺的多。

樓價幾年內翻倍並不是都市傳說。不少人靠炒賣樓宇致富，但這不是沒有代價。除了地產和金融兩大支柱行業外，其他都一潭死水，因為租金蠶食了大部份的經營成本，像雲吞麵店每天頭兩百碗都是拿去繳納租金，從第二百零一碗開始才能放進自己口袋裡。

任何一個有志創業的人碰到香港這樣的經商環境都意興闌珊，即使外資企業來開店，也會在風風火火幾年後始終敵不過天價租金而退場。

曹新一眼中的香港，豈只是不適合創業，還是不適合居住甚至投胎的城市。除非你是「投胎界KOL」，也就是含著金鑰匙出生，否則有本事的人都想盡辦法移居外地。

門鈴響起來，曹新一馬上趕過去開門。這個開門迎賓的動作以前並不是由他負責，但現在公司兩個人裡就以他的職位為低，而且，巫師要用手控制電動輪椅，就算倒過來自己是老闆對方是員工，也不能讓巫師去開門。

14

客人準時在十一點出現，不是一個而是兩個。其中一個像上班那樣穿一套筆挺的西裝，從發福的身材判斷是個不喜歡運動的中年男人，口罩遮掩了半張臉，玳瑁眼鏡背後的眼睛透露慌張和不安。

大部份客戶都有這種特質，私家偵探是他們的最後選項，所以，巫師說過，對付這種走投無路的客人，開價不妨高一點。

「我姓柳。」中年客人說。

他身邊的青年穿便服，但全都是大剌剌亮出logo的名牌貨，像高級時裝店櫥窗裡的公仔。

巫師喜歡這種有錢的客人，如果是出手闊綽的暴發戶就更好。

「我帶了我的朋友上來，可以叫他Will。」柳先生介紹道。

曹新一和客人省下握手的動作，只能互碰手肘，失去從中捉摸對方個性的機會。口罩也阻止巫師和他看清客人的表情變化。

曹新一一直銘記巫師掛在嘴邊的一句話。

「接下任何生意之前，你都要盡量查清楚對方是什麼人。只要搞懂人，就能釐清一半問題，或者，及早發現根本不能接的案件。」

12 一球：即一百萬港幣。

巫師能單憑面部表情的細緻變化和身體語言就讀到很多情報，曹新一需要一個漂亮的理由讓兩人脫下口罩。

「要不要喝什麼？」曹新一裝出熱心。「咖啡、綠茶、可樂，冰的熱的我們都有。」

他們提供無限暢飲的目的只有一個，鼓勵客戶暢所欲言。

「我有腸胃病，很多飲品都不能喝。」柳先生馬上拒絕。

「清水可以吧？」曹新一沒有放棄。

「我也不用了。」柳先生搖頭，Will也一樣。

不過，曹新一送他們進會客室後，仍然去茶水間倒水進透明杯子裡，希望找機會誘導他們脫下口罩。透明杯子和液體不會阻擋他和巫師看清楚人臉。

他回去會客室時，巫師正給客人的身份證拍照。巫師一向謊稱這是法例規定，即使單純提供諮詢服務也不例外，其實是方便他打探對方底細的屁話。

拍彩色照存檔完全是犯規行為，否則騙徒可以用來在網路上申請借貸。

曹新一把水杯放在兩人面前時，很快瞄到兩張身份證上的名字。柳漢華、鄧偉。

巫師把身份證反轉，交還給客人，「你們找過其他私家偵探社嗎？」

「沒有。」柳漢華搖頭。

「說說你們的問題。」

「我和Will等一共七個人是網路遊戲《魔鬼聯盟》的隊友，相識多年，直到一星期前都沒見過面，不知道彼此的真名實姓和背景來歷，甚至連性別也不知道，但感情深厚，幾乎風雨不改每晚都會在遊戲裡聚會，如果有人無法出現，就會發訊息通知大家……」

曹新一看到巫師皺起眉頭。他從來不碰電玩，即使寶可夢和轉珠遊戲也一竅不通。

「……我們有個隊員去年七月二十一日說約朋友吃晚飯，第二天開始失去聯絡，當時我們感到奇怪，但覺得他可能有不可告人的理由，所以也沒追查下去。直到從上星期天開始，另外兩個隊友又先後失去聯絡，然後……」

柳漢華抽出手機，展示一張照片，是對著另一個手機畫面拍下的照片，又道：「我收到這張骷髏圖，來自不明來歷的電話號碼，像是死亡恐嚇。我怕我的隊友不是單純失去聯絡，而是遇到不測。」

曹新一不是第一次接手這種表面看來是失蹤但其實可能涉及謀殺的案件，但和網路遊戲相關的是第一次，由客戶求助去找失蹤的不知名朋友也是第一次。

「你們的電話有沒有被駭的情況？像電消耗得特別快。」巫師問。

「我懷疑被駭。」鄧偉點頭，聲線是不合乎年齡的低沉，像出自五十開外的老煙槍。

「我們換過全新的電話，用新的ＳＩＭ卡。」

巫師點頭。「請問你們的職業？」

「我是公務員。」柳漢華答。

令人羡慕的鐵飯碗！曹新一接觸過的公務員不少，大部份薪高糧準，過著非常安穩又舒適的生活。

「我在一間科技公司上班。」鄧偉答。

「在這環境下，生意應該更好吧？」巫師問。

「我在家工作，忙死了，現在是偷走出來。」

「你們有七個人，三個失去聯絡，還有兩個呢？」

「我們沒收到回覆，他們也許沒錢，或者怕麻煩。」

有些小團體遇到麻煩要向私家偵探求助時，就和大學生做團體功課一樣，一定有成員會採取「皇帝不急太監急」的態度，等其他焦急的成員去處理，自己坐享其成。曹新一雖然沒上過大學，但懂這道理。

「報過警嗎？」巫師問。

「我打去999報過，但他們不理，要我們有證據或者遇襲後才再聯絡他們。」鄧偉的聲線不自覺提高。「神經病，人死了怎樣報警？報夢（託夢）嗎？」

「不，這合乎警方的標準作業程序。警方資源有限，不可能為這種你連其他人姓名也說不出來的事去進行調查。」巫師答。「你們在網路遊戲裡得罪過什麼人？」

「我們什麼也沒做過。」鄧偉聳肩。「遊戲裡不就是你殺我，我殺你，互相廝殺嗎？這樣談不上結怨吧！」

曹新一不是網遊玩家，但深明人格扭曲的劣根性在網路上很容易被放大，和素昧平生的網友結怨是家常便飯。

「你們有沒有聯絡過遊戲公司？」巫師問。

「他們客服說無法提供任何資料，除非警方發信證明發生重大案件。」

「如果只是單純找出失蹤隊友的下落，我有信心應付得來。不過，這案件不是那麼容易處理，需要花很多時間，也要花很多錢，你們有沒有那個準備？」

怎找？曹新一心裡冒出幾十個黑人問號，但想到剛才巫師說未來十八個月要背負上百萬的沉重財政負擔，只好不管巫師講什麼，都心虛地點頭。

柳漢華和鄧偉交頭接耳了一陣，柳漢華問：「要多久？」

「起碼十個工作天。」

巫師要客戶預付十天的費用為按金，多除少補，另外有些費用也會實報實銷。這是偵探社一貫以來的收費方式，但天數很有彈性，費用也是海鮮價[13]。

這次巫師索價一日一萬，總共十萬。很多人聽到這個價碼就打退堂鼓，或討價還價。

果然鄧偉馬上發作。

「居然要十天？太久了吧！」

13 海鮮價：指和海鮮一樣，根據自由市場的供求關係而隨時改變價格。

「如果你們要我們跟蹤一個人，三天就夠了，」巫師解釋道：「但你們提供的線索很少，我們要另外花時間去找，十天並不過分。不過，我要先跟你們說明，這案件難度很高，就算十天也不一定能找到。你們手機裡可能有駭客入侵過的證據，要留下來給我們分析。登出所有電郵和社交媒體等帳戶了嗎？」

兩人點頭。

曹新一心想，手機裡就只有駭客入侵過的證據，但不會指出誰是駭客。

「要我們付這麼多錢——」鄧偉想再發作，柳漢華已經搶先一步道：「請你們盡力去查吧！」

偵探這行的價格透明度低，來找他們的客戶往往沒有其他選擇，這次的案件又緊急，即使巫師獅子開大口，客戶也只能像綿羊般被屠宰。

巫師在筆電上修改合約內容時，拿了瓶電解飲品來喝。他不喝咖啡或茶，以減少去洗手間的頻率。

兩個客人終於脫下口罩喝水。巫師又一次成功潛移默化引導對方。

柳漢華看來是很踏實的中年人，是可倚靠的丈夫和父親，沒想到這種人會每晚打機（打電動），反過來，鄧偉一看就知道是打機狂熱份子，會利用各種零碎時間包括在交通工具上、在排隊、在廁所裡機不離手打個痛快。

15

灰衣女子討厭搭乘這座大廈的升降機，不只因為老舊，不只因為抽風機很吵，升降時會發出咔咔的聲音，關門也很大聲，也不只因為裡面空間很狹小，僅能容納四個人，而是她要和那個代號叫「一等良民」的男人共處在這個空間裡。

即使只需要共度升降機下降十六層樓的時間，不佔一分鐘，但仍然讓她很難受。

她的任務是跟蹤一等良民，只要發現他準備離開賓館，她就要從相鄰的賓館出來，像貼身膏藥般跟蹤他。

她討厭接近他，討厭他的外貌、他的聲音、他身上發出的味道，就像一般人對蛇蟲鼠蟻的厭惡。

幸好，如果順利的話，只要過了今晚，她就可以永遠擺脫他。

他只在走廊裡注視過她一眼，目光很快移開，回到手機某個音樂播放軟體上，並維持同樣態度進去升降機，陶醉在由頭戴式耳機建構的音樂世界裡，身體似乎隨節奏輕輕擺動。

她不是他喜歡的高瘦黑長直類型，因此在他的世界裡不只透明，也無色無味無臭。

以前她會埋怨很多男性把她視為透明，不過，現在她慶幸這傢伙是這樣看待自己。

不過，為免被他認出，她每次出門除了衣服不一樣，也會戴不同的眼鏡和假髮。

升降機門在大堂打開後，她繼續跟在他後面，保持兩至三公尺距離。

他從來沒有回過頭，反過來，一街之隔的三喜茶餐廳裡的年輕老闆娘，他從進去後一直盯住她。

他注視她時很有技巧，把外賣紙（外帶菜單）拿起來，眼睛瞄準她低胸衣開口上若隱若現的乳溝。

灰衣女子懷疑老闆娘知道他視線的落點，但沒理由得罪這個每天都來光顧的客人，特別在這個瘟疫仍未退散生意不振的艱難時期，說不定她是故意露出事業線。

即使他每天都來買午餐，但從來不內用，老闆娘不會覺得奇怪，只是覺得他和其他人一樣，不想在公眾場所進食，而不是其他理由。她要煩惱的，應該只有茶餐廳怎樣在世紀疫情裡活下來。

灰衣女子思考的事情卻不一樣。

在她看過的犯罪實錄裡，很多專家都說，殺人這件事其實很簡單，可是處理屍體和凶器，和離開現場不留下證據，才是整個謀殺過程裡最艱難的部份。

她們這次的行動不一樣，經過精心安排，只要事前準備好，執行時沒碰到意料之外的問題，就不用煩惱棄屍和凶器，也不必顧慮逃走路徑。

沒人會查到她們身上，那個可能性近乎零。

16

目送升降機關上門後，曹新一回會客室拿客戶的杯子去洗。洗杯子本來不是他的工作，但現在是了。他覺得自己像在沉淪，今天洗杯子，明天會不會負責倒垃圾和洗廁所？

一邊洗杯子，他一邊回想剛才會客室裡發生的事。

首先，巫師要求先收十天費用為訂金，是正常評估「五天」的兩倍。

其次，巫師開出的「人日」價錢，是正常的兩倍以上。

最後，巫師接下一個曹新一認為地球上沒有偵探能夠完成的案子。

曹新一不是沒見過巫師用這種和詐騙沒有分別的手法接生意。他們不是要做傷天害理的事，只是想多賺點錢。

曹新一的銀行存款不多，再撐半年就見底，可是疫情看來不像會在一年半載內結束。很多有電單車（機車）執照的人都跑去做目前需求最大的外送員，每天下班就領錢。曹新一不懂騎電單車，加上有案底，連兼差工作也不容易找到。

如果當年他不是一念之差，現在可能已經在一家頗有規模的網路保安公司做「滲透測試工程師」（penetration tester）——常見的說法是「白帽駭客」——由客戶付錢聘用你駭進他們的系統裡找出保安漏洞。這是目前最炙手可熱的職業，需求隨網路罪案層出不窮而增多，完全不受疫情或經濟週期影響。愈多人依賴網路，網站愈要更提升保安要求，相關職業的市場需求也愈大。

每當想到這個失諸交臂的人生，他都後悔莫及。社會只需要聽話的人和人生目的只想賺錢去推動社會發展的人，而不是不追隨主流想法、覺得除了錢以外還有其他值得追求、會停下來獨立思考的人。

所以他註定是個失敗者。

曹新一返回會客室時，巫師已經投入工作。只要拿到身份證號碼，他就能透過分佈在不同政府部門和私人機構的線人找到出生年月日、電話、住址和電郵地址等基本資料。

曹新一不知道巫師拿什麼好處和線人交換，說不定，對方有痛腳在巫師手上而不得不合作。

接下來，巫師會去LinkedIn抓出學歷、工作經歷和檯面上的人際關係網，或者透過商業登記找到其他資料。如果要點手段後能幸運（難度愈來愈高）鑽進他們的臉書、WhatsApp、WeChat、Telegram和電郵帳戶裡，就連檯面下的人際關係網也能抓出來，包括不能見光的性關係。

很多人不知道，這種不為外人所知的隱形關係，在社會上比比皆是，也因為這種關係非常深層，因此堅若磐石。

現在巫師手上的不只是身份證號碼，而是整張身份證上的所有資料，包括中英文姓名、出生日期、出生地、國籍，搜尋過程快很多。

「柳漢華是月薪十一萬九的中級公務員，職位是高級系統分析主任，兩年前由私人機構轉過去，聰明人。鄧偉在一間科技公司擔任顧問。顧問這名稱很含糊，我不知道他到底做什麼，但月薪五萬二。」

「難怪不用擔心調查費。」曹新一慨歎道，他這輩子永遠拿不到這種高薪。

「他們兩個人拿點錢出來做財富再分配，我們應該全力配合。就算最後我們什麼也找不到，起碼付出過勞力，不算不勞而獲。」巫師的視線仍然停留在LinkedIn上。

「要不要我去查他們的家庭背景？」曹新一喜歡採取主動。

「不用，我問線人。」

巫師只要一通電話，就有機會問到曹新一要在網路上花幾個小時東找西挖才能湊出來的情報。

巫師向曹新一遞出客戶留下的兩部手機。「你拿去給大神好好檢查裡面有沒有駭客足跡和其他異常。」

「不用吧，這些事我可以自己來！」

「錢不能我們自己賺光，要照顧朋友。我們很久沒生意給大神了。叫大神開發票，證明我們有在做事。」巫師把領呔脫下來、捲好，再解開衣領鈕釦。「如果以後大家都WFH，連出門的機會也減少的話，我們可能只剩下網路相關的生意。」

「那就轉呀，就像現在大家都說疫情逼公司推行遠端工作。現在不管小偷和跨國犯罪集團都利用網路進行盜竊、詐騙、非法交易等活動。高科技犯罪成為大勢所趨，雖然目前不是我們的主要業務，但幾年後，很有可能就要倒轉過來。」

「公司可以轉型，但行動組的同事怎樣轉？」巫師伸手指向樓上。行動組的辦公室在上層，貿易公司的招牌只是掩人耳目。「他們只會跟蹤、喬裝、偷拍，加入行動組就是因為不喜歡安安定定坐在工作間，要他們坐在電腦面前一整天簡直是折磨。」

是這樣沒錯，但這幾年的科技發展更快得可怕，像加密貨幣、暗網、物聯網、深度偽造（deepfake）等，以前都是科幻小說的題材，如今逐漸成真。

時代巨變撲來時，和颱風一樣冷酷無情。

曹新一沒有答話，只希望自己不會這麼快面對巨變。

「你還跟你的小女友趙韻之住在一起嗎？」巫師問。

巫師控制輪椅離開會議室時問。雖然裝作不經意，但曹新一覺得他不是隨口問。

曹新一沒想到他還記得她的名字，但聽到時，心頭感到一陣暖意，覺得他和她的關係獲得認同。

「對。有什麼事嗎？」

「沒什麼。雖然你和她的關係我一點也不懂，但我更擔心你在這個兵荒馬亂的時代一個人住，心理會很不健康。和她一起，我就放心了。」

17

大神的辦公室位於偵探社三條街外，一條不到五十公尺長、貫通彌敦道和西洋菜南街兩條繁忙大街之間的橫街裡。

雖然橫街很短，人流卻不少。

小販的擺攤和手推車引來一堆途人聚集。這些小販有風向鼻，緊貼市場需要。以前他們賣手機配件，現在變成口罩，雖然來歷不明，但便宜貨能吸引低收入階層光顧，特別是老人。他們不是沒對這些口罩的防護力存疑，但負擔不起被炒到天價的口罩。

只要窮，就連保護自己性命的方式都沒有選擇的自由。反過來，有些人覺得性命要緊，寧願自己餓幾天，也要省下錢來去買口罩給家人。

曹新一鑽進一棟已經有四十年樓齡的商業大樓裡。雖然做過好幾次大維修，但內部的空間無法改動，包括窄小的電梯大堂和狹窄得會令人產生幽閉恐懼症的走廊。

這種小格局無法吸引重視門面的公司，所以，主要租客是小本經營的旅行社、眼鏡公司、外傭中介所和小型會計師事務所。

離開升降機後，曹新一看見三個蠱惑仔從大神的公司門口離開，揮手道別時非常恭敬。如果他們有尾巴，現在一定在用力搖。

曹新一知道大神的客戶包括中小型黑幫社團，但這是第一次親眼看到。

江湖傳聞「大神」這名號就是某黑幫堂主取的，他們不是貪圖他收費比大型電腦保全公司便宜，而是他公司裡只有他一個人，如果走漏風聲一定非他莫屬。

也有人說大神是某黑幫大佬的兒子，但沒興趣加入黑道，寧願在這裡開店，所以大家都給面子去光顧。

更有人說他是智商一百五十八的天才，讀中學時在學校的電腦實驗室幫黑幫架設色情網站賺錢，後來被老師發現但只是向他索取免費登入帳戶。

不管哪個說法才正確，這間「一人」公司有一個很大的問題：大神的手和眼睛都只有一雙，你要找他，除非加錢，否則就要付出無比的耐性。

大神的辦公室外掛的招牌只簡單說是手機和電腦維修中心，沒有華麗的裝潢和形同虛設的接待處，一入門就直接見到大神，身邊有幾台被拆開來的電腦，一堆零件，和一個像永遠吃不完的飯盒（便當）。

大神忙到分身乏術，往往扒幾口飯後就繼續手邊的工作，等手有空再找機會扒幾口。

這種風景在很多小型電腦維修中心都能看到，但只有行家才知道大神是電腦（和手機）保全專家。聽說以前他在跨國電腦保全公司工作，和管理層鬧翻後自立門戶，寧願在寒傖的小辦公室裡工作，也不願在富麗堂皇的商業大樓上班卻耗費人生在無止境的辦公室政治上。

大神只瞧了曹新一一眼，就挪動目測身高一百八，超過一百公斤的龐大身軀進去旁邊的小房間裡。

曹新一幫忙把公司玻璃門上的白色膠牌從「歡迎光臨」翻轉到「暫停營業」，跟隨在他身後，大家一句話也不用交換。

這天大神的T袖上熨的人物是《鬼滅之刃》的炭治郎和禰豆子，戴綠黑格紋口罩加黑色粗框眼鏡，他看來就像個喜歡ACG和參加粉絲見面會追捧偶像的中年肥宅，和大神的名號有極大反差。

不過，以兩人江湖地位的巨大差距，除非大神主動開口，否則曹新一絕少和他聊工作以外的話題。他在牢裡學到一個道理：即使和囚友有共同興趣，也不代表可以成為朋友。不要高攀，保持距離才是最恰當的相處方式。不是所有囚友都像連環殺手凌友風般平易近人，那很可能只是裝出來的生存之道。

小房間裡的白色長桌只有一部Mac，比外面的桌子還乾淨。

大神幾乎整個人跌坐在椅子上。「幾個月沒見，你還在巫師那邊工作？」

「我去不了其他地方。你收留我嗎？」曹新一笑著答，即使大神看不到他整張臉。

「我這裡地方淺窄，快連我轉身的空間也不夠。這三個月我的體重不但沒減少，反而增加。唉！」

曹新一上下打量大神，以他這壯碩體型，加減十公斤根本看不出來。

其實曹新一也無法憑大神的壯碩體型猜出他的年齡，但如果大神在世紀之交時是中學生，就是在八十年代末出生，現在應該四十出頭。

大神偷瞄牆上的掛鐘。「你以後來這裡，盡量在五點之前。」

「你要提早關門嗎？」

「不是。和我無關。疫情下很多商店都結業，黑幫拿到手的保護費也少了，而且他們的桑拿浴室、一樓一[14]、麻雀館、酒吧和卡拉ＯＫ的生意都下跌至少百分之九十。他們叫兄弟們共度時艱去節流，也要開源，向更多臨時攤販和小商戶收取保護費，包括樓下賣口罩的小販，因此現在的蠱惑仔比疫情前更活躍。我們這條橫街剛好位處兩大社團勢力範圍的交接位，無可奈何成為兵家必爭之地。」

「難怪我見街上的蠱惑仔多了。這是剛才那幾個告訴你的？」

「不，他們只是拿筆電來修理。你上來是什麼事？」

曹新一把兩部手機放下。

「巫師要找出被刪除的檔案，和找出間諜軟體。他說好久沒給你生意，也向你問好。」

即使是合作多年的伙伴，偵探社也不會把所有事情和盤托出。大神只需要知道他需要的情報。

「幫我謝謝巫師。」

曹新一抽出六張「啡牛」（五百元港幣鈔票）做上期，放在桌子上。大神雖然以科技謀生，但不收加密貨幣或信用卡，只收現金。你要問他才會給發票。

曹新一除了留意大神的衣著，也趁他沒有注意時，記下他臉孔和手臂等有沒有痣和疤痕等可供記認的特徵。

最近他發現有個戴上白色威尼斯半臉面具叫「暗黑股評人金槍」的YouTuber，不是股票的「股」，而是屁股的「股」，專門介紹日本AV，特別喜歡人妻、熟女、NTR[15]等類型。

那頻道裡很多影片都理所當然被黃標，但直接課金的金主數量足以令頻道自力更生。雖然有面具遮著大半張臉，聲音也不一樣，但金槍的下巴、嘴巴，特別是體型，真的很像大神，連講話的方式也一樣，聲音在影片後製時可以輕易改變。

大神的生意在疫情期間大受打擊，開個分身經營副業賺錢不足為奇，但頻道類型就很讓人意外，和他的專業形象反差太大了。

---

14 一樓一：全名爲「一樓一鳳」，指只有一位妓女在一個住宅單位内提供服務的色情架步。

15 NTR：取自日文「寢取られ（Ne To Ra Re）」的羅馬拼音縮寫，指被他人強佔配偶、對象，也就是「給別人戴綠帽」。

除非大神主動提及，否則曹新一要裝作不知情，更不可能去問：「如果你瘦四十公斤，會考慮去做ＡＶ男優嗎？」

18

一等良民從老闆娘手上接過外賣後，就啟程回家。

灰衣女子鬆了口氣。她們要提防他離開賓館後跑去別的地方。如果他一去不返突然消失，她們過去幾個月的準備都付諸流水。

她繼續跟在他後面，要留意他在路上有沒有和同黨進行面對面的接觸。任何面對面說話或者傳紙條等不涉及手機或網路等高科技的通訊方式，都是她們的死穴。

他提著外賣，筆直向前走，而且走時的步伐很像踏在美妙的旋律上——不，你這混蛋一路走來，都是踐踏在其他人的身上！

她和他同時進入升降機。

他始終沒有留意到她的存在。

他們在同一層離開升降機，她目送他頭也不回進入賓館。她慶幸自己比一個路牌的存在感更低。

他晚上還會出來買一次晚餐，不過，如果他順利在明天天亮前死去，剛才就是他最後一次在日照下的大街上步行。

19

中午十二點五十五分，曹新一告別大神後回復自由身。

以前在這時間，街上塞滿熙來攘往買中午飯的上班族，現在人數只剩下三分之一。

既然下午不必回公司，曹新一就發短訊問趙韻之：「妳吃了午餐嗎？要不要我買回來？」

「幫我買韓式炸雞飯」

他剛準備回答「好的」，她很快補上第二條訊息。「不過，如果你有需要，可以去找飯友吃飯，我不介意」

他沒回應這條訊息，把「好的」刪掉，改為「我買回來一起吃」。送出。

雖然同居了一年多，他仍然在學習和她相處的模式。這種事巫師不會懂，就算去討論區問人，也沒有人能提供答案。

很多人說科技發展需要追逐，否則很快就會落伍，但沒有多少人會說，就算男女之間的感情關係也一樣日新月異。

他光顧久違的愛民邨森記茶餐廳。這家以食物「有鑊氣」見稱。他曾經向台灣朋友解釋「有鑊氣」表示廚師由鑊烹調並保留了食物原本的味道。

在疫情期間，很多餐廳都提供「抗疫價八折」的優惠。由於很多人在家工作，住宅區各大小餐廳門外聚集的人反而比商業區的要多，不少是身穿制服揹上保溫袋的外送員。

森記也不例外，門外有十多人聚集，大家都很不耐煩，露出像餓鬼一樣的眼神。

老闆輝哥站在店門口，接過伙記從裡面拿出來的兩份外帶，逐一檢查後才交給客人。雖然戴上口罩，但曹新一不會忘記他的二撇雞（八字鬍）。

曹新一不想再找來找去，就向輝哥直接下單。

「要一個韓式炸雞飯套餐和一個叉燒飯套餐。」

他在獄中讀過作家倪匡的傳記。倪匡談到自己剛從大陸逃難來到香港，第一次拿到酬勞就去吃生平第一碗叉燒飯。通紅的叉燒和雪白的飯，讓經歷過大饑荒的他感動落淚。

從此曹新一對叉燒的感情非常複雜，幾乎每星期都去買叉燒飯吃，覺得經大師加持後連味道也不同凡響，即使是半世紀後，也不是大師光顧的那間店。

「大陸沒有新鮮豬肉和家禽運來香港，我們沒有叉燒賣。」輝哥和他對望了一眼。

曹新一幾乎忘記這新聞。他每天都被海量新聞淹沒，不可能每一則都牢牢記得。

「還有什麼介紹？」

「俄羅斯牛柳飯。要就下單，快賣完了。」

「好。不要餐具。」曹新一特別說明。他寧願在家裡洗餐具，也不想製造塑膠廢物。

「謝謝支持環保！」輝哥把手上的外帶分光後，暫時鬆一口氣。

「這種事怎會需要你親力親為？請不到人嗎？」曹新一好奇問。

「處理外帶不是簡單的工作，」輝哥吁了口氣道：「需要安撫客人，不能給錯，不能漏掉，一不小心得罪客人就會被網路公審，由『人氣名店』變成『人棄名店』，放『棄』的『棄』。」

曹新一苦笑。

這年頭的網路力量不容小覷，只要網民聲勢夠浩大，連跨國企業也要派代表出來公開道歉。小店被抵制等於被判死刑。到底這是言論自由或網路欺凌？有時連曹新一也分不清。

在以前，一間餐廳只須要專注在食物上，再和社區的老主顧打好關係，就可以安安穩穩做十幾年生意。智慧型手機興起後，很多餐廳都要經營網路社群，老闆可能要親自下海做小編，和網友互動，最好能講笑話，會寫文宣，引起話題和瘋傳，然後你的餐廳裝修和食物要講究賣相，吸引客人來打卡。

輝哥曾經抱怨開餐廳愈來愈像開娛樂公司，他羨慕外國有些餐廳嚴禁客人拍照，不只因為廚師希望你盡快把食物吃光，也因為食物講究賣相，自然不希望被其他廚師抄襲。

可是，不少香港人覺得付了錢就是大爺，而廚師只是不會唸書的「廚房佬」，除非那是米芝蓮（米其林）餐廳的名廚，他們才會頂禮膜拜。

「客人愈有言論自由和攝影自由，我們這些小本經營的生意就愈難做。」輝哥經常向熟客抱怨。「有些YouTuber拿我們四十塊錢的叉燒飯和米芝蓮兩星的一百五十塊錢叉燒飯做大比拚，說我們遠遠比不上人家，所以只值四十塊錢。這是什麼鬼邏輯和拍片自由？我們只是做街坊生意！他們再來的話，我就請他們吃巧克力！」

「為什麼？」

「那是巧克力味道的大便。」

20

曹新一帶午餐回到家時，趙韻之已經把原本放在餐桌上的電腦移到沙發上，清空桌子，連餐具都準備妥當。那座由十多本英文教科書構成的小書山被暫時移到沙發旁的小茶几上。

她化好妝，上半身是寶藍色工作服，下半身是淺藍色休閒褲，腳踏米黃色紓壓鞋。

「今天的網課順利嗎？」他問。

「沒多少學生來上課，也沒有人提出問題。現在的學生很狡猾，會用循環錄像騙你他在專心上課。」她的語氣很無奈。「你呢？」

「算是開工大吉吧！」

她聽他講了這天早上的經歷後說：「很多公司都開始裁減人手，恭喜你在瘟疫蔓延期間找到自己的存在價值。連我也知道網路保全是現在最搶手的工作。」

他從來沒告訴過她自己是在偵探社工作，只說自己大學畢業後一直在小型網路保全公司上班。

不過，他會向她報告在偵探社的工作內容，把背景改動。雖然巫師規定不能對家人包括女友透露公事，但他和她交往的第一個月裡就違反了這原則。當然，敏感的不能說，他也沒有提到巫師抬價和講一套做一套，她一定很不齒，但行走江湖，有很多不能不遵守的生存法則。

「但我的工作是建基於客戶的不幸之上。」

「如果你能幫他們解決問題，他們就不再是不幸。不過，我不覺得那兩人講實話。」

「原因？」

「直覺，或者說，他們講的理由很不自然。香港是個小城市，你怎會不和在網路上稱兄道弟的網友出來見面？反過來，在網路上稱兄道弟後出來見到真人發現是另一回事後，疏遠或斷絕來往才合理。」

「我也是這樣想。客戶可能在網路上和其他人結怨，其實要我們把他們的仇家找出來，再進行報復，但那不關我的事。」

「男人的報復心態真奇怪，為什麼要報復？很好玩嗎？」趙韻之拉開話題。「這裡的租約四月就到期，你想不想續租？」

「怎可以不租？買樓嗎？」

「當然不是，現在酒店月租便宜，一個月不用一萬。」

自從曹新一在偵探社的工作穩定後，就不想再住在小得可憐的劏房裡，於是在合租共居群組裡找到兩個合租的伙伴分擔租金，認識趙韻之後兩人就共賦同居。

疫情來臨後，搬去酒店住是不少像他們這種無殼蝸牛的選項，但身為偵探，他聽過不少酒店的故事，覺得那種地方很沒有安全感。

「妳有很多書，酒店房間應該放不下吧！」

「可以租迷你倉，月租二千二，酒店月租九千八，加起來也不過一萬二千，比這裡月租萬六便宜四千，而且不必另付水電煤和其他雜費，也有專人來做打掃。拿衣服送去自助洗衣店一個月花不了四千塊。」

「妳都算好錢了。」

「能省錢不好嗎？你可以不同意。」

「就照妳安排好了。」

21

灰衣女子換過衣服，變成黑衣女子，跟著一等良民鑽進升降機裡。

他照樣只看了她一眼後，就把目光移回手機畫面上。

「我今早見過你。」他用平靜的語氣道。

她從來沒想到他會對自己有印象，心跳突然加速，也有點頭暈。

「是嗎？我以為自己的存在感很低。」

他抬起頭來，除下耳機，這幾天來第一次正眼注視她，用右手食指和中指倒指自己雙眼。

「我對女性有過目不忘的本領，就算妳只露出眼睛也一樣。」

即使戴著口罩，她也能看出他臉部肌肉拉出來的笑意。

如果沒有口罩遮掩，相貌平凡的她不會引起他的注意。戴上口罩的女性，刺激男性對她們容貌添加了美麗的幻想。

幸好她想過怎樣應付這種突發狀況。

「你的記憶力很好，應該是做很厲害的工作吧！」

「開玩笑，真的厲害怎會住在這種鬼地方？不過，能在疫情下活下來就不錯了。」他按門讓她離開，態度很紳士，但事情不能看表面。「妳也是去三喜嗎？」

黑衣女子幾乎反應不過來，幸好早有準備。「不，我去麥當勞。」

兩人分道揚鑣。黑衣女子邊走邊抽出手機，報告剛才的經歷。

「他好像認出我來，今晚的行動要不要取消？」

「不用，妳現在是怎樣打扮？」電話另一端問。

「就是一般打扮。」

「顏色呢？」

「黑色。不搶眼。」

「放心，他不認得妳，只是對穿黑衣的女性有情結。剛才他只是向妳施展標準的搭訕話術。我們照原本計劃進行。」

22

「市民呼籲政府實施口罩令」、「口罩價錢搶至新高」、「日本奧運可能取消」。

吃完晚餐，曹新一坐在沙發上滑手機，映入眼簾的每一道標題好像都有值得按進去細讀的需要，可是他沒那麼多時間，就算全職讀新聞，也追不及局勢的變化。他和其他市民一樣，每天都要接收、閱讀和消化大量新聞，像在打資訊戰，要分辨新聞的真偽。

這次蔓延全球的肺炎是他有生以來親身經歷過最嚴重的事件，除非爆發第三次世界大戰才能超越。很多人第一次面對這種前所未有的狀況，也適應不了，以密集的頻率不停轉發新聞，曹新一覺得他們都患上創傷後壓力症候群。

這個繁忙的一天快要結束時，曹新一的電話響起來。

是暗黑股評人金槍，也就是大神。

大神不喜歡花時間打文字訊息或留語音訊息，而是直接打電話過來，強逼你一定要接聽，霸道得像神一樣，也許這才是「大神」這名字的真正由來。

「兩部電話一共有五十五張照片被刪掉，我順手還原了，都是普通不過的照片。」

「好的，我明天去拿。」

「我明天不開門，所以把電話裡面的東西都上傳雲端，你們慢慢看。」

「有沒有發現駭客入侵的證據？」

「沒有啦！兩部電話都沒有安裝什麼垃圾ＡＰＰ。」

掛線後，大神丟來一個雲端連結，裡面包括四個加密壓縮包，把兩支手機裡半年內的照片和剛還原的分開。

「要瞭解一個人，不只看他拍什麼照片，還要看他怎樣拍。」這是巫師的名言。「就像同一個女人，男朋友和變態佬拍的焦點和角度完全不一樣。」

曹新一把照片用投影機投影到牆上仔細地逐一檢查，一臉好奇的趙韻之在他旁邊靜靜坐下，邊看邊吃宵夜。

曹新一的鼻翼微動，香噴噴的艇仔粥和蝦米腸粉的味道令人無法抵擋，但必須暫時把滿足口慾的慾望按下，趕快去看照片，特別是被刪掉的那批。

他不怕她看到。身為自己的同居伴侶，只有她不想看的照片，沒有她不能看的照片。所有照片都普通不過，是只對當事人有意義但對外人毫無吸引力的生活照，即使被刪去的照片也一樣。被刪掉的理由並不是不可告人，而是拍壞了，或者重複。

曹新一曾經懷疑這兩人做過勒索之類的不法行徑而被追殺，結果居然沒有發現可疑照片。基於無罪假定原則，這兩人暫時仍然是奉公守法的一等良民。

「我可以說幾句話嗎？」趙韻之把艇仔粥放在小茶几上。

「說吧。」他瞄向只剩下一層醬油的碟子。「我以為妳會留一條腸粉給我！」

「你不早說，我等下再煎給你。這些照片你沒發現大大不妥嗎？」

她的想法總是與眾不同，但每次都能讓他見識到女人思考方式和男人的巨大差異。

「哪有不妥？我沒看到。」

「第一個男人的照片裡，有一半是他的自拍照，這頻率不是太高了嗎？」她指的是鄧偉。「剩下一半就是他的名車、美食、運動鞋，這個自戀狂喜歡炫耀到了神憎鬼厭的地步。」

「同意，但我不評論他的個性。另一個人的全是普通的中產家庭生活照，有他自己、他孩子、太太、黃金獵犬，什麼都有。沒有問題吧？」

她瞇起眼注視他，一臉不屑的模樣。

「你們男人就是這樣膚淺，總是要眼見的才算是問題。女人看事情不是這樣。」他學她般瞇起眼睛。「妳看到什麼？」

「不是看到什麼，而是看不到應該存在的。你找到他和太太兩人的合照嗎？」

他把縮圖變小，快速瀏覽，果然幾千張照片裡一張夫婦倆的合照也沒有。

「這代表不了什麼，他有和兒子跟太太一家三口的合照，有幾張連狗也拍進去。」

「你真是遲鈍。一家三口的合照是家庭的需求，和太太的合照屬於愛情的範疇，是不一樣的東西。」她用不容否定的口吻說。「就算結了婚，女人也會想要和丈夫兩人的合照。」

「這是什麼理由？不能缺兒子呀！那才是完整的家。」

「你知道什麼是『假面夫妻』嗎？就是結婚多年已經沒有感情，但為了孩子的成長才勉強維持下去。就像我父母一樣，我覺得他們就是這樣。」

曹新一和趙韻之跟父母的關係都很糟。她受不了原生家庭對她的控制太嚴厲，所以上大學後就搬出來住。

同樣和原生家庭切割，她是自願，而他卻是被逼，但沒有告訴她。

23

第二天的天氣很糟，雖然只是下微雨，卻讓曹新一想起監獄裡每逢梅雨天就變濕甚至生青苔的地板和牆壁，這比失去自由更令人討厭。

疫情再次反彈，感染人數又不斷上升。

曹新一剛睜開眼，就感到鬱悶，希望這場雨盡快結束。不，曹新一更希望的，是疫情盡快結束。

巫師的臉在電腦畫面上出現時，那種疲勞感更加明顯，不只從眼角散發，甚至從法令紋、嘴角和髮根滲出來。

曹新一慶幸透過電腦畫面去看，巫師不會發現自己在研究他的臉。

曹新一把趙韻之從照片裡發現的異常當成大神的發現告訴巫師，反正巫師和大神很少直接聯絡。

「雖然很主觀，但好像有點道理。」巫師沒有懷疑這說法的來源。

「你認同他的話？」

「他提出我沒想過的角度。如果他那生意倒了，我有興趣招攬他轉來做私家偵探。我不是開玩笑。我喜歡他這種陰謀論專家，不管他們的說法對不對，起碼是我們常人沒想到的角度。」

曹新一反應不過來，想到趙韻之可能比自己適合當偵探，他就懷疑自己的存在價值。

巫師繼續說：「我的情報回來了。先說在去年七月二十一日至二十二日之間的凌晨，我認爲一宗電動車意外跟我們的調查有關，不過，由於發生元朗襲擊事件[16]，搶光了所有人的注意力，記者在接下來好幾天都沒有餘力報導其他新聞。」

曹新一雖然不是行動組，但知道這種情報往往來自記者。記者和偵探的工作性質很接近，分別在於一個向公眾負責，一個向客戶負責。一個要公開，一個要保密，但都須要堅持真相。

行動組有兩個同事以前就是屬於「狗仔隊」的偵查記者，是媒體萎縮下的犧牲品。年輕記者需要的拍片、剪片、錄旁白、上字幕、加特效等全方位能力，他們這些中年人沒有本事去學習和適應。

阿夢曾經以鄙視的口吻說：「要做這麼多雜務我不如去做街頭藝人，起碼表演完畢馬上會領到打賞，而不是按讚。」

記者有自己的渠道和線人打聽因意外死亡或自殺的消息，但由於不是所有都具備新聞

---

16 元朗襲擊事件：又稱元朗721，二〇一九年七月二十一日夜晚，過百黑幫成員在元朗地鐵站持武器無差別襲擊市民，至少四十五人受傷，事後警方以起訴八人結案。

價值，大部份都沒有寫成報導。在注意力稀少的年代，很多社會新聞變得毫不起眼，輕易被淹沒在更能炒起話題的政治、娛樂八卦或桃色新聞裡。

「那宗電動車意外我的情報很少，也拿不出有力證據證明和我們的調查有關。」巫師繼續道：「不過，上星期有宗電動滑板意外就容易找很多。死者二十八歲，住在樂景灣，和幾個朋友在屋苑的商務中心合資開了一間蚊型[17]的科技公司。我還在查他們的具體業務，也許只是安置比特幣挖礦機。他每天都踏電動滑板往返住宅和公司之間約三公里的路程，即使疫情期間，也照樣上班。那天他的電動滑板在高速行駛時突然煞停，他被拋出後，遭後面的單車撞倒，頭部嚴重受傷，當夜就身亡。」

在香港，使用任何電動交通工具都需要牌照和購買保險，只是香港政府並不向電動滑板車和電動滑板等移動裝置發出牌照，因此使用者都是違法使用，警方可以發出告票（罰單）。

這種玩意在人車爭路的市區不容見看到。非法使用者往往住在幅員廣闊的偏遠地區，曹新一從來沒親眼見過，連怎樣操作都一無所知。

「電動滑板車和滑板有什麼分別？」

「電動滑板車有操控桿控制方向，電動滑板轉向靠自己，加速減速都靠玩家手上的遙控器控制。」

「用藍牙來連接？」

「沒錯。」

曹新一秒懂，只要用藍牙，就容易被干擾，甚至入侵。

「滑板在單車徑上以高速移動。」巫師道：「用藍牙影響它的凶手必定在附近。樂景灣那種郊區很多人都不戴口罩，我正聯絡當區區議員，徵求當時的現場照片和影片。」

「你想找出現場每一張臉，到下次的案件出現時，透過對比找出目標人物？」

「只是存檔，這種對照對另一宗案件並不適用。」巫師的語氣很無力。「就是上星期的藍牙耳機爆炸。」

死者是個專門測試藍牙耳機的二十四歲YouTuber。他每個月都會收到世界各地的廠商寄產品給他測試。不料藍牙耳機爆炸，把他左耳燒黑。他當場失去意識，被送往醫院搶救，但由於傷勢過重，留院三日後不治。這是香港第一宗耳機爆炸致死意外。

「這案件我有印象，可是怎樣遙控藍牙耳機發生爆炸？」曹新一問。

「不，是把質量不及格的寄給那個YouTuber去測試。藍牙耳機的鋰電池如果過熱，或者設計不良，就很容易爆炸。」

「這兩宗案件都可能只是意外，和我們調查的案件沒有關聯。」

---

17 蚊型：香港用語，指像蚊子一樣小。

巫師搖頭，「香港每年平均有一千八百人因意外身亡，每星期是三十六人，一個星期內有兩宗這種涉及３Ｃ產品的命案，那個記者說前所未有。」

「除了日期外，沒有證據證明那兩個人就是我們客戶的隊友！」

「也無法證明不是。對嗎？先拿這兩個人交差。在這個艱難時期，就算找不到，也要交點功課出來，這對偵探社的聲譽非常重要。就這樣決定好了，到時你配合我就行。」

斷線。

難怪巫師不用他回去偵探社。

有些事情他們心照不宣。巫師從一開始就打算把不一定和本案有關的案件拉上關係，完成階段任務，再吸引客戶付更多的錢完成其他部份。

這些電子產品裝置損毀後，就難以找到證據，成為最容易交差的理由。

這不是調查，而是做生意，或者準確說，詐騙。

以前巫師會不會做這種事，曹新一不知道，現在巫師不但做，還把他拉下水。

「你也變成共犯了。」

以前曹新一一定不會答應，但現在不答應的話，就沒有收入。

在這個艱難時期，他和很多人一樣，沒有太多選擇權。

堅持原則但失業，或繼續沉淪去保住工作？

看來好像有選擇自由，但其實並沒有。

自由是假象，每一個人做的選擇，其實受客觀條件和各種隱形的社會制約規範，除非他不想活下去。

曹新一這種想法，趙韻之一定會反對。她一直認為，做人沒有原則的話，就失去身為知識份子的崇高價值，即使和父母親吵架也在所不惜。

「到底是活在象牙塔裡的她太天真，或者見識過太多社會真實面的我太短視？」

曹新一想不出答案，也不打算細想。幸好她去了超級市場，什麼也聽不到。

趙韻之可以接受他是個窮小子，有案底這點肯定越過她的底線，所以他一直不敢說，也相信這輩子沒有機會說，只希望她永遠不會發現。

第二章／劏房裡的屍體（2020）

24

——那小子不是死於肺炎吧？

吉叔敲門時，愈想愈不妙。

任何開賓館的人，總有一天會面對住客斃命。要走一次「發現死者、報警、仵工（法醫）抬走屍體、被警方盤問、清理房間、找師傅做法事、安撫其他住客」的流程，才算通過業內不成文的考核。

要來的事情終究要來。

早在二〇一九年三月社會運動如火如荼時，吉叔就嗅到十六年前ＳＡＲＳ入侵香港時的慘況，同樣遊客不來，零售業和旅遊業雙雙受重創。

他預視到大危機會再臨，不過，危機的重點是在後面的「機」字，所以，他砸下重金花八個月把整個賓館翻新，重鋪電線和水管，把房間由本來的二十間重新設計變成十二間，希望日後的住客由廉價觀光客變成住劏房的香港人，這樣的收入會較為穩定。

這是他接手這賓館三十多年來第一次的翻新工程。他不再是於九十年代香港移民潮期間，從上任老闆接手賓館、入世未深向家人和親戚朋友借錢的年輕人，而是經驗老到、口袋很深的老男人。

沒想到二〇二〇年一月歷史果然重演，肺炎殺入香港。三月，大街上的商戶出現倒閉潮，很多人坐困愁城，不知何日才能脫離苦海。

同業慨歎賓館沒有觀光客，不知道生意怎樣做下去。

重慶大廈第一間賓館因此宣告結業時，吉叔的房間已經住滿客人，全部都是剛加入失業大軍或者在經濟轉型下被裁員的單身中產，因為無力再負擔昂貴租金或純粹只想減低開支而陸續搬來劏房這種避風港。

他想不到的是，由於要住劏房的人多了，供不應求，租金居然逆市上升。

既然剛裝修完畢，一切設備都是嶄新得發亮，吉叔就把租金訂得略高於市場價，再貴的話，客人就寧願住廉價酒店。疫情爆發後，酒店不得不把房價定到以往的三分之一甚至五分之一，遠遠低於成本價。酒店業者從來沒想到，他們會淪為劏房的競爭對手。

吉叔擔心住客感染肺炎。只要有一個人被感染，其他人也難以倖免，所以除了把家庭裝酒精搓手液放在顯眼處鼓勵他們注意衛生外，也盡力張羅口罩，再轉售給住客，順便賺三成。比起賺雙倍甚至五倍的人，他賺的只是蠅頭小利。

每天他醒來後的第一件事，就是留意疫情消息，包括感染數字和死亡數字，然後坐在賓館櫃枱後面的藤椅上，留意住客的健康情況。

這天吉叔在早上六點半就醒來，比所有住客都要早，在十點前見過十一間房裡的住客。這裡面六個在打零工，三個待業，兩個有慢性病的中年人決定休息一段時間，讓心靈好好沉澱後再戰江湖。

面對前所未有的疫情，體認到生命可以在幾日內消失，很多人對人生和安身立命的想法都開始改變。

只有住在豪華客房的肥陳直到十一點仍未現身，不符合他平日早上九點多就出門去樓下的三喜茶餐廳買早餐回來吃的良好習慣。

賓館有個小廚房給住客共用，提供燒水壺和微波爐，但沒有冰箱，也不准煮食。愈多食物或廚具在廚房，爭吵就愈多，住客會為食物或碗碟不見蹤影而吵架。

要吃比杯麵複雜的食物，住客就要到外面買，或者叫外送。吉叔自己也一樣。

肥陳不在外面吃早餐，而是買回來在房間吃，從不例外。

吉叔撥通肥陳的電話號碼，但房裡沒有傳出電話聲。這不奇怪，劏房之間的牆身很薄，無法隔音，很多住客都把手機轉為震動模式，可是響了超過三分鐘，連打八次，肥陳一樣沒有接聽。

肥陳雖然取這綽號，但本人只是稍胖，身高五呎九（一百七十五公分），聽他說是由以前超過二百磅（九十一公斤）減到現在的一百六十磅（七十二．五公斤）。不煙不酒，喜歡窩在房間裡，沒聽他說會去做運動。

他看來很健康，不像會有突發心臟病。說話也思路清晰，不是癮君子。

——那小子不是死於肺炎吧？

吉叔愈想愈怕。如果有住客離世，賓館就要暫時停業。有些同行遇到劫殺案之類的事情後，會改名以免在網路上被發現，麻煩得不得了。

他輕敲房門。「肥陳，你醒來了嗎？」他把耳朵貼到門上聆聽。裡面沒有腳步聲，沒有其他聲響，沒有半點人的氣息。

「你再不開門的話，我就進來了。」

為免住客出意外，吉叔沒別的選擇。他當初決定給客房安裝指紋鎖，這就是其中一個理由。只要把拇指按上去，連鑰匙也不用花時間去找，也不怕住客不見鑰匙。

吉叔叫負責打雜的中年菲籍女傭工用手機拍片記錄他開門的過程，萬一住客投訴財物損失，他可以用影片證明自己的清白。

吉叔把拇指貼上感應器，門鎖發出「咔」一聲。他推開門，一陣臭味撲鼻而來。

肥陳躺在床上，穿長袖睡衣和長褲，頭對門口，腳對窗。眼球突出，口水和鼻涕都流出來，長褲濕了大片，大小便的污跡印了一大灘。從混亂的床單看來，他曾經痛苦掙扎。

肥陳的筆電是闔上的，放在靠窗的桌子上。他不是打電動時暴斃。

房間裡沒有打鬥跡象。

廢話，根本沒人能進來。

吉叔只擔心住客中肺炎，但沒有想過會以這種痛苦的方式暴斃。這個年輕人未來還有幾十年的人生，如今溘然長逝，吉叔見過大風大浪，不再輕易老淚縱橫，但不無慨歎。

如果賓館裡全是老年人，會顯得死氣沉沉。年輕人是他們的調劑，但年輕人住劏房表示這城市沒有希望，劏房變成年輕人的地獄。這些收入不多的年輕人很難存錢，除非出現萬中無一的大翻身，否則只能一輩子住在劏房，別說無法往上爬，不往下沉已經很厲害。

肥陳沒有多少家當。這一代的香港年輕人很多都是這樣，視「斷捨離」為處世哲學，同時造就低慾望社會，和吉叔年輕時紙醉金迷、魚翅撈飯的香港完全不同。

沒有消費，經濟怎會好回來？年輕人收入被壓低，就只好住在劏房，減少開支，造成惡性循環。

吉叔伸手擋著房門，不給傭工進去。「裡面什麼都不能碰。」

「我知道。他是被勒死。」她的左手做出勒頸的動作，聲音有點顫抖。

「妳怎知道？」

「我家鄉，有朋友，還不了錢，吊頸，就這樣。」傭工努力用廣東話表達不是平日需要講的字眼。

吉叔沒有踏進房間，站在門口已經能看清楚這個沒有太多個人物件的房間，裡面沒有任何勒死人的凶器，沒有長繩，沒有皮帶，沒有揉成條狀的枕單或其他可疑物件。

沒人進過房間來，準確來說，無法進來。

肥陳怎可能被勒死？

能用指紋開鎖進去這房間的，除了肥陳以外，就只有吉叔他自己。

——我豈不是成爲唯一的嫌疑人？

——媽的，這怎麼可能？

吉叔的情緒很快從悲傷變成恐懼，並忍不住罵髒話。

25

每天曹新一醒來，都會用手掌輕拍自己的臉，確定自己真的醒來，但這也只是從一個惡夢轉往另一個惡夢。現實世界比夢境更可怕，全球感染人數不斷攀升，這個肺炎新世界的恐怖程度和範圍已經超出很多人的預期，且不見盡頭。

好多好萊塢大片延期上映，但真正的震撼彈是日本政府宣佈奧運延期一年舉行，像再次流行起來的電玩「瘟疫公司」（Plague Inc.）裡的情節一樣。

□

曹新一回到偵探社，在會客室剛坐下來，一個矮小短髮的女子就走進來，直直注視曹新一一陣後，才微微點頭。

曹新一花了幾秒才認出她是自己的行動組搭檔阿夢。她戴上黑色粗框眼鏡，把大半張臉遮去，戴上淺藍色醫療口罩，加上她那身沒有任何圖案和文字的深藍色上衣，和其他行動組同事一樣努力不給任何人留下印象。

曹新一剛加入偵探社時，她會打扮成二十歲以下，最近兩年，她的臉孔變得愈來愈成熟，無法再裝嫩。

到底她幾歲，曹新一看不出。她的外表會視乎任務和環境而變化，目前的視覺年齡能在二十五至四十之間遊走，加上只有一百五十公分的身高，讓她能輕易隱藏在人群之中。

有次和她一起出動，她把外套反過來穿再加上帽子、裙子等道具，在一小時內變出六個造型。

「你未必記得路人的容貌，但會記得他們的髮型和衣著。」她這句話讓他印象深刻，特別是現在大家都戴口罩的時候。

她不喝酒，怕酒後講太多話。不抽煙，怕煙癮發作忍不住抽時壞大事。她不喝咖啡和茶，怕被膀胱控制大腦。雖然不會開車，但巫師說她是他見過最棒的跟蹤者，像影子一樣跟在目標後面很久而不被發現。

曹新一覺得即使和她共事快三年，也沒見過她的廬山真面目，相信十年後也一樣。

「阿夢」不會是她的本名。她不和任何同事熟絡，不談自己的過去，永遠保持距離，很少和同事吃飯，喜歡獨來獨往。

曹新一懷疑她和自己一樣犯過事吃過牢飯，所以將心比己，沒有打聽她的八卦。

不過，不管她怎樣改變，一百五的嬌小身形無法改變，就算穿六公分的增高球鞋，也無法改變她的嬌小。

這個身形容易讓她被人忽視，難以提防，但在行動時仍然有其不便，像在地鐵車廂裡不容易握著扶手；她要追上常人的步行速度，等於要跑步；和她吵架的人會往往直接罵她「哈比人」、「小隻馬」、「奀[18]妹」或「死矮婆」。

這高度也讓好些人有恃無恐，直接向她施襲。她不單氣力不夠大，連逃跑的速度也不夠快，這些先天的劣勢無法由後天補償。巫師無法說服她避免單獨行動，只能千叮萬囑她要格外小心，也給她一支偽裝成唇膏的防狼噴霧器。這玩意在香港觸犯「無牌藏有槍械及火器」罪，即使女士遇到色狼時用來自衛也犯法，違例者可判處罰款五千元或監禁兩年。

「你不怕害她坐牢嗎？」曹新一問過巫師。

18 奀：奀即矮小。

「坐牢我們可以去探她，死掉只能去掃墓。」

這天開會的就是他們這三個奇形怪狀或者說背景複雜的人。社長坐輪椅、行動組成員是哈比人，他看來好像正常，但其實是監躉——不確定其他同事知不知道自己這背景，他們看來正常，說不定也各有故事。

如果全部同事都是監躉，並不會讓他感到意外。他覺得他們這些更生人就是因為走投無路，所以有聽教聽話的特質——或者直接說，弱點——所以被巫師看上。

巫師自行推輪椅進入會議室。「這次叫你們回來的情況很輕鬆，不會害你們把早餐吐出來。」

他不等他們有反應，就用遙控器把燈光調暗，再用平板電腦把一個躺在床上的男人照片和影片投影到牆上。那人很年輕，和曹新一差不多年紀，臉色蒼白，從嘴裡伸出的舌頭呈深紫色。

如果這人仍然能呼吸，殮房裡一半屍體都可以爬起來。

這種對死者容貌大特寫的影像不容易找到。曹新一不用問巫師來源，他的線眼多到有時曹新一會懷疑小店的店貓店狗也可以收買。

「好好把這照片記在腦裡。」巫師問：「你們覺得這人是怎死的？」

「除了上吊，還有其他可能嗎？」阿夢瞪大雙眼。

「現場沒有繩子。窗口沒有打開。房間是密封狀態。死者的頸上有手指印，好像是徒手把自己勒死，當然，這不可能。」

「警方查到什麼？」

「警方目前人手不足，以我初步得到的情報，他們把屍體直接丟進殮房的雪櫃（冰箱）裡，暫時無法深入調查。按目前排期案件的數量，我懷疑死因裁判庭最快要一年後才會召開。」

在香港，任何凡非自然死亡都要送往衞生署轄下的公眾殮房，從醫學的角度找出死因，必要時需要進行解剖。警方和法醫會各自提交報告給死因庭，由裁判官裁定死因。如果兩份報告結果不符，裁判官可以召開死因庭，由陪審團去裁定死因是否可疑。

「委託人還提供什麼情報？」曹新一又問。

「這案沒有委託人，是我自己想調查。」

「原因？」阿夢問，和曹新一同時露出「你很閒？」的眼神。

「別問，你們兩個給我去好好調查。」

曹新一摸不著頭腦。偵探社目前手上唯一的案件只涉及失蹤和恐嚇，巫師把兩個可能死於電子裝備意外的人拉進來，雖然離譜，還勉強說得通，可是，把這個自殺案也拉進來，曹新一看不到連結在哪裡。

他回到座位，準備叫醒電腦時，巫師把輪椅停在會客室門口，催促他說：「不要拖拖拉拉的，趁那個賓館老闆把死者的遺物送去堆填區（垃圾掩埋場）前盡快過去。」

26

早上十一點，沒有遊客的尖沙咀，冷清得像死城而不是遊客區。

尖沙咀海傍[19]有個半球體建築物，是於一九八〇年落成的香港太空館，曾經是全球首座電腦化的天文館。

在太空館對面的是聞名國際的半島酒店，是一級歷史建築，二戰時曾被日軍徵用為戰爭司令部及軍政廳行政總部，至今仍是香港少數能在頂樓停直升機的酒店。

再一街之隔，就可能是全香港最聞名遐邇的建築物重慶大廈。它是國際背包客來港都指定要去朝聖的聖地，也是少數族裔聚居的商住混合大廈，裡面只有少數住客是華人，其與香港不同的多元混雜和神祕氣氛吸引導演王家衛拍成《重慶森林》。

後來重慶大廈一度成為中國和非洲之間的手機批發中心，經這裡賣出的手機曾經佔整個非洲大陸撒哈拉沙漠以南的年度總輸入量四分之一。

香港中文大學人類學教授麥高登（Gordon Mathews）在《世界中心的貧民窟：香港重慶大廈》一書裡指出，這座上過《時代周刊》封面的傳奇大廈是「低端全球化」（low-end globalization）的最佳示範場域。

力。

□

電梯門在十四樓打開時，曹新一按著升降機門，讓阿夢先出去。她是今天的戰鬥主力。

離開升降機後，曹新一面前整層樓都是賓館。他要去的那間在右邊。

他按鈴，門發出滋一聲，推開門，裡面像是個時光倒流了數十年的世界，回到他童年的九十年代。可是這個九十年代的氣氛並不是來自三十年前的舊物，而是用現時的裝潢和佈置刻意營造出來，就像新開的茶餐廳不再叫自己作「茶餐廳」而是「冰室」。

懷舊不是單純販賣舊日情調，也是不滿當下而用懷舊來追憶逝去的美好。

即使空氣清新機在運作，但曹新一仍然嗅到混合香煙、滴露和酒精搓手液的複雜味道，果然在走廊盡頭有個戴上口罩的外傭出盡氣力用拖把拖地板。

貌似老闆的初老男人坐在櫃枱後面，花花綠綠的襯衫不像這年紀的男人會穿。即使戴

19 海傍：英文為Praya，指城前海旁的石路，是殖民地香港專有辭彙，源自葡萄牙語「Praia」，但其原意為海灘、海岸，或者海灣。

上透明面罩，既濃又黑的眉毛依然很矚目。

他像貓頭鷹般瞪著他們上下打量。

應該就是網友口中的老闆吉叔。

曹新一剛才坐地鐵時查過觀光客對這位老闆的評價，有人說他親切，熱情得過火，也有人說他冷漠，脾氣古怪，褒貶不一得以為他有多重人格。

曹新一知道是什麼一回事。這種人只是待人處事很講感覺，他喜歡你的話就當你是貴賓，不喜歡的話就給你臭臉，希望你盡快從眼前消失。

雖然早就對這臭臉有心理準備，但沒想到老闆居然使出另一招。

「這裡不是炮房，也沒有空房。」他不懷好意打量阿夢。「妳成年了嗎？」

這句話前半是羞辱，後半像是讚美（阿夢看打扮也超過十八歲），像香港俗語「一啖砂糖一啖屎」（一口砂糖一口大便）。

「我們是陳德東的朋友，受他家人委託，想知道他生前的事，和他怎樣死。」這種沒有殺傷力的謊言，阿夢說時眼不眨臉不紅。「請問你是不是吉叔？」

吉叔瞇起眼，瞄向放在櫃枱上的小型酒精消毒機。阿夢和曹新一自動把手放在噴嘴下面，半液狀酒精隨著「滋」聲噴出來。

兩人把酒精在手掌上搓乾淨，吉叔不發一言，只是冷眼旁觀。

「不知道你可不可以幫我們？」阿夢追問，加上裝出來的誠懇語氣。

「家人是指他父母嗎?」吉叔問。

這是危機四伏的問題,曹新一不會搶答,留機會給阿夢發揮急才。

「當然。他怎樣說?父母雙亡嗎?」

「他說他和父母在車禍受重傷,雙親不幸傷重身亡。」

「哈哈!」阿夢望向曹新一,雙眼堆出笑意。「又是這樣講。他父母應該死了好幾十遍。」

「果然是假的。」吉叔手掌輕拍桌面。「這種老套的劇情在電視劇裡才會出現,現實裡哪有?」

吉叔沒有懷疑,曹新一心想好險,阿夢又一次化險為夷,但同時又想,人家父母雙亡,自己和阿夢為了工作,卻拿來開玩笑。

「如果他家人關心他的話,為什麼不親自過來?」吉叔一臉厭惡。「你們快叫他們來清理他的遺物。我不會亂丟他的東西,但只會保留三天。很多人想租這裡。房租出去,人住進來,老子發大財。」

在香港,很多人信奉賺錢至上,所以有「斷人衣食猶如殺人父母」的說法。

不過,他們在偵探社工作的人不會輕易被表象騙過。阿夢問:「死過人怎會有人想租?」

「開玩笑,你們以為死過人就沒人想租嗎?在香港,就算凶宅也很難閒置。我看你們兩位衣著光鮮，應該活得不錯，可是來我這邊住的，有些是快要走投無路的人，他們再往下沉就是去租床位，再不堪的話就要睡公園或者去做『麥難民』。你們問自己：要住凶宅或者睡公園？」

曹新一本來想反擊說他就坐過牢睡過床位住過劏房。床位跳蚤多，劏房貴得物非所值，如果不怕東西被偷的話寧願挑公園，免費又自由自在。

阿夢等老闆發洩完，娓娓道出陳德東的「生平」，由她和巫師共同虛構。

「他小時父母就離婚，後來母親改嫁，但不怎麼關心他，很早就失去聯絡。他父親一個人移民到加拿大，過漂泊的生活，叫他過去很多次，但他不肯。幾個月前他父親患了重病，想和他聯絡，只好找我們幫忙，沒想到他遇上不測。」

「原來這樣。」

老闆不再激動，呷了口咖啡，似乎放下心防。大部份生於網路面世前的人，都對別人講的話深信不疑，很少會分析真偽，因此對假新聞沒有免疫力。

巫師在警隊裡的線人聲稱聯絡不上陳德東的家人。有些低收入人士不用繳稅，只用現金，不網購，手機用預付卡，再加上如果不用自己名義去繳交各種費用，或者沒有因慢性病要去醫院定期覆診（回診），就不會留下「數位足跡」，就算知道名字也非常難找出行蹤，要直到年滿六十歲申請「長者生活津貼」或「樂悠咭」（等同台灣的敬老卡）時，政府才會再有紀錄。

巫師打賭陳德東生前不會和外人多談自己的家事，就算兩個版本有差異，也可以指他因為心理創傷而喜歡講大話，反正死無對證。

曹新一和外表經過調整的阿夢，年紀跟二十多歲的陳德東相差不大，很有說服力。

阿夢又發動攻勢：「可以談談他在這裡住的事嗎？他現在做什麼職業？」她很有技巧地問，見吉叔有猶豫，又補上一句。「就當幫幫他父親那個孤獨的老人吧！」

曹新一覺得阿夢後面那句話很致命，吉叔看來也是一個孤獨的老男人。

果然，吉叔眼神露出一抹淡淡的哀傷。

吉叔身後其中一張有歲月痕跡的照片，裡面的他仍然一頭黑髮，看來才四十多歲，笑容燦爛，身邊是兩個十多歲的少年，另外有個清秀纖瘦的中年女人，四人都穿上滑雪的裝束，那三個人物沒在其他照片裡出現。她可能是他妻子或前妻或妹妹，她的角色決定了他人生裡甜酸苦辣的比重。

如果面對一個同病相憐的人，吉叔很難不伸出援手。

果然，吉叔抓起桌上的煙盒，問他們：「介意我抽嗎？」

曹新一和阿夢同時搖頭。

吉叔把煙點燃，抽了一口後，一縷白煙從半張的嘴裡慢慢流出。

「肥陳四個月前才搬來住，聽說以前住在西營盤的四百呎唐樓（沒電梯的矮樓房）裡，但業主要狠狠加租百分之三十，他只好把心一橫搬來。他說即使住我這裡的豪華客房，租金也不及以往的三分之一，但這裡的豪華客房面積可能只比他以前的廁所稍大。」

「他的職業是什麼？」

「他說是和電腦相關……」

曹新一的手指輕觸阿夢的手背（「又是和電腦跟網路相關的職業！」），阿夢的手指在他手背畫一直線（「我有聽到。」）。

「……但到底做什麼我不知道，其實就算他說了我也不懂。他說他的工作很重視網路速度，要求有自己的專屬網路，不和其他人共享，寧願額外付錢。我答應他讓電訊公司另外開一條專線和裝一個router（無線路由器）給他專用。我有什麼電話、電腦和網路的疑難雜症，他也很樂意解答，從來沒有被難倒。」

曹新一覺得陳德東不是重視網路速度，而是重視私隱，安全至上。

接下來，吉叔把他當天破門而入見到的情況複述一遍後，站起來拿出手機給兩人看傭工那天拍他進房的影片。

曹新一沒想到吉叔比自己高出半個頭，暗吃一驚。

「這個影片可以傳給我們嗎？」阿夢問。

吉叔爽快答應。兩人互加WhatsApp。阿夢留下的電話號碼是為這次行動特別建立，不會追查到偵探社。

「警方查到什麼嗎？」曹新一問。

吉叔把片傳給阿夢後抬頭。

「我怎知道？出現的警察只有兩個，來了半個小時，快速拍了照訪問了所有人後就走。仵工搬遺體就像搬貨一樣快。說不定他們以為他是自殺就此結案，不過這也好，我沒有時間和氣力和他們糾纏下去。」

「不要低估警方的偵查能力。」阿夢道：「他們認真時，會咬著不放。幾年前有個麻醉科教授[20]的太太和女兒在私家車裡中一氧化碳身亡，警方花了整整兩年時間鍥而不捨調查，其中一年半時間是等待車廠的德國總部回覆，確認一氧化碳不是來自汽車，最後確定教授是透過同事去訂一氧化碳，再注入瑜伽球裡放在車上殺妻，女兒則不幸無辜被連累。這個調查過程完全是教科書等級。香港警察不是沒有能力調查複雜的案件，現在只是沒有調查資源。」

「我記得那案件，不說還以為是東野圭吾的推理小說。」老闆擺出福山雅治在《神探伽利略》裡的手勢。

「阿德真的沒有自殺動機嗎？」

老闆聳肩。「他一個大好青年為什麼要自殺？我想不到理由。」

20 作者註：詳見「許金山謀殺妻女案」的維基條目。

「他有沒有和你談遇到什麼困難？」

「我和他不熟，但他自殺的話就再也見不到他的女神。」

「女神？」曹新一提起精神來，並和阿夢對視。

「就是樓下三喜茶餐廳的太子女（將會繼承家業的富家女），有一張明星臉，她的粉絲曾經為她開粉絲專頁，直到她自己抗議才收掉。為了見他的女神，他會好好活下去。雖然這說法很幼稚，但肥陳就是這樣的人。」

曹新一決定等下去茶餐廳親睹那位女神的芳容，看清楚她是一千年才會出現一次的真女神，或者一年量產數以萬計的人工女神。

「其他住客沒有聽到裡面發出聲音嗎？」阿夢問。

「沒有。大家都睡得像死了一樣。」

「那個房間在他死前一晚真的沒有人出入嗎？」

「當然沒有，在警方拿走監視器的硬碟前，我和他們把影像反覆看了好幾遍。」

老闆向上指，那監視器像一支大口徑槍管倒掛在天花板上，槍口瞄準他們。

「我這裡只有一支監視器，是保險需要，可以拍到大門和走廊，所有出入這個賓館和進出房間的人都無所遁形。有些住客投訴侵犯他們私隱，但自從安裝這支監視器後，沒有一個客人投訴失竊。」

曹新一對監視器既愛且恨。他的工作往往需要查看監視器影像，但討厭被監視器拍到行蹤，失去私隱自由。

「有監視器的備份影片嗎？」阿夢問。

「警方把監視器的硬碟拿去，怎會有？」

阿夢大失所望，但老闆答應帶他們去看。

這是走廊的第一間房。老闆把拇指按在智慧門鎖時，曹新一才發現這不是一般的門鎖。不過，他不想打斷老闆的流程，等稍後再問。

27

房間小得不像話，只有五十平方呎（一．五坪），比外國監獄的監倉還要小，但收費一點也不便宜，平均呎價媲美半山豪宅，租金足以在台北租一間套房，在柏林租一個單位，最能表現香港樓價的畸形風景。

房間裡沒有衣櫃，牆上的鐵架掛了衣服和褲子，不到十件。靠近窗口的位置有張桌子，上面放了些個人物品，包括一對喇叭，一個鍵盤，和一個原本安置筆電如今空盪盪的空位。

曹新一很清楚，住劏房的獨居者沒有多少家當。他以前就是這樣子。不管願不願意，都只能信奉「斷捨離」的生活哲學。即使是現在，他覺得自己和露宿者的差別不大，萬一失業，又不知什麼原因和趙韻之鬧翻，就要回到街頭，所以一直把個人物品保持在最基本的數量。如果有天他能獨居一千呎大屋，就可以斷捨離「斷捨離」這種想法。

吉叔雙手扠腰，站在房門口，沒有跨過結界，彷彿裡面是生人勿近的禁區。

「我們可以進去嗎？」阿夢問。

吉叔攤開手，做了個「請進」的手勢。

曹新一跟在阿夢後面。她總能留意到他忽視的小地方。

阿夢走到大窗前，仔細研究仍然算簇新的窗花。

「不能打開嗎？」

「你們可以搖搖看，這東西沒有機關，也很結實。」

那個窗花上面一塵不染，證明警方不是來打卡。阿夢用不同的方向去拉窗花，果然動不了半毫。

接下來是牆壁，但意圖很快就被老闆發現。

「小姐，我們這些房間沒有祕密通道。我哪有錢搞這種玩意？」

「有人來探訪他嗎？」

「沒有，其他住客也沒有。唉，你們沒住過劏房不知道。很多人都不希望家人和朋友發現自己在這種地方屈就。我們的住客都是單身寡佬，彼此的交流很少，也許只是打聲招呼。如果有個女的，情況會不一樣。」

吉叔的眼角露出意味深長的笑意。

「他和其他住客的互動良好嗎？」

「我看不到。他大部份時間把自己關在裡面。所有剛搬來劏房住的人都有一段適應期，投訴隔音很差，或者抱怨住不慣，他完全沒有。」

「有沒有可能在搬來以前就是住在劏房？」阿夢問。

「他說之前一個人住在西營盤的四百呎單位裡，」吉叔遲疑了一陣再道：「但妳的說法好像才合理。從那麼大的地方搬過來，怎可能馬上習慣？」

曹新一覺得這些賓館老闆只想賺錢，無意去瞭解住客的過去。

吉叔指向桌上的黑色戴頭式耳機。「他好像一天到晚都戴這玩意，外面什麼聲音也聽不到。」

曹新一不熟悉耳機，但阿夢似乎瞭解這玩意。她指著耳機側的商標。「這不是普通耳機，而是頂級的主動降噪耳機，但戴上後不是什麼也聽不到。」

吉叔不知道何謂主動降噪耳機，對她的話沒有太大反應。

曹新一的焦點從耳機轉到到桌上的喇叭。「在這裡用喇叭不怕吵到別人嗎？」

「這對近場喇叭是他參加網路抽獎時抽到，由專人送上來，他高興得不得了，特地買啤酒回來請我一起喝，說近場喇叭在他的wish list上面，只要在近距離，就算聲音不大也可以聽得很清楚。那晚我們聊了大半個小時，他平日點頭打完招呼後就會回到房間裡躲起來，不和其他人一起吃飯。」

28

曹新一伸手去摸身後的門鎖，他的疑問並不只一個。

既然巫師叫他們來調查，就一定和手上的案件有關，關鍵詞就是「電子產品」。陳德東不可能勒死自己，唯一可能就是有人破解了門鎖，把他勒死，再佈置成他自殺的假象。

「門鎖只能用指紋打開嗎？」曹新一問。

「對。」老闆微微點頭。「但只有他和我的指紋才能打開，連外傭的也不行。」

那個拿地拖的外傭剛好經過吉叔背後的走廊，眼睛快速掃向他們，又很快移走。雖然看來很可疑，但曹新一的直覺告訴他說，如果她和案件有關，不會留下來繼續工作。

「不是說可以用智慧型手機當電子門匙開門嗎？」曹新一追問。

智慧門鎖對不喜歡帶鑰匙的用戶來說很方便，對駭客更加方便，連接近你去偷你身上鑰匙這個動作也不必做，只要在網路上動手腳，就可以輕易打開你家的門，再登堂入室。

「我沒有設定我的電話來開門，出事的話我就麻煩。」

「他呢？」阿夢問。

「他說自己是復古派，沒用智慧型手機，而是用十多年前那種只能打電話的老派電話，我看過，是Nokia不知哪個型號。」

「他出門的話，用Nokia播音樂嗎？」

「不，他用一部很像智慧型手機的音樂播放器。」

「真有趣。」阿夢說得輕描淡寫，但他收到她真正要表達的意思。左手用老派電話，右手用可攜式音樂播放器。

這不合理。

這傢伙有問題。

「是什麼原因不用智慧型手機？」

「他說沒這需要。也許他另外有一部智慧型手機沒告訴我，但我沒見過，也沒有幫他做設定。他聲稱自己從事電腦工作，但聽你們剛才講的話，說不定也是騙人。」

曹新一愈來愈覺得這案件沒想像中簡單。「可以利用WiFi遙距開門嗎？」

「好像可以，但我也沒有啟動這個設定。外國有些賓館可以讓客人沒帶鑰匙時，老闆遙距開門，但我幾乎一天二十四小時都在這裡，所以沒這需要，免得被駭客入侵遙距開門。我不懂網路，愈少設定愈安全。」

曹新一覺得保全專家大神會讚許吉叔不自找麻煩的態度，即使這種人很難給他生意。

「就算你沒有開放WiFi，也不代表沒有風險。」

「會是什麼？」吉叔問。

曹新一馬上搜尋這個型號的智慧門鎖的資料，很快就發現駭客指出的破解手法。第一種方法，即使沒有連線，駭客只要駭入用戶的手機，就可以竊取電子門匙，繼而把門打開。

第二種方法，就是駭客用USB傳輸線連接自己的手機和智慧門鎖的USB插口，利用駭客軟體解鎖。

可是，兩種手法在這裡不適用。吉叔不用電子門匙。USB插口在門後面。

這種智慧門鎖的最大保安漏洞往往源於硬體裝置裡的韌體（firmware）出現問題。很多電子裝置的廠商會推出「修補程式」，但需要用戶自行安裝。

老闆聽完曹新一的解釋後很不高興。

「我以為買回來後就可以一勞永逸，沒想到是設計不良的產品。」

「不是設計不良。」曹新一說。「這是軟體發展的常態，不是問題。」

「我從來沒想過這種高科技問題會出現在我的賓館裡。」

曹新一不禁搖頭。駭客最喜歡聽到用戶說「沒必要」、「我不知道」、「不會在我身上發生」這類話，甚至「根本沒有駭客，全部都是保全公司騙錢的宣傳伎倆」之類的陰謀論，結果大部份用戶對修補程式完全無視，造成嚴重的保全漏洞。

阿夢對著冥頑不靈的老闆和沒有進度的案情，露出「我寧願死去好了」的眼神。

曹新一推眼鏡催促她盡快離開，表示「我有發現，離開這裡後告訴妳」。

□

曹新一和阿夢一起鑽進地鐵站。

地鐵人流不多，連廣告的數量也減少，十之八九是地鐵公司和不同政府部門的宣傳和公益廣告，商業廣告很少。他懷念資本主義那種鋪天蓋地叫人忘我地消費的洗腦式宣傳，有些確實能提高人類努力賺錢去消費也就是奮鬥迎接明天的勇氣。

這些廣告消失，彷彿這個世界也失去希望之光。

地鐵乘客和商業廣告一樣寥寥可數。這卡車廂有八排長椅，每排可以坐六個人，但現在整個車廂裡只有八個乘客，每人獨佔一整排。

大家都戴上口罩，有個還戴上透明眼罩，另一個佩戴N95口罩。有個女人抱著嬰兒，母女都戴上透明面罩，但無阻她們情深款款的眼神交流。這嬰兒長大後會不會以為戴上面罩或口罩的世界是正常的，以後反而無法適應不戴口罩的世界？

幾乎所有乘客都戴耳機，聚精會神地專注在手機上，無法和網路分開。

曹新一想起在監獄裡的阿諾，他對網路和高科技毫無好感，也許他才正常。

列車行駛時的車聲是偵探最喜歡的環境噪音。阿夢確認沒有被人跟蹤後，兩人站在兩個車卡之間的接駁位，遠離其他乘客。

等車廂稍為靜下來後，曹新一壓低聲線說：「那間賓館的監視系統在去年推出。」

「那又怎樣？」阿夢的聲音很微弱。

「它會把影像自動同步記錄到硬碟和雲端上，後者能保存忘了是四十八或七十二小時。」

29

曹新一和阿夢買韓式雜錦飯回去空無一人的辦公室吃。他把筆電帶進會客室時，她已經脫下口罩，這是幾個月來他第一次見到她的臉，沒塗口紅，沒有化妝，完全素顏，平凡得和路人甲乙丙丁一樣，就算見到，也會瞬間遺忘。

這種平凡到沒人相信是偵探的人，是最成功的偵探。

「你盯著我做什麼？」

「沒什麼。」他打開筆電蓋，啟動ＶＰＮ，找到那家監視系統廠商的網站。登入帳號就是賓館的官方電郵，沒有懸念。

至於密碼——

曹新一先試「123456」、「12345678」、賓館電話號碼，再來就是傳真機號碼、老闆手機號碼，都沒中。

雖然沒有「三次失敗即封鎖」的設定，但阿夢對曹新一的眼光開始由「相信」轉為「懷疑」，最後變成「失望」。

「我以為你是什麼密碼都可以破解的高手。」

「放心，我一定可以破解，要不要賭這天的晚餐？」

「好呀，我窮到沒錢開飯，很高興這晚有人請我吃飯！」

「我不介意請妳吃飯，但自信這晚的打賭不會輸。這個監視系統廠商的幾十萬個雲端帳號和密碼儲存在伺服器裡並沒有加密，半年前被一個駭客拿到並勒索價值五十萬美金的加密貨幣。廠商拒絕付錢，結果駭客把帳號和密碼打包成一個壓縮檔，丟到暗網上。」

「你暗算我！」她向他比中指。

「不，是妳不留意科技新聞，所以我不認為吉叔知道這件事。老人的記憶力本來就不好，不會隨便更改密碼，也不擅長記下很多密碼，往往是一個密碼走天涯。」

他和阿夢一邊吃午餐一邊看著壓縮檔案以不急不緩的速度下載。阿夢三扒兩撥就把飯送進肚裡，像參加競食比賽。曹新一要多花好幾倍的時間，但吃完，檔案仍在下載中。

曹新一趁機再挖陳德東的背景資料。Tony Chan Tak Tung。二十七歲，雖然長期宅在劏房裡，但並不是失業。

他在LinkedIn上自我介紹是從英國伯明罕大學電腦系二級甲等榮譽畢業，現職程式設計師，專長後端的資料庫開發。

他在介紹外包工作的網站Upwork上有專頁，裡面列出接過的項目和報酬金額。所有工作紀錄都有跡可尋，客戶都真實存在，對他的評價一致很高。

Upworks根據報酬抽取佣金，所以上面說他目前累積收入超過三十萬美金肯定不假。

陳德東正在參與的項目客戶來自加拿大，工作內容是編寫Android APP讓智慧手錶連上一間醫療用品公司的資料庫。

阿夢抓後腦，大惑不解。

「以他接手的項目評估，他的年收至少八萬美金。」

曹新一馬上心算，八萬美金就當算成六十萬港幣，由於是境外收入，所以在香港不用報稅，但需要在美國納所得稅，就算扣除百分之十五，每個月仍然剩下四萬兩千，再扣除兩萬塊錢租金，剩下兩萬足夠一個單身寡佬生活綽綽有餘，不必委屈去住劏房。

「讓我做魔鬼辯護人。也許他對生活環境要求不高，想要省錢買房子。一個人住的話，要求可以不高。」

香港房價排名世界第一，「房價收入比」也位居世界前列。如果要買一個市價六百萬的三百呎單位，就要不吃不喝十六年才能還完分期付款（房貸），這沒把利息計算在內。

「就算想省錢不自住，也可以和室友共住，享受更大的生活空間。」阿夢不同意。

「妳不懂的。」

如果不是認識合租人或趙韻之，曹新一會繼續租劏房住。存錢對他來說太重要。積蓄可以讓人即使失去幾個月穩定收入，也不用流落街頭。

阿夢的眼光和他碰觸。

「我懂。你還和那個女生一起嗎？」阿夢突然拉開話題。

「對。」曹新一聽到人家問趙韻之就有點高興，但又不想講太多。

「你們仍然維持那種關係嗎？」

曹新一沒想到阿夢會想刺探自己的私隱。

誰讓當初他問她有沒有聽過「無性戀」時，她不到一秒就反問：「你認識女人想和你來這花樣嗎？」

他連忙否認，但騙不了她。

「那是騙錢的玩意，專騙你這種——」她突然很突兀地停下來。

他想反問她是不是想說「處男」。他沒告訴她，早就不是了。

他玩「自由愛」是從找炮友開始。

「我們同居一年了，現在每個月我存下來的錢比一年前要多。我知道妳擔心我們的未來，但我覺得就算沒有未來，但目前這一刻我很高興，這就夠了。」

阿夢半晌後才道：「高興就好。」

「謝謝妳關心我這塊小鮮肉，即使是塊過期的肉。」

阿夢向他報以笑容，沒再多話。那是堆砌出來還是發自內心，曹新一永遠看不透。

壓縮檔案下載得非常緩慢。

30

身為有案底的人，要找一個異性談情說愛，他覺得就和美國太空總署尋找外星人一樣困難。他不知道要怎樣介紹自己的背景，什麼時候告訴對方自己有案底？對方會不會接受？接受的話，會否連累背景清白的對方？

他不想把事情變得太複雜，所以從一開始在自由愛上面就只找炮友。他的肌肉身材大受女性歡迎，很多願意和他上床的女性漂亮得不像話。

他在獄中讀到一本書說「男人為性付出愛，女人為愛付出性」。他不知道這書怎能通過審查，但現實裡碰到的女炮友都如狼似虎，為性而付出性。

他以為和她們吃飯時會好好聊天，先友後性，沒想到她們聊天時的話題都不多，單身——包括假裝——的還好，否則就在抱怨自己的另一半，像只顧打機、埋頭工作、劈腿，或者一直抱怨沒有前途無法升職很難買樓，成就比不上同儕，甚至，找不到人生意義。

她們去約炮不一定是對另一半不滿，卻肯定是對現實不滿。

或者，她們的人生太沉悶，需要從約炮中尋找刺激。

這些女人出來應約時已經洗好澡，吃完飯到酒店時可以直接上床辦事，下面濕到馬上可以滑進去，大部份比他更嫻熟於各種體位，知道怎樣摩擦器官相連的部份最舒服。

當女性採取主動時，滿足她們的身體要求，比滿足他的慾望來得重要。她們不給他機會喘息，只是視他為一條撚（一根屌）。

猛烈的運動讓他吃不消。有的女人甚至提供威而鋼，希望他能撐幾個小時。有些在過程中會打他，咬他。在他肩上留下牙齒印，特別是那些準備結婚的女人。

他有時下床後雙腿累得像跑完馬拉松般乏力，要搭的士（Taxi，計程車）回家。

有個在他進入後說剛失戀，內心空虛得像一個巨大的黑洞，可以把一車的男人吞噬。她用雙腿夾緊他，他幾乎動彈不得。那天她幾乎是掉著淚做完，把哀傷傳染給他。

那時他睡得不好，常在公司裡補眠。不知就裡的巫師以為他在獄中和貨倉操勞過度導致五癆七傷，介紹他去看中醫。他當然沒去，否則可能被發現近乎精盡人亡的虛耗過度。

雖然他能從約炮裡獲得巨大的生理滿足，也找到自己——或者精準地說，自己條撚——的存在價值，但無法彌補心靈上的空虛，尤其討厭她們只當自己是工具人來用。

「快點！」「用力點！」「不要停！」

他喜歡免費性愛，有哪個男人不喜歡？尤其和長相漂亮的女人！

不過，就和網路上的服務如果可以免費使用，那就表示你不是使用者，而是產品，只是你不知道。

如果一個沒有名氣的男人可以享受免費性愛，表示他被物化為一條撚。所以，曹新一在免費性愛裡進去對方體內，對方同時反過來塞一堆他不需要的複雜情緒和感受進去他靈魂裡。

名牌大學畢業但覺得懷才不遇。擁有人人稱羨的事業但找不到自己的人生目的。擁有家庭卻發現失去自由。身邊有很多朋友卻沒有知心友。去過很多地方旅行卻找不到家。

這些感受化為迷茫、失落、悲傷、寂寞、空虛，全是他不需要的東西，卻無法用安全套阻隔，也無法輕易排走，只會在體內累積。

也許有些人能做到，用喝酒、抽煙、極限運動等去麻醉自己，甚至，從一開始就不會給自己靈魂沾到多餘的東西。在床上發生的事，不會帶到床下。

可是他不是那種人。

不是他不想，而是做不到。

他感恩活在性愛自由的時代，但每個人與生俱來的成分都不一樣，他認為靈魂和身體的感受不能相差太遠。

在被迷茫、失落、悲傷、寂寞、空虛和其他無以名之的複雜情緒壓垮前，他當機立斷把自由愛的帳戶刪掉，再把大腦和身體放空，在走過的路找回自己的碎片一一貼回身上。

看到鏡裡的自己變回人模人樣，已經是整整三個月後。

吃飯，沒有其他。

他回到自由愛上，開設一個新帳戶，用新的名字和照片，改為只約飯友，只單純一起

剛開始時，他擔心那些女人是飯友為名炮友為實，如果對方提到開房間就要馬上閃人，幸好約了五個都是單純吃飯、聊天，有些聊的是雞毛蒜皮的事，像最近看過的電視劇和電影，只有一個會談前男友，但沒談太多，估計怕引起誤會以為想要找新男友。

這些女人對感情的思考和處理都比他成熟很多，他甚至可以從她們的談吐學到不少，特別是現代女性的戀愛觀：追求愛情的回報太少。獨身不見得不快樂，反而擁有人生自由。簡單來說，天長地久的愛情在這年代是沉重的負擔，也沒有意義。

她們不見得全是高收入高學歷，有個只是和他去麥當勞。由於大家都忙（或者對方覺得他太無趣），他和她們吃過一、兩次飯後，就沒有再聯絡。

31

趙韻之是他的第六個飯友，唯一一起吃過三次飯的那種，在自由愛上面清楚介紹自己：「大學講師，比較文學系畢業，ＩＮＦＰ，喜歡古典文學，追求無性生活，只想找飯友。」

憑她的個人簡介和照片，他不用十分鐘就找到她在大學網站上的個人專頁，上面列出

她拿到學士（一級榮譽）和博士的年份、專長領域、任教課程和論文名單。她在他坐牢那年大學畢業，算來比他大三年。

他和她幾乎無所不談，但把自己職業說成是「網路調查專家」。大學時讀電腦，駭客技術是自學。她對他會看大部頭小說嘖嘖稱奇，他沒解釋說那是坐牢時開始培養的興趣，重獲自由後他維持手不離書和早睡早起的習慣。

「只有小說才能深入理解作者的真正想法。」他說。

「對，小說一旦被影視化，焦點就被轉移到演員、攝影、美術、音樂、剪接、運鏡、電腦特效等方面，不再只是純粹的作者想法，而是混進監製和投資者的想法。」她說。

談到閱讀小說，現在很少人會感到共鳴。他的生活圈裡只有趙韻之有這興趣。巫師愛閱讀，但只限於工具書，頂多加上歷史書。阿夢什麼書也不看，連臉書也不用，但把人當成書來閱讀。

如果沒有自由愛，他不會找到趙韻之。

如果淩友風年輕時能用自由愛找到炮友排解寂寞，是否就不會犯下那些滔天大罪？或者，會找到更多受害者？

曹新一和趙韻之結識半年來，除了吃飯，也會一起去看電影、逛商場、郊遊。他們什麼都談，包括價值觀，對政治、宗教、人生的看法。外人會以為他們是男女朋友，有時連他自己也有這錯覺，可是，他連她的手也沒碰過。

也許他們比較像兩姊弟，或者兩兄妹。他和她之間沒有利益衝突，也沒有複雜而不持久的男女關係。他很怕失去她這位唯一的朋友。

沒想到有天她提出希望把兩人的感情升級，他以為她要露出炮友的狐狸尾巴時，竟然得到「無性戀」的提議。

「我們可以像戀人般同居，互相關心。如果你要和其他人約炮，我不會介意，你也不用告訴我。如果你要結束這段關係，最好提早一個月通知。」

他沒有告訴過她，自己就是厭倦了約炮才找飯友。她提出的無性戀很適合他。他一直避免愛上另一個人，否則難免會發展成長遠關係，然後又會擔心連累人家。

不過，無性戀到底是什麼？抱這想法的人，會不會由無性變有性？他和她能不能接吻、牽手、愛撫、幫對方自慰？

網路上沒有標準答案，不同人說的答案都不盡相同。

那時他很有技巧地問阿夢，但仍然被阿夢發現。

「她只是當你是工具人，討你便宜，要你替她付錢。」阿夢一直不看好這種關係。

「甚至還錢。」

「沒有，房租和其他支出，我們都是平均攤分。她又會蒸魚給我吃，雖然手藝不怎麼樣，但每次都有進步，也沒有叫我夾錢（湊錢）。」

「她只是放長線釣大魚，早晚會把你連皮帶骨吃掉。」

「她會做家務，我負責洗碗、倒垃圾、拖地、吸塵和洗廁所。雪櫃的物品她會添置，還不斷想辦法替我們省錢，慳得一蚊得一蚊（能省一塊就省一塊）。」

曹新一沒和其他女人同居過，也沒談過戀愛，無法鐵齒肯定這和其他同居戀人的生活是否一樣。

而阿夢看來也從來沒和男人同居過，甚至也是個無性戀者。曹新一後來覺得，她就算提出意見，也毫無參考價值。

32

密碼包下載完畢後自動解開，曹新一用吉叔的電郵地址去搜尋，很快就打撈到密碼。密碼不是賓館名稱或者他的英文名，但取「19640401」這種毫無創意的組合也沒有高明到哪裡去，只是比電話號碼稍好。

「他真的沒到六十嗎？」阿夢問。「他臉上很多皺紋，比這個歲數要蒼老很多。我本來估計他快六十。」

曹新一回想吉叔的外表。「也許是老煙槍的關係。」

雖然拿到密碼，剛才也說得信心滿滿，但他沒有天真到以為這個密碼從去年用到現在沒有修改。

他只是在賭這個可能。

幸好，賭對了。順利登入。

他的手指在鍵盤上快速飛舞，轉眼就從雲端找到這個賓館監視器的高清影片庫，並把前天晚上九點到昨天中午那幾支影片全部下載。

吉叔也許會收到電郵通知說他的帳戶被登入，但也許以為登入的是警方，所以也就當沒事。

曹新一用Airplay把影片投影到五十吋大電視上以一．五倍速播放，和阿夢用金睛火眼留意畫面上的動靜。

住客在十點前後頻繁出入，趕著去買宵夜回來。十點應該就是附近餐廳的關門時間。這監視器有「動態偵測功能」，沒發現動靜的話就不會拍攝，因此接下來就跳到十一點十分。吉叔在大門口招待一個打扮得像貴婦的女人進來，和她一起步入走廊。她的瑜伽褲很貼身，屁股看來很結實，也扭得很厲害。兩人沒有在陳德東的房間門口停留，而是直接進去最裡面那個房間。

這時一隻橘貓和黑貓連袂出現，最後更跳上櫃枱。雖然牠們持續不斷地走動、搖尾巴和打架，但監視器的ＡＩ能辨識出動物，果然沒多久後錄影就中斷。

二十五分鐘後，錄影又開始，老闆送那女人離開。他回去房間時，腳步有點不穩。

監視器從高角度錄影，阿夢覺得這女人的年齡介乎二十五至四十歲之間。她顯然就是老闆不願意給他們看錄影的理由，曹新一認為這也是老闆早衰的理由，但沒有說出來，反正不是調查重點。

「知不知道為什麼老闆要趕在十二點前讓她走？」阿夢沒來由地問。

曹新一猶豫了一陣才答。「不知道。」

「這種服務過了十二點就要加錢。」

「原來。」

曹新一繼續裝傻，這個常識他當然懂，他在約炮前曾經瀏覽過ＰＴＧＦ的telegram群組，不過，沒必要讓她發現他懂太多。他很樂意在她面前繼續飾演人畜無害又沒有自我保護能力的處男，只要跟美女和不熟悉的女性聊天時迴避對方的視線就可以騙到人。

監視器在十一點五十五分停止監視，在四點二十七分再啟動，陳德東打開房門走出來，和兩隻貓玩耍，摸牠們的頭，十分鐘後回房間。

曹新一沒去想這種依依不捨是不是自殺前的行為，只管記下時間，把陳德東的準確死亡時間範圍再縮窄。

接下來兩隻貓不是到處跑，就是繼續打架，躺下來時尾巴也一直在動，就在曹新一以為監視器又要停止錄影時，換另一個男租客出來和貓玩。

老闆在六點從房間走出來，手持咖啡杯，體力似乎不受幾個小時前的激烈運動影響。

他把咖啡杯放在櫃枱上面，和男租客聊天。

從兩人站姿和距離判斷，他們非常熟稔。半小時後，其他人陸續開始活動，監視器的錄影也沒停過。

33

陳德東的門再次打開時，就是老闆叫傭工用手機拍攝他進去，在上午十一點八分。十分鐘後，第一個警察出現，又過了十分鐘，其他警察陸續趕到。

從陳德東凌晨四點三十七分回去房間把門關上後，就是那個男租客接手玩貓，一直到上午十一點八分吉叔開門之間，這六小時三十一分鐘期間，陳德東的房門沒有打開過。

「不可能沒人進去，更不可能是自己勒死自己。」

曹新一喃喃自語。他本來期待看到有人靜悄悄進去，把陳德東殺掉再出來。這是唯一的解釋。沒想到他帶著阿夢花了一個多小時，在網路迷宮裡左穿右插，順利穿過一個又一個難關，眼見快要找到出口之際，最後也掉進死衚衕裡。

看了影片三遍，只能確定沒有看漏或看錯。

就在他頭痛時，公司門打開，巫師推著輪椅出現。他大腿上放了個外賣紙袋，看包裝是來自附近的德國熱狗店。

巫師的輪椅緩緩推進。「繼續你們的討論，我會跟得上。」

巫師說得自信滿滿，但曹新一不覺得他這麼神，於是很有技巧地和阿夢討論案情，等於複述一遍。

巫師不會不知道他們兩人搞的花樣，但故意讓他們這樣做。他雖然一邊吃熱狗喝汽水一邊聽，裝得很輕鬆，但一直用盤問客人般的眼神盯著他和阿夢，表示不只在仔細聽取案情，也同時在分析。

「我的線人只告訴我賓館用智慧型門鎖，說那是『物聯網』（Internet of Things，簡稱IoT）裝備，現在可以加上雲端鏡頭這個部份。」巫師把吃完的包裝紙揉成一個紙團。

「你們打算怎樣向客戶解釋？」

「有沒有可能給錄影動手腳？就像找個駭客把那個凶手進出的片段重新剪接，再推上雲端，改掉時間標記。」曹新一繼續推理。

「為什麼要大費周章？把影像檔案刪掉不是更直截了當嗎？」阿夢反問。雖然是行動組，但她不是電腦白痴。

「保留影像檔可以用來誤導我們，覺得沒人進去。」巫師解釋：「如果刪掉的話就表示影像有問題。有些人喜歡誤導或故佈迷陣或去打心理戰。算了，暫時不用向客戶講得這麼詳細，就說正在調查。」

巫師答得理所當然，但曹新一生出另一個想法：這個案件其實和他們調查的案件一點關係也沒有，只因和電動滑板和藍牙耳機的男人的死因都難以解釋，也涉及電子設備，因此被巫師看上。

大神唯利是圖，巫師也一樣，只要能向客戶交差，就像他說的「不做犯法的事情，但不犯法的一點也不介意去做」。

曹新一自己也沒有好到哪裡去，身為一個坐過牢、人生已半毀、沒有條件討價還價的人，他對巫師的指示只能唯命是從。

阿夢的視線在巫師和曹新一之間來回。曹新一覺得她在評估自己的反應。

「你在警隊裡的線人有其他情報嗎？」她問巫師：「能不能透露警方手上的情報和調查進度？」

「線人有他的限制，以不能曝露身份為大原則。暫時可以肯定的只有一點，死者是被勒死。」

「可是現場沒找到勒死他的凶器，也沒有人進去過房間。」

「這個我們要去查。死者確是只有一部２Ｇ手機，警方沒找到智慧型手機。賓館老闆說他很快就適應劏房生活，我看死者是以逃亡的理由才搬去賓館住，而且在那之前，也是住在劏房。我的直覺說這案件和我們在調查的案件有關。」

曹新一討厭直覺，但直覺告訴他說，巫師的直覺往往準確，因為巫師的直覺，也就是主觀判斷，其實是由幾十年的經驗累積而成。

不過，巫師有時會以直覺為藉口，勒令大家跟隨他的調查方向，接受他所謂的答案。

「今天的調查到此為止。」巫師把由食物袋揉成的紙團像投籃般投進垃圾桶後，視線和曹新一對上。「你好像死心不息。」

「那人怎會被勒死？我始終認為，唯一的可能，就是有人進過去動手，上傳的影片經過剪接。」

巫師的眼珠從左到右快速轉動了一圈。

「那就找證據去支持你的想法。你知道去找誰，如果證實是你對，費用就由公司來付，不然就你自己付。」

曹新一心想，巫師跟他對賭，自己勝算應該很小，但依然豪氣地答應：「好。」

巫師坐著輪椅去茶水間。「阿夢妳留下來。要喝可樂或咖啡？」

阿夢向曹新一聳肩，表示不知道巫師會安排什麼任務給她，但起碼要再磨一個小時。

34

「我還要一個小時才下班」

曹新一在電梯裡發短訊給趙韻之。雖然保持無性戀關係，但他們都希望像其他戀人般能夠每晚一起吃晚飯，特別是在疫情下的非常時期，需要彼此的陪伴。這點巫師沒講錯。

很多人都在家工作，電梯從九樓直達地下。這種順暢令曹新一有點不習慣。街道籠罩在夜色之中，和疫情之中。

這天日光在六點半就會完全消失，曹新一幾乎是用跑的方式衝往大神的公司，他要在那個地方變成高危地帶前離開。

小販開始用手推車或擺地攤做生意，頭髮染金的黑道份子到處遊走。其中一個盯著曹新一看。曹新一沒有和那傢伙對望。他只是私家偵探，不是執法者。黑幫如果看他不順眼，拳頭絕不客氣。

疫情下，不只行人少了，連密密麻麻的招牌也不再亮燈，旺角登時變得死氣沉沉。有些招牌本身的業務已經結束，變成無人移除的墓誌銘。

曹新一準備轉進橫街時，前方有一批刀手衝出來，往另一批黑幫砍下去，後者包括剛才怒視曹新一的傢伙。

街上所有物件包括廣告企牌（Standees）、易拉展架和摺凳（供買賣手機的人坐）都能找到不同於原本設計的用途，成為攻擊武器。

十幾人互相鬥毆，刀光劍影一如黑幫電影。途人自動和這批人馬保持距離但繼續圍觀，甚至拿出手機拍片直播和旁述事發經過，彷彿這是主題樂園的演員在表演格鬥，雖然在大街上發生，但絕不傷及途人。

曹新一急於前往大神的辦公室，但也只能等群毆結束才能前行。

這種混戰往往持續不到一分鐘，發動襲擊的黑幫逃逸，凶器被丟到地上，和遇襲的黑幫一樣。

地上留下好幾灘血，其中一灘可以輕易淹沒一張Ａ４紙。

曹新一曾經發誓晚上十點後絕不靠近這鬼地方，現在要提前到六點。

大神的辦公室門外，一個身穿粉紅色制服的外送員正好離開。

曹新一推開門，將黑色隨身碟放在桌子上，大神瞥了一眼，卻沒伸手去碰，彷彿那是隻斷了腳的蟑螂。

「這裡面的東西跟你上次給我的手機是屬於同一個案件嗎？」大神不等曹新一開口就直接問。

曹新一幾乎把「你怎知道？」衝口而出，幸好及時收住。「我不知道你在說什麼。」

「不要低估我的情報網，我的活動範圍雖然只限於住家和辦公室，但認識很多人，他們不是靠販賣情報為生，就是透過交換情報鞏固關係。我說過，不接死過人的案件。」

「ＯＫ。」曹新一說，但其實是不ＯＫ。他覺得在大神面前，自己的大腦就和智慧型手機一樣可以被輕易破解。

他和巫師需要大神的幫忙，只好婉轉地道：「其實我也不清楚是不是有關。」

「你不跟我老實，我就把你們偵探社從此列為拒絕往來戶。」大神板起臉孔道。

這個模樣跟口氣，和以講笑話的方式介紹ＡＶ時的暗黑股評人金槍截然不同。

可是，曹新一不能用洞悉大神的祕密分身去勒索。大神是神級，他連勒索的資格也沒有，說不定大神會像前ＡＶ女優湊莉久那樣還擊。

湊莉久在讀大學時被男同學發現拍ＡＶ，對方威脅要求提供性服務，否則把她的祕密曝光，不料湊莉久冷淡回應：「我看全班不知道的只有你一個。」

大神是比湊莉久厲害得多的狠角色，也說到做到。曹新一難免焦急起來，他們偵探社在調查的案件不能隨便向外人透露，不過，既然巫師叫他來，是不是表示可以向大神稍為說明一點？

難道打電話去問巫師？萬一巫師say no怎麼辦？

曹新一左思右想，決定扼要說出這影片的背景和內容，和最關鍵的部份，他沒有機會告訴巫師的推論。

「我懷疑死者的房門在十二點和四點半之間曾經打開過，讓凶手進去。四點半打開時，其實那個住客早就死掉。出來的另有其人，只是穿上死者的衣服。」

「你是指用deepfake把死者的臉貼上去嗎？」大神很快想到做法。

「對。我們看到的監視器影片在六點斷開，就是在那個時間點把deepfake的片上傳到雲端和賓館的硬碟裡，當然，也把凶手進去房間的影片刪掉。」

「我懂，可是deepfake需要不短的時間進行後期處理，在一個半小時內，根本無法處理那個影像的rendering。」

「那是原始的deepfake，現在可以實時。那凶手出來時，在臉戴上標示五官位置的標記，監視器拍到的，就已經是死者的容貌，就像現在用Zoom開視訊會議般。」

「聽起來好像可行。如果用剪接和deepfake的話，連那個凶手進去的影像也可以刪掉。」

「對，你也覺得技術上可行吧！」

「當然可行，但我不懂的是，殺個人為什麼要這麼複雜？為什麼要花精力去deepfake成他的模樣又花大量工序進去監視系統的伺服器？這個死者我不知道是什麼底細，但有必要用這麼複雜的方式殺掉他嗎？為什麼不找簡單的方法？」

「他在逃亡，也許身懷重要機密，所以被滅口——」

大神打斷他的話，一直搖頭。

「不要跟我說那個死者涉及國家機密。要殺一個人，為什麼要以身犯險進去他的劏房裡？萬一那個智慧型門鎖壞掉，或者有人在外面擋路，凶手就無法逃脫。聰明的罪犯取易不取難，也會計算風險，作最壞打算，不給自己找麻煩。你的推論很漂亮，卻只會在電視劇和電影裡出現。只要觀眾喜歡大逆轉，不管多脫離現實的情節都會炮製出來。」

「不，也許有凶手才知道的理由。」曹新一說，但這個答案說不上是理由。「我聽說有些ＡＩ軟體能分辨影片是否經過deepfake動手腳，希望你能幫得上忙，或者知道有什麼人可以介紹。」

大神伸手抓後腦杓。「我沒接過這種業務，要替你問人。先聲明，第一，找人很花時間。第二，我不保證真的能找到人。第三，不管成不成功，我花力氣去找人，要收取酬勞。」最後伸出三根手指。

「當然，人脈也是寶貴資源。」

不愧是大神，連介紹費也不放過。也許他長篇累牘的說辭，只不過是敲竹槓的手段，但這時只有他能幫得上忙。

曹新一乖乖從錢包裡掏出鈔票。唯一放心的就是，不用特別提醒大神要保密，大神對祕密的加密能力全行公認無人能破解。

拜託一定要找到。巫師叫大家共度（共體）他媽的時艱，上一天工領一天工錢，算起來一天不到一千塊，給大神就要花掉他四天的薪水。

如果最後證明這個推測是錯，曹新一這三千塊錢就打水漂，可是如果不拿這個去驗證，曹新一自己的良心過不去。即使陳德東和他們手上的案件無關，也不代表可以死得不明不白。

巫師認為打開門口做生意，賺錢最重要，否則偵探社就無法經營下去，可是曹新一認為，身為偵探，追求真相和賺錢一樣重要。

大神收下錢後，壓低聲音道：「你知道巫師怎會斷腳嗎？」

「不知道。」曹新一聽過無數版本，但不介意再聽一個。

「巫師年輕時英俊瀟灑，也風流成性，和一些女客戶有不清不楚的關係。傳說巫師曾經接受女客戶用身體代付調查費，所以人家的老公找車手撞斷他的腳，重點在於重創下半身，要他不能人道。」

巫師風流成性？他在公司完全沒有表現出來，但很多事情本來就無法看出來。

難怪巫師說不要和客戶搞上。

不過——

這是曹新一聽過不知道第十幾個巫師斷腿的理由。如果每一個都成立，就算是蜈蚣，也不夠腳給撞斷。

35

第二天早上，曹新一提早半個小時在十點回到偵探社，沒想到兩個客戶比他更早坐在會客室裡。

柳漢華和鄧偉的眼神都非常焦急不安，情況比上次更嚴重。

「恕我開門見山，有話直說。你們查到什麼？」鄧偉不客氣問。

「現在才第幾天？」巫師查看紙本筆記簿而不是牆上的月曆，故意打亂客戶的節奏。

「第三天嘛！我們不是說好十天的嗎？」

「我們昨天晚上又和一個隊友失去聯絡，看來很快就會到我們。我不想你再聯絡我們時，我們已經變成他媽的死屍。」

鄧偉的話帶著滿滿的刺，但曹新一想的卻是另一件事。陳德東確是昨天早上被發現死在劏房裡，時間和他們說的吻合。

「這三個案件我們正在展開初步調查，已經有眉目。」巫師把上星期兩個死者的新聞報導在電視上播出。「雖然他們分別死於電動滑板和藍牙耳機爆炸，但都是精心策劃的謀殺案。如果你以為駭客只會竊取資料或者破壞，不好意思，那是石器時代的事。現代的駭客厲害得多，你們的電子手帶、手錶、耳機等都可以被入侵。這次是物聯網犯罪，透過物聯網裝置殺人。我懷疑凶手已經潛進你們的手機裡，不只竊取資料，也安裝了畫面監控程式，也就是說，你們和任何人的對話，它全部都看得一清二楚。」

「你有什麼證據證明他們就是我們的隊友？」柳漢華問，語氣充滿挑戰的硝煙味。

巫師亮出的最後一張照片，屬於陳德東住的劏房，由曹新一的手機拍下。「這個人的屍體昨天早上被發現，我特地叫阿一在下午過去現場看。這新聞沒多少人留意。」

鄧偉和柳漢華竊竊私語了一陣才問：「他怎死的？」

「被人打開電子門鎖進去房間裡把他勒死。」巫師撒了個謊，但反正客戶不知道真相。「電子門鎖也是物聯網設備。你們要不要看他的遺照？」

「要。」柳漢華和鄧偉同時點頭。

由吉叔拍的陳德東遺照出現後，這個坐了四個人的會客室登時變得死寂。

半分多鐘後，鄧偉和柳漢華兩人又開始竊竊私語。只要戴上口罩，就算阿夢在場也無法讀出唇語。

「我不相信你們的話。」鄧偉把頭轉過來。「這只是巧合。香港每天不知道死他媽的多少人，你們可以每天都找一個死因不明的人交差。」

這是曹新一不敢說的心底話。

巫師保持冷靜，把畫面轉成筆電畫面。

「我找到他們的LinkedIn帳號，沒發現他們跟你們相識或者曾和你們在同一間公司待過，但他們的工作和你們的一樣，都涉及處理資料庫，不管是開發，或者維護，或者是管理。最讓我感到可疑的是，你們的IG、FB和LinkedIn帳戶，都沒有公開私人照片。我很清楚每個人都有保護自己私隱的權利，可是，綜合起來，我的直覺告訴我，你們其實涉及不能見光的黑暗活動，每人分工合作，各司其職，所以你們工作雖然都涉及資料庫，但做的事情沒有重疊。你們怕被人認出，所以沒公開照片。你們不只是在網路遊戲上和人結怨這麼單純，那種結怨怎可能惹來這麼大麻煩？我懷疑你們是一個駭客組織的成員。」

巫師突然轉守為攻，怒吼道：「你們到底去哪裡招惹到這麼可怕的傢伙？到底發生什麼事？老實跟我說，不然我寧願取消合約。」

柳漢華和鄧偉久久沒有開口，像吃了啞藥般，最後柳漢華囁嚅地道：「我們真的不知道找上我們的是誰。」

「跟我說老實話。」巫師的拳頭用力捶下桌子。「再騙我，我就把你們掃出這間偵探社大門，然後通知全港所有偵探社都不接你們生意，任由你們自生自滅。」

曹新一從來沒見過巫師這麼生氣。他以前面對不老實的客戶，都是用「你老實跟我說，我們偵探社，第一，絕對保密，第二，一定從你的利益出發來幫忙，畢竟是你付錢給我們解決問題」這種說法，循循善誘，非常客氣，再守口如瓶的客戶在半個小時內一定會動搖。

巫師對這兩人失去耐性，不但要對方盡快合作，也要釋放心中的怒火。

誰讓剛才鄧偉不斷講「他媽的」？

那兩個傢伙又竊竊私語了一陣，柳漢華說：「其實我們是一個物聯網WhatsApp群組的活躍份子，喜歡鑽研物聯網產品的各種特性。」

曹新一嘴角忍不住輕輕揚起。如果他猜到，巫師不會猜不到。

「就是入侵過居家鏡頭進行他媽的偷窺，對吧？」巫師問，語帶不屑。

柳漢華稍一遲疑。「有時也會，也許看到不該看的畫面，但我們不知道是什麼，也不知道是誰。」

「放心，一定不是偷窺人家的裸體。那種情況不可能招惹這種要取人命的尋仇。」巫師的語氣不再殺氣騰騰。「你們可能看到一些犯罪活動，也不知怎樣留下證據被人找上門。」

兩個客戶開始坐立不安，果然他們一直都很不老實。

以曹新一的經驗，如果客戶覺得自己的案情嚴重，就連對偵探社也不敢講真話，怕被拒絕，怕被歧視，怕被出賣，但其實私家偵探和律師一樣，都是領錢辦事，不要說「有錢能使鬼推磨」那麼難聽，但付錢的就是爸爸，兒子沒有不聽話的道理。

「我建議你們把家裡所有物聯網裝備全部重設。」巫師的語氣回復平靜。「如果有鏡頭的話，就直接拆掉，或者找東西遮掩。」

「我們都做了，連智慧型喇叭也拔了線。有沒有辦法把對方找出來？」

「你們有沒有一份曾經進去偷窺的名單？」

「沒有，我們的行動完全是隨機。」

「這樣很難查，要查也很花時間。」巫師沉吟片刻，「只能用回我們本來的方法，就是從他們怎樣下手的方向去調查。如果你們再給我時間，我們一定找到。」

「還要多久？一個星期？」鄧偉語氣很急。

「應該可以，再加上過去的三天，總共十天，也就是我們本來說好的日數。」巫師自信滿滿地道。「不過，在我們和你訂的合約裡說明，我們能承受的風險有限，如果涉及人命傷亡的話，我們的調查工作就會馬上終止。你要知道，我們的調查員買不了保險，風險是我們自己承擔，這點要算在成本上。考慮到你已經付了一筆錢……」

巫師抓起計算機，按了個六位數的數字給客人看。

「加上這個就差不多了。你們可以回去考慮，不過，對方昨天又幹掉了一個，我不想再聯絡你們時你們已經變成死屍，就像Will剛才說的。」

曹新一愈想愈不對頭。如果有潛在性命危險的話，以巫師的作風，肯定會直接推掉，而不是把價錢抬高接下來。

或者，為了賺錢而鋌而走險？

不，把事件提升到殺人的層次，誇大案件的嚴重程度，就可以問客戶拿更多調查費。

如果你要生存下來，把客戶的收入轉化為自己的收入，就要把所有事情合理化，說得頭頭是道。

這種辦案手法，外人會斥為荒謬，但當身在其中，就無法輕易講出那兩個字。

身為不想失業的下屬，曹新一只能繼續默不作聲。這個公務員的薪水是自己的好幾倍，現在拿幾個月薪水去買平安，進行資源重新分配，共同富裕，是一種社會正義。

「錢不是問題。」柳漢華爽快地答。「能用錢解決就不再是問題。」

曹新一在心裡恭喜巫師，希望自己也能受惠。

「如果你們找到對付我們的傢伙，可以幫忙『幹掉』他嗎？」

鄧偉這一問，曹新一以為自己聽錯，巫師也是一時反應不過來。

「你們開玩笑吧！這個不在我們服務範圍以內。如果你們需要教訓他，我們可以介紹專家，你們直接和他們談。」

客戶離開後，曹新一一聲不響把杯子拿去洗，心中五味雜陳。雖然偵探社拿到的錢多了，但案件變了調。

最後巫師會怎樣交差？他老人家一定會有他的辦法，不用他費心。

曹新一回去會議室整理時，冷不防巫師問：「你給大神的影片，有結果了嗎？」

「他要找專家幫忙，幾天後才能給我們答案。」

「好，很好。你付了大神多少錢？」

「三千，但只是介紹費。」那是大神給他這個窮光蛋的超級優惠價。「不含專家的檢查費。」

「那總共要多少？」

「九千至萬二。」曹新一沒補充說，大神向他報價時，他嫌貴拒絕了。

「太少了。叫大神寫一萬八千吧！這樣才顯得專業，而且好意頭。記得叫他開發票。」

巫師剛才說得頭頭是道，但最終目的，果然不是破案，而是敲竹槓。

這案件如果要找出真相，曹新一只能靠自己。

第三章／在二十四小時裡崩塌不只一次的世界（2017）

36

司徒素珊只要踏入準備面試的會議室，就會被想嘔吐的感覺侵襲。

自從三個月前去面試，在那家公司的地氈上吐得七葷八素，面試官以為她不是未婚懷孕就是食物中毒後，她就學乖了。如果面試在早上，就絕不吃早餐。如果在下午，就不吃午飯。

那家被她吐到一塌糊塗的公司她當然不好意思留下來面試，即使對方說沒有關係，但做人一定要分得清客套話和真心話，知所進退，這是年輕人學不來的。他們通常省了客套，覺得沒必要，說話很直白，容易傷人。

她年輕時，農曆年後的二月和三月很容易找工作，但人到中年，情況就不一樣，所有年輕時的規則都不適用。

這天第一個面試她的人事部職員是個不到三十歲的小女孩，一臉稚氣，看來像個被寵壞的小公主，提出的都是她被問過十多年的老題目。

「為什麼想來我們公司工作？」「妳有什麼弱點？」「有什麼人生規劃？」

第二個進來的面試官是ＩＴ部主管，年紀稍大，但即使裝得老成穩重，也掩飾不了他只有三十多歲，仍然比她年輕。

最近面試她的幾位ＩＴ部經理都很年輕，年紀大一點口袋夠深的似乎都移民走掉。如果她有能力也會一走了之！誰想留在這個年輕人看不到未來的城市裡做一輩子樓奴（房奴）？

她不怕被問到技術細節，沒有問題可以難倒她。從那些面試官的表情看來，她比他們懂得更多也更深，可是他們很少讓她進去第二輪面試，在第一輪後就直接把她淘汰出局。

四十歲的女性高級資料庫工程師？這年紀妳沒升上經理級就等於前途黑暗。高科技產業的技術經驗保鮮期頂多只有五年。五年後，新的技術面世，舊的經驗一文不值，後浪又不斷出現。她年輕時淘汰前浪，現在報應來了。

大家都覺得中年人追不上新科技。

特別是女人。

「坦白說，這份工作很辛苦，妳四十歲了，我們很擔心妳應付不來。」年輕的ＩＴ部主管一臉關切地問。

司徒素珊很瞭解他的潛台詞其實是「妳被時代拋棄掉。外面有很多年輕得多汲收能力和體力也比妳好的年輕人，我們找不到聘用妳的理由。」

既然是這樣，為什麼又安排她來面試？她以前百思不得其解，後來才曉得對方的盤算，希望大幅壓低她要求的待遇。

「我經常看webinar（網路研討會）汲收新知識，是fast learner，每年都去考取新的專業試，像去年就考到AWS Certified Solutions Architect-Professional。」

那個專業試通過率只有百分之五十，她第一次就考到，但面試官卻不當是一回事，彷彿那只是幼稚園畢業證書。

「妳打算結婚嗎？」他突然轉換話題。

雖說這種題目有侵犯私隱的嫌疑，但很多公司都照問不誤。他們說不是歧視，但根本就是。

「從來沒有打算。」

「妳打算生小孩嗎？或者已經生過孩子？現在這年頭有不少未婚媽媽。我們不會歧視，但想知道員工的狀況。我們是間家庭友善的公司，每個月最後一個星期五下午，同事都帶孩子來公司玩。」

這是她最怕的題目。

以她的經驗，把「不會歧視」和「家庭友善」放在嘴邊的公司，有一半不重視這兩樣，只是做門面工夫。很多公司只關心股東回報和按年純利增加，社會責任不過是爭取媒體曝光的公關手段。

她上幾個僱主就是絕佳例子，在女同事懷孕期間升職加薪，美其名為挽留人才，其實是讓她們自知無法勝任工作量更多的新職位而自動辭職。

在這個以男性為主導和佔多數的科技行業裡，她雖然沒碰過職場欺凌，也不曾面對性騷擾，但升職之路比其他人緩慢。即使公司標榜男女平權，也沒有人懷疑她的能力，但她怎樣也無法升職。

她想答「沒有」，但在面試裡撒謊，日後公司解僱她就完全合法。

「其實我有一個女兒。」她回答時慶幸自己開始肚餓，否則那種嘔吐感來襲時自己毫無能力抵抗。

「多大了？」面試官露出充滿好奇的笑容。

「二十二歲。」

「十二？」

「不，二十二。」

面試官馬上低頭看平板電腦，應該是去看她申請表格上的出生年份。四十一減二十二。即使他們不說，但也會覺得十九歲就生下女兒的她放蕩愛玩沒有責任感。很多人知道答案後，就匆匆結束面試，或者再裝模作樣問幾道無關痛癢的問題後才結束，虛偽地叫她回家等消息。

就像這次一樣。

她一直很想對他們說：「你們有沒有想過，一個只有十九歲不到二十歲的女生，為了迎接這個意外來臨的生命順利來到世界，要下多大的決心，排除多少困難，我們兩母女要受多少白眼？我也曾經是個小公主，下定決心成為媽媽後一夜長大，從被人照顧的女兒，搖身一變成為照顧女兒的媽媽。現在我女兒快大學畢業了，你們不覺得我這個單親媽媽的意志很堅強很厲害嗎？」

她習慣了白眼，所以這些話一直放在心裡，從來沒有衝口而出。

過去二十年來，所有僱用她的公司，不是沒有對她歧視，而是沒問過這題目，不知道她有個女兒。

37

面試結束後，司徒素珊在走廊上碰見下一個來面試的年輕短髮女生，黑長髮白襯衫黑長褲，手挽黑色的公事包，腳踏黑色平底鞋，比自己年輕至少十年，打扮和女兒相差無幾。想到自己竟然要和比自己小一輪的人競爭同一個職位，她就覺得既可恥也可憐。

如果她是面試官，也會挑選年輕人，支持年輕人。中年人是社會棟梁沒錯，但大部份電影和流行曲都不是以中年人為目標，彷彿中年人並不需要娛樂，或者認為中年人的娛樂口味和青少年完全一樣，也會花很多時間去應付異性，而不是處理家庭問題或中年危機，或健康開始響警號，或籌備人生的下半場。

其實她這個「老媽」才不過四十出頭。有些同齡人的孩子還很小，有些仍然未婚，或者決定不嫁娶不留後。

她走的是一條不尋常的人生路，一直希望先苦後甜，沒想到到現在也沒有多少甜味。

司徒素珊站在辦公大樓外面，看着熙來攘往的上班族，發短訊給女兒。

「剛面試完。妳想吃什麼晚餐？我買回家」

短訊發出，在茫茫塵世裡尋找女兒的蹤影。

美茵大四，一年前開始做兼職，既幫補家計，也提早汲取社會經驗。她已經為畢業後的工作參加性向測試，說不定比老媽更熟悉這年頭的招聘過程，也比老媽更適應這個時代的種種變化。

美茵遲遲沒有回覆，甚至沒有閱讀這條訊息。

最近幾個月她為畢業論文忙到天昏地暗，連兼職工作也暫停，說不定這時正在補眠。

司徒素珊去買了兩份燉牛肉便當，充當兩人的晚餐。當然，也沒有忘美茵喜歡的朱古力雪糕（巧克力冰淇淋）蛋糕，她值得這個犒賞。

回家打開大門，美茵不是坐在客廳的沙發上懶洋洋地一邊吃洋芋片一邊偷看Netflix，她的手機也沒有靜靜地躺在電視機旁邊充電。

美茵不在家。

她跑到哪裡去了？為什麼沒讀訊息？

她房間桌面很整齊，筆電蓋上，原本在桌上堆積成小山的書堆不見了，應該是塞回書架上。

這不像平日的她。就算她去日本的四天三夜小旅行也沒有整理。上次她的房間還原成這個整齊狀況，是三年前去挪威做交換生的時候。

從那年開始，司徒素珊覺得她們兩母女開始轉好運。

美茵的紅色行李箱仍然佇立在角落，她喜歡的那件紅色小洋裝卻不在衣櫃裡。她開過玩笑說，如果要自殺一定穿它。

「美茵，妳去了哪裡？」司徒素珊焦急起來，再發短訊給她。

美茵不喜歡待在家裡做宅女，就像司徒素珊年輕時一樣。雖然她生下美茵時很年輕，但沒有放棄學業，大學畢業後就忙於工作，美茵是她和同住的母親合力照顧撫養成人。

人家說母女倆年紀相差很近感情會像兩姊妹，但她和美茵不是。司徒素珊覺得母親太縱容美茵，當她是小公主，放縱她只吃零嘴不吃正餐，吃飯時又發出很大的聲音來，毫無家教，甚至開玩笑叫司徒素珊作姊姊。

司徒素珊為「稱呼」和母親吵了不知多少次架，幾乎要登報斷絕母女關係。

「我只是和妳開個玩笑。」

母親忙陪罪，美茵鸚鵡學舌，把語調學到十足。

司徒素珊認為，既然自己決定生下女兒，就要承擔做母親的責任，母兼父職，讓女兒活在完整的家庭裡，不要因為生於單親家庭而感到自卑。

她不是虎媽要女兒學會十八般武藝，但一樣會以嚴母的姿態出現，要女兒學會自立，懂得做菜，懂得做各種家務，照顧自己，保護自己，和最重要的，尋找自己的人生目標。

美茵想學鋼琴，就讓她去學，沒想到只有三分鐘熱度，幸好鋼琴沒買下來。

美茵能考上競爭劇烈的本地龍頭大學，出乎司徒素珊意料之外。即使外婆無法參加外孫女的畢業禮，相信在天之靈也會感到安慰。

司徒素珊剛把窗門關上，廚房就響起響亮的「叮噹」門鈴聲。

一定是美茵匆匆出門，結果什麼都忘了。她有時就是大頭蝦（粗心大意）。

打開木門，鐵柵外的不是一臉歉意的女兒，而是初老的大廈管理員周先生，和後面一男一女的警察。

兩個警察都沒有帽子，男警很年輕很瘦，中年女警微胖，三人神情哀傷。

司徒素珊有不祥之兆。

「司徒小姐，我們可以進來講幾句話嗎？關於妳女兒司徒美茵。」女警以溫柔的語氣道。

「什麼事？」司徒素珊焦急地打開鐵柵，腿開始發軟。

女警沒有脫鞋，直接入屋，掃視客廳一眼後，和她一起在沙發坐下。

「我們懷疑妳女兒在中環ＩＦＣ四樓平台墜樓，並在現場留下遺書，現時由中區警署保管。」女警道。「一封給妳，另一封給小珍——」

司徒素珊反應不過來。

美茵在早上時非常正常，怎會突然墜樓？是不是被人推下去？

不，她有遺書。

「——妳認識這個小珍嗎？」

司徒素珊機械式地點頭，但無法接受這件事。

「怎樣聯絡她？」女警問。

司徒素珊用像不屬於自己的聲音說出電話號碼後，女警追問：「妳家裡有其他人嗎？」

司徒素珊搖頭。

「麻煩妳跟我去域多利亞公眾殮房。妳可以聯絡親友過去和妳會合。」

38

司徒素珊離開殮房時天色已黑，一陣怪風從海邊吹過來，把她的頭髮吹亂。

門外有一伙人聚集，其中一個男人哭得站不起來，要由幾個親友攙扶。

她覺得那男人就是自己。和他不同的是，她不喜歡示弱，也沒叫親友過來。她習慣一個人處理所有事情，把所有人的淚水一個人流光。

這天的事突如其來發生，她沒有半點心理準備，只是在努力硬撐下去。

剛才那一男一女的警察離開後，換上另一個姓梁的女警留在她身邊。她穿便服，年紀在五十開外，是殖民地時代入職的警察，像是被流放去處理文職工作等待退休。

她開車帶司徒素珊去中區警署錄口供。

「今天妳去過哪些地方？」

即使Madam[21] Leung一點也不咄咄逼人，但明顯是在進行盤問，確認司徒素珊的不在場證據。

「我上午在家，下午去牛頭角一間科技公司面試，有人證物證。」司徒素珊不厭其煩地道，又補上一句。「我好像剛才在警車上回答過。」

「我知道。可以告訴我那公司的名稱嗎？」

她不難想像剛才那位男經理知道她有個女兒吃了一驚後，現在知道她女兒出事後又會再吃一驚。不用問也知道，他們一定會和她這個麻煩人物保持距離。

「知不知道妳女兒為什麼會自尋短見？」

「不知道。」

「她最近有沒有異常行為？」

「沒有。」

「她有沒有男朋友？」

「沒聽說過。」

「有沒有說有情緒困擾？」

「沒有。」

「有沒有說過遭遇性侵？」

「沒有。」

「沒有聽說過？」

「沒有。」

「真的沒有？」

「沒有。」

「妳認識那個小珍嗎？」

「很熟，她和我女兒從小玩到大。」

Madam Leung連連點頭，像在思考司徒素珊參不透的事情。

21 Madam：香港習慣稱呼女性警務人員爲「Madam」。

「我初步認為這是沒有可疑的自殺案。如果有需要的話，會再聯絡妳協助調查。妳找那個小珍好好談。如果有需要，就找社工協助，不要逞強。妳是納稅人，不用客氣。」

「不用了。」司徒素珊不想把心裡的想法攤出來跟陌生人分享，只想一個人躲起來，盡快平復不安的心情。

對，一個人。她只有獨處時才會覺得安全和自在。

「要不要我們送你回去？不是警車，而是沒有記認的私家車。」

司徒素珊本來想拒絕，但覺得自己失魂落魄。她的手機沒電，也沒有帶俗稱「尿袋」的行動電源和充電線在身。其實手機是小事，真正叫她感到不安的，是回去只剩下她一個人而美茵永遠不會回來的家。

39

司徒素珊登上Madam Leung的白色私家車。不管車外和車內都沒有顯示這是警車。

一個十字架從倒後鏡垂下來。

「這是警方的專車，還是妳的車？」

「我的。」Madam Leung專注在眼前。「妳女兒很懂事，沒有把妳家變成凶宅，否則日後轉賣時會被買家壓價一到兩成，而且受影響的不只妳的單位，還有樓上樓下和同層，甚至鄰近大廈可以看到妳們家的單位，起碼十幾個家庭，影響會持續很多年。」

「妳見過很多這種事？」

「多不勝數。有個我接手的案件。一對中年夫妻新居入伙沒多久，隔壁單位就出了大事，六條人命，同層八個單位都被銀行拒絕承做按揭（抵押貸款），經紀說要等起碼二十年才有機會脫手。很多人以為自己一走了之就解決問題，沒想到留下大麻煩給很多人。」

車門打開前，Madam Leung又鄭重地說：「記得找那個小珍，不過別太快，她應該沒這麼快回到家。」

夜間管理員阿傑很年輕，這夜沒有聽賽馬也沒有低頭看手機，而是正襟危坐等司徒素珊回來，也替她開門，叫她很不習慣。

幸好，三十多歲的阿傑一向不多話也不擅辭令，這晚也不例外。司徒素珊現在不想聽人家安慰自己，只想一個人靜下來。

家裡闃然無聲，不是因為晚上，而是少了個人。這想法她無法從腦海驅走。要不要學其他意外或自殺身亡的家屬般，去現場拜祭？不，那種事情美茵不希望她做。美茵在和她談到母親的喪禮時說過，人走後做的事情都是裝模作樣。

司徒素珊洗好澡，仍然魂不守舍，覺得好像有什麼事要做，卻不知道到底是什麼。

從雪櫃倒出牛奶喝後，想起美茵的遺書還在警方手上，他們只讓她用手機拍下照片。

她坐在沙發上，調整了三次坐姿，確定自己就算暈倒，也不會倒在地上，才讀起這輩子最不想讀的文字。

親愛的媽媽：

原諒我不告而別，那不是妳的錯。

雖然我沒有爸爸，但從來不感孤獨，妳和外婆讓我感受到滿滿的愛，也放手讓我勇敢去追逐夢想和自由。

不過，世界很殘酷。我不是指沒有父親這件事，而是生存這回事。對我這種追求自由的人來說，世界太多規範，我撐了很久，終於撐不下去，再留下來，只會讓妳和我承受更大的折磨。

我先去找外婆，妳就再等幾十年後再來吧！我相信比我堅強百倍的妳一定能做到。

我的衣服，妳不會合適，請全部捐掉。鞋子和其他私人物品，妳就留幾樣妳喜歡的，也可以讓小珍挑幾樣，剩下的就捐去慈善機構，不要留在家裡！我不會回來。

我把電腦和手機設回原廠狀態，電腦妳可以留下來，手機請送給小珍，她的手機好幾年沒換了。我們的家庭雲端帳户我沒動，以前我們旅行的照片都放在上面，我也把在挪威時妳沒看過的照片放上去。其實我那時除了讀書，晚上也和同學去玩樂，長了很多見識，做了很多以前在香港沒做過的事。

媽媽，請不要太哀傷，就當我再一次去很遙遠的地方唸書，只是這次的地方沒有網路，妳再也找不到我，但我會活得好好的。

請把我撒落大海，這是我最後的要求。

媽媽還很年輕和漂亮，回復單身後，如果找到個合適的對象，就請聽我一直說的，勇敢迎接自己的第二人生，甚至生兒育女，再組織家庭。我會在天上祝福你們。

永遠愛妳的

美茵

這封信讓司徒素珊淚崩，哭了好久好久，哭得連稍為大力呼吸一口氣，腹腔也感到痛楚。

「我撐了很久，終於撐不下去了，再留下來，只會讓妳和我承受更大的折磨。」

這幾句話她念念不忘，在腦海裡上下跳動，不斷盤旋，像詛咒般纏擾她。

母親走時司徒素珊雖然傷心，但畢竟是高齡七十二歲的老人，即使低於香港女性預期壽命的八十八歲，但走過人生不同階段，沒有什麼遺憾。相反，美茵只有二十二歲，差幾個月才大學畢業，連戀愛也沒談過，人生像只寫了一行字的一張紙，後續還有無數故事，雖然會充滿歡笑和淚水，也不保證成功。

但，這就是人生。

——妳外婆和外公在六十年代的難民潮時南來香港，那時兩人都不曉得廣東話，連基本的生活習慣也不懂，在香港舉目無親，外公去做地盤工人，外婆是工廠女工，住的地方從佐敦的板間房、北角的唐樓，到炮台山的高樓大廈。在外婆生下我的第二年，外公遇上交通意外離世。

——我是由外婆一個人養大的，讀中學時就要去做暑期工，第一次談戀愛就遇人不淑。當時很多老師、朋友、外婆的同事都勸我把妳拿掉，或者送去孤兒院，這樣我的人生會較平坦和輕鬆，但外婆說，我們家雖然只有女人，但不會連多一個孩子也養不起。對她來說，當時的我，也不過是個孩子。

——妳是早產兩個月的嬰孩。那時的醫療水準沒現在的好，醫生說妳不一定能活下來，要我們有心理準備。保溫箱裡的妳很小，外婆和我每天都去看妳，給妳打氣。妳生命力很頑強，住院三個月後就能回家。妳大聲哭時，我本來手足無措，但很快就發現，妳給我們家帶來生氣，到現在都一樣。

——妳一直都很堅強呀！一個人去遙遠的北歐做交換生，回到香港有什麼能難倒妳？

——我的人生已經沒有光彩，快大學畢業的妳前途卻一片光明，為什麼會突然自尋短見？有什麼問題解決不了？妳不是說要去看極光嗎？妳不是答應媽媽要過燦爛的人生嗎？

夜闌人靜，那種孤獨感開始把她包圍、擴大，向她侵襲，司徒素珊終於忍不住嚎啕大哭，把積壓了一整天的淚水釋放出來。

40

司徒素珊沒吃晚餐和宵夜，完全不餓，在床上徹夜難眠，直到第二天天亮才小睡三個小時，到十點多時睜開雙眼。

雖然她覺得自己需要再睡幾個小時才能完全清醒，把疲勞驅散，但一點睡意也沒有，也覺得自己像不再屬於這個世界。窗外和網路上發生的事，和她一點關係也沒有，她也提不起興趣。

美茵突然死去，是只會在惡夢裡才會出現的恐怖情節，但她永遠無法從這場難以想像的惡夢中醒來。

人家說壞日子總會過去，可是，當你唯一的親人離去，日子還能怎樣過？她靈魂裡的一部份已經跟著死去，她的人生從此變得殘缺，不再完整。

她檢查手機。由於沒和親戚保持聯絡，所以也沒有通知大家。她生性孤僻，覺得這樣就好，否則可能要窮於應付親友問長問短。

可是，手機上仍然有一串長長的訊息，另外有十幾個電話號碼打來，有些很陌生，裡面也許有認識的人，但她決定不理。

唯一無法忽略的訊息來自小珍，是昨天凌晨一點多發出。

「Susan，請聯絡我，多晚也可以，反正我睡不著」

司徒素珊馬上回答：「我也睡不著。妳醒來就聯絡我」

她剛放下手機，手機就發出震動。

小珍：「現在可以上去探望妳嗎？」

小珍是美茵最好的朋友，微胖，臉上經常掛著發自內心的無害笑容，在大學修讀酒店及旅遊管理。

司徒素珊第一次見小珍就喜歡這孩子，很放心美茵和她成為好友，希望小珍的快樂可以感染女兒，果然兩人情同姊妹。

她相信小珍比自己知道更多女兒的祕密，就像司徒素珊自己小時一樣，母親是最熟悉自己的親人，卻對自己的很多祕密一無所知。

她有很多話想問小珍，但不知道怎樣開口，怕咄咄逼人會嚇到她。和現在的年輕人相處，妳不能用「妳一定要告訴我」的語氣來逼壓，她們不來這一套。她們受過《飢餓遊戲》那類反烏托邦電影的洗禮，敢於反抗，不輕易妥協。If we burn, you burn with us!

美茵留下一封遺書給小珍，小珍肯定知道她這母親不知道的事。

不管小珍願不願意說，司徒素珊都要很有技巧地一步步問出來。

41

小珍一身素黑，雙眼通紅，給司徒素珊擁抱，把「對不起」一直掛在口邊。

司徒素珊去廚房倒水給自己和小珍，預料她們會因等下的對話失去很多很多水分，如果不補充，她們會像在沙漠迷路般脫水而死。

「昨天晚上警方上門，把我帶去警署。我乾等了兩個小時後，又被盤問了兩個多小時，差不多十二點才搭最後一班地鐵回家。」

「是美茵連累了妳。」

「不要這樣說。幸好他們不是當我是疑犯來審問，對我不錯，madam還請我吃揚州炒飯。」

「妳說了什麼？」

「大部份都是討論區上講的東西。」

「什麼討論區？」司徒素珊感到心臟在猛烈跳動。Madam Leung問「有沒有說過遭到性侵？」和「沒有聽說過？」時，她以為只是標準的問題。

小珍睜大眼睛。「妳還不知道？」

「她出了什麼事？」

司徒素珊盯緊小珍。她看著這個小女孩長大，也清楚她的身體語言。只要緊張，就會咬嘴唇。

「這……我不知道怎樣說。這是很長的故事，我要好好組織一下……她受的壓力很大。很多人在肉搜她。」

「為什麼？」

「好奇。」

「她有什麼值得人好奇？」司徒素珊驚問。

小珍遲疑了一陣，「網路的力量很大，網路言論的力量也很大。有些人用很不堪的話說她。」

司徒素珊一向認為網路只是工具，是用來謀生和娛樂的空間，是自己生活的一部份，但對女兒和小珍那一代，她們自出生以來，就被無處不在的網路包圍，所有事情都是在網路上處理，所有問題都在網路上找答案。

她們不再喜歡用大段文字表達自己，而是用emoji、迷因圖和拍短片。

網路是她們生活的全部，上面發生的一切比現實的更重要。

因此，她們需要別人關注、點讚和留言打氣，無法想像沒有網路的世界，也無法擺脫。從她們手上搶走手機，等同切斷她們和世界的連結，等同把自己放在她的對立面。

司徒素珊一直在學習和這個網路世代打交道的方式。她們面對的，是自己年輕時不會遇到的問題。

「網路欺凌？」她想到這個很流行的說法。

小珍想了半晌，微微點頭。

「為什麼要欺凌她？」司徒素珊愈想愈不對勁。美茵從小就是優等生，從來沒有面對過無法應付的難題，也由於性格很好，到哪裡都很受歡迎。「她去過北歐做交換生，我一直以為她很堅強，ＩＧ上的她很快樂。」

「網路只是化妝舞會，有人用假名假身份假照片，有人用假的性格。」小珍答，但沒有說出重點。

「我不管她在網路上怎樣，我是她母親，為什麼不跟我說？」

「她不想妳頭痛。」

「我現在不是更頭痛更慘嗎？」司徒素珊幾乎要哭出來。如果美茵還在，她一定會責備對方不負責任，不管對自己還是對她。「為什麼有勇氣離開，卻沒勇氣活下去？」

「『自殺只需要一瞬間的勇氣，活下去需要一輩子的勇氣。』這是網路名言。」小珍面有難色，用雙手環抱著自己。

司徒素珊知道不能再抱怨，否則通往女兒祕密的最後一道門就會關上，下次再打開時，不是小珍垂垂老矣，就是在小珍拜祭自己時。

司徒素珊不能把事情拖到那麼晚，她快要被泰山壓頂壓到透不過氣來。

「如果妳不願說，也沒有關係。」身為自十九歲就要照顧下一代的人母，司徒素珊遠比同齡人懂得應付不聽話的孩子。「我自己去討論區找來看。」

小珍的表情果然馬上改變。「在我講之前，妳可不可以答應我，不要再批評美茵？」說得很歉疚。

「可是她根本聽不到。」

「我聽到。我介意。她是我最好的朋友。我不想她在無法回應時被批評。」

司徒素珊不懂小珍的想法，但無意爭辯，也為美茵有這麼好的朋友而感動。即使美茵走了，小珍一樣維護她。

司徒素珊不禁拭淚，小珍抽出紙巾給她和自己。

小珍問：「妳有沒有聽過『自由愛』？」

司徒素珊點頭。「怎可能沒聽過？」

42

「自由愛」是極受歡迎的交友ＡＰＰ，剛面世時保安能力很差，臭名遠播。

身為ＩＴ從業員，司徒素珊很明白，要處理ＩＴ系統的保安從來不是易事，每次更新解決十個漏洞，卻有可能製造五十個新的出來。

不過，自由愛從來不著眼填補漏洞，而是把資源投放在開發新功能，和最重要的，宣傳上。

他們找最厲害的公關公司操刀，不斷推出新廣告，把「自由愛」和支持言論自由、思想自由、性向自由、安樂死自由等和自由相關的議題綑綁在一起。

「自由」兩字慘被利用，卻無法反抗。

於是，一堆看到「自由」兩字就發瘋的人，義無反顧地支持這間內裡爛得可怕的公司，完全執迷於名相，就如批評它的人經常引用法國思想家伏爾泰（Voltaire）對「神聖羅馬帝國」的批評：「它既不神聖，也不羅馬，更非帝國。」

支持自由愛的人批評haters是自由世界的公敵，或者是競爭對手派來的打手，意圖帶風向。雙方陣營對罵的戲碼每天都在網路上演，無日無之。有些KOL說支持自由愛這話題被「簡單複雜化」，也有些KOL持相反論調，說這事太複雜，懶人包也無法講清楚。

很多網民長期被罵戰疲勞轟炸，不只霧裡看花，也看不清雙方真正要討論的議題到底是什麼，但討論區經常出現「我在自由愛上找到寂寞的地方媽媽過了一夜」或者「身為一個中年女人，我在自由愛上找到對自己身體感興趣的小鮮肉」等的長文。從排山倒海的留言看來，那些豔遇不是虛構，而是真有其事。

所以，即使很多人看穿自由愛這公司的本質，也只能任由下身指揮腦袋，用匿名電郵和用預付卡繳交費用。

「白天罵自由愛，晚上靠自由愛！」成為自由愛支持者調侃haters的名言。

43

「美茵是『自由愛』的資深玩家。」小珍繼續道。「不是單純交友，而是……我該怎麼說好？」

「援交？」司徒素珊講出這兩個字時，感到自己在顫抖。

「美茵怎可能出來做ＰＴＧＦ？」

「Ｐ什麼？」

「Part-time girl friend，兼差女友，有的只陪客人逛街吃飯，有的什麼服務也提供，只要客人付得起錢。現在那些女孩不叫自己作援交妹，ＰＴＧＦ的說法流行了好幾年……」

司徒素珊不管什麼說法，這種行業在她讀中學時就存在。哪些女同學下課後去做能輕鬆賺大錢的freelance，在班上已經是半公開的祕密。

「……美茵玩的是約炮。她每個星期都會約男人去開房間。我勸過她，覺得有危險，但很多朋友都是這樣，覺得沒什麼大不了……」

司徒素珊花了點時間才能消化小珍的話。沒想到她的世界在二十四小時裡不是崩塌一次，而是兩次。

小珍等她回過神來才說下去。

「很多女性朋友認為，以前的男人三妻四妾，現在變約炮，為什麼女性不可以跟著約？有性需要就被人罵淫蕩？這是性別歧視。」

小珍換過個口氣說：「這是她們說的，我不完全同意。美茵說過，如果要先有愛才有性，像我們這種長相平庸的女生，在到處都是外貌協會會員的社會裡，可能一輩子也找不到人來愛。如果我們不趕潮流去整容的話，是不是永遠無法享受性歡愉？」

這是司徒素珊從來沒有思考過的課題。雖然女兒在自己心目中永遠美麗，是幸福的小公主，但客觀來看，美茵的長相雖然不錯，但在愈來愈不純樸、人愈來愈重視外表也不斷進化的社會，一點也不起眼。

女人長得好不好看，並不由自己決定，而是按照男人的標準。

女人眼中的女人，永遠是男人眼中的女人，不管那是女王、女神、女高官、女高層、女同事、女同學、女兒，只要加個「女」字，就永遠無法擺脫身處父權社會的無形束縛，和投射過來的異樣目光。

「美茵也說過，現在的人很長壽，」小珍繼續道：「但每個人在人生不同階段都會改變自己和人生目標去適應急速變化的世界，把一對夫妻綁在一起維持幾十年的結婚，很不切實際，也不見得會幸福，需要互相遷就，換句話說就是失去自我，也就是我們這個追求自我的一代最討厭的事。我們有些同儕早就下定決心獨身。短暫的愛情雖然速食，卻靈活很多。」

司徒素珊從來沒和美茵討論過這話題，沒想到女兒想得那麼深入那麼遠。

不過，就算有討論，也無法辯駁。她這個母親就無法立下好榜樣，說不定就是這個單親家庭令美茵對婚姻的美好想像徹底幻滅。

不，她還有一個論點可以質疑。

「她們不覺得追求身體自主是男人用來騙女人上床的嗎？」

「這不就是否定女人也有性需要和性高潮嗎？」

司徒素珊還想到另一個情況。有些女人就是利用身體去爭取好處，也就是權勢性交，不過今天小珍過來不是開討論會。

她一直以為自己很懂女兒，其實一點也不。

司徒素珊無法想像美茵和陌生男人去開房間，她明明只是個小孩子。

不過，當年自己懷孕時，比美茵現在這年紀還要小。她二十一歲時，美茵已經兩歲。

當年母親並沒有責備自己，現在她憑什麼去責備女兒？每個成人都擁有為自己人生做選擇的自由。當年她擁有的自由，為什麼女兒不能擁有？

在追求自由這點，女兒倒是盡得自己真傳。

她的世界已經崩塌了兩次，即使重建世界的難度不只加倍，而是二次方，也不會阻止她的決心。

「小珍。我很重視家教，但只要她沒有得性病也沒有懷孕，當然可以有性生活。」

「Susan，妳是認真的嗎？」小珍幾乎叫出來。「沒想到妳這麼開放，果然和其他媽媽不一樣。」

司徒素珊第一次以家長的身份在美茵的幼稚園出現時，不管老師、學生和其他家長都是以奇異的眼光注視她。她從開始時不習慣，變成幾年後習以為常。

她一直想做不一樣的媽媽，不接受女兒直接叫自己的名字，但很矛盾地不喜歡小珍稱呼自己作阿姨或auntie。

「妳以為美茵是怎樣來到這世界的？」司徒素珊問：「但約炮怎會變成自殺？她到底出了什麼麻煩？」

小珍的視線閃避司徒素珊，「她被約會強暴，那人冒充是我們的小學同學，騙她去吃宵夜，趁她去洗手間時在飲料裡下藥，她喝了沒多久後就不醒人事，清醒過來時，發現自己躺在大街上，衣衫不整。」

司徒素珊感到天旋地轉，甚至天崩地裂，這是她人生第三次崩潰，全都在二十四小時裡發生。

美茵是家裡的小公主，是自己的心肝寶貝，為什麼有人會對她做出這種令人髮指的事？

「她為什麼不跟我說？為什麼不報警？警方可以去調閱閉路電視紀錄把那傢伙找出來。」司徒素珊幾乎是叫出來。

「她不敢，怕把事情鬧得更大。可是，兩天後，她的裸照和影片在論壇上流傳，可以清楚看到她的容貌。不用幾個小時，她的名字和背景被肉搜出來。影片旁邊有一大堆我們不認識的人指罵她是小淫婦，眼睛一直放電，會勾引人家的男朋友和老公。」

司徒素珊感到心臟在加速跳動，全身發熱。「美茵真的勾引過人嗎？」

「當然沒有，美茵只是愛玩，但有自己的底線，每次和對方都只是one night stand，絕不回頭。她這人非常固執，只要下了決定就無法動搖。可是，有些人就是要抹黑她。那些照片和影片在討論區轉載後，其他人又踩好幾腳，像要送她去死。不知就裡的人看到這些鋪天蓋地的留言，只會信以為真，也不去查證。她的人生就這樣被毀掉。她自從在討論區被圍攻後，就不再是以前的那個她，我覺得她已經變成行屍走肉。」

司徒素珊回想這幾個月，美茵回家後都說要忙於寫論文，把自己關在房間裡……不，司徒素珊不應該為自己的疏忽找藉口，也不該指責美茵。

美茵是受害者。

她不敢站出來，保持沉默，就是因為恐懼。

恐懼之所以為恐懼，就是因為它難以被征服。

以前家裡總有點聲響，電視聲、腳步聲、翻東西的聲音，母女倆會講話。

現在，小珍和她四目相交，默默無言，家裡靜得不像有人住，只有從窗外傳進來的車聲，如寒風般帶來蕭瑟和冷颼颼的氣息。

司徒素珊忍不住用手指抓頭，用力去抓。換了在平日，她可能已經吐得七葷八素，可是自從昨天吃完下午茶，到現在差不多二十四個小時都沒有再吃過一點東西。

現在她終於感到有點餓了，彷彿美茵聽完她和小珍的對話，在她耳邊說：「媽，要吃飯了。」

可是，她以後再也聽不到美茵的聲音，也無法和美茵說話。美茵就像在遺書裡寫的，去了很遠很遠的地方，也無法再聯絡。

她想哭，但美茵一定搖頭。

「哭解決不了問題，但可以哭一下。」

美茵一定會這樣說，這也是司徒素珊在美茵小時教她的話。

在沒有男人的家庭裡，沒有男人會幫她們出頭，所有問題要自己想辦法解決。

44

「只要輸入她的名字就可以把影片google出來，對嗎？」司徒素珊打開筆電後問。

小珍雙手捧著杯子，輕輕點頭。

司徒素珊很快在討論區找到，但沒有播放，只長長嘆了口氣。

對正在找工作的美茵來說，這是致命一擊。

司徒素珊不會閒來沒事google自己和家人跟朋友的名字，但這是人事部職員收到求職信後，做第一輪篩選時會做的指定動作。

沒有企業會聘用一個被人笑話的員工。人事部不會冒險給她面試機會，只會直接把她的履歷丟掉，甚至把她列入黑名單永不錄用。

在討論區裡把一個女生的名字和不雅影片拉上關係，等於宣佈她的死刑，比有案底（前科）更慘，因為只要搜尋就立刻找到。

歐盟在網路上實施「被遺忘權」（Right to be forgotten），讓一個人的過去無法被Google搜尋，也就是被遺忘，可是跟進的國家並不多。

在法庭以外，疑點利益都不是自動歸於被告，大家都是帶著偏見、歧視、刻板印象、有色眼鏡去看待彼此。

「這些事情警方都知道？」司徒素珊問。

小珍點頭。

為什麼沒有警察和她談這點？

□

司徒素珊打電話給Madam Leung，用免持通話，說小珍已經把所有事情告訴她。

「警方確定妳女兒是自殺，死因無可疑。妳隨時可以來警署把她的遺物拿回去。」

Madam Leung的答覆打亂了司徒素珊的部署。

「不，美茵在討論區被起底（肉搜），這根本是集體謀殺。」

「那凶手是誰？」

「就是給她起底，和騙她上床的人。」

「先說起底，那並不構成違法[22]，妳不能因爲把其他人的資料貼出來就犯法，否則那些報導明星出軌或把第三者的背景羅列出來的娛樂新聞全部犯法。騙她上床是妳們說的，到底她是被下藥或自願，我們無法確認。她的人不在了，我們不會再採取任何行動。」

小珍插嘴說：「這不對呀，難道有人被殺，你們就什麼事也不做？」

「謀殺和性侵不一樣。被殺是由於死者無法指證，所以警方才要出面調查。如果一個人被性侵，應該第一時間報警，並提供證據。如果沒有證據，我們怎樣去進行檢控？妳要控告一個人，也要有證有據，否則只會造成冤案。那條片裡的男人和她到底是什麼關係，

22 作者註：「起底」刑事化新例要二〇二一年十月始生效，即這件事發三年後。

我們無法確定，也許是她的男友或炮友。約炮並不犯法。」

「但散播這種片應該犯法吧！」司徒素珊不放棄。

「這就是關鍵了，妳無法證明拍片的人，和散播的是同一個人。那男人不是開直播，也許他是拍來自己收藏，後來不知道怎樣流出，但與他無關。妳記得十年前非常轟動的藝人不雅照事件嗎？幾個女星的床照流出，事業幾乎被毀，拍照的男星雖然被批評也跑出來道歉說會無限期退出香港娛樂圈，但沒有犯法。」

司徒素珊馬上語塞。

「司徒女士，妳曾經從事網路工作，很清楚這種在討論區上散播影片的人，很可能是用沒有登記姓名的ＳＩＭ卡登記帳户，就算是ＦＢＩ也抓不到人。妳的心情我很理解，但這案件已經結束。我建議妳接受現實，盡快替妳女兒辦理後事，不要讓她死不瞑目。如果妳一直挖，可能挖到更多妳不想面對的事。」

司徒素珊沒想到要認真追究起來，自己從電視電影裡看到的法律常識，在現實裡一點也無法派上用場。

「我女兒走了，我沒什麼不想面對的事，只是不想她這樣走得不明不白。」

小珍連連點頭。

Madam Leung繼續道：「這件事，警方的網路安全及科技罪案調查科沒有理據採取行動。妳可以向自由愛投訴，但我告訴妳，投訴那間公司的人很多，但全部只得到官腔電郵回覆，沒有後續。如果妳堅持去查，可能要找私家偵探，但良莠不齊，妳要小心挑選。很多偵探社看準妳們這些家屬的惶惶心理，開出天殺的價格，或者騙妳們花一大筆錢後也沒有結果。這種事我見得多，聽我說，盡快辦理後事，讓女兒安息。」

司徒素珊掛上電話。小珍露出無奈的表情，說：「有些男人在自由愛上尋找獵物。即使受害者成立互助組向自由愛投訴，自由愛也從不受理。我和美茵去見互助組的人，希望她們開解她，可是沒用。」

司徒素珊強忍淚水，擁抱小珍。「謝謝妳在我不知道的時候，一直站在美茵身邊。」

「怎可以不支持美茵？她在我心目中的位置沒有人可以取代。」

小珍一邊拭眼淚，一邊拿出平板給司徒素珊看。

Dear小珍

妳是我最好的朋友，很不好意思，要用這種方式向妳道別。

我雖然來自一個不完整的家庭，幸好從小有妳爲伴，因此我的童年一點也不孤獨，那種無憂無慮的生活是我人生最快樂的時光，我非常懷念。

但人生在世這件事本質上非常殘酷，特別是對我這種特立獨行的人，除了家人，就是妳支撐我活下去。

我媽的內心沒有外表般堅強。妳知道的我，她未必接受得來。如果妳要告訴她，請用最婉轉的方法，我相信妳一定能做到。

我留下的遺物，如果我媽不感興趣，妳都可以拿去，像妳說不見了其中幾年的小學校刊。

妳那部手機是五年前的舊款，我去年買的那部妳就拿去用，我跟我媽說了。

我無法陪妳走下去，只能在天上看著妳。妳會比我活得更久，人生也更精彩。我在雲端帳户裡開了條連結，妳可以在上面下載我們一起成長的照片。

希望妳會永遠記得我，這是我小小的奢望。

但願來世我們可以成爲眞正的姊妹。

永遠愛妳的

美茵

讀完美茵給小珍的遺書後，司徒素珊久久不能言語。

她去廚房添水給自己和小珍，不讓對方看到自己大哭。從美茵小時候開始，她就告訴自己不要在女兒面前掉淚。她不是弱者，從來沒有難題能難倒她，也沒有人能叫她屈服。這麼多年來，她都沒有破戒，直到這一天。

身為很年輕就生下女兒的女人，司徒素珊從來沒有試過獨居生活。即使過去四十年來家裡男性的角色一直缺席，但她從來不覺得自己缺少什麼。與其面對一個酗酒好賭生活不檢點的父親或丈夫，倒不如他們從來沒有出現過。有母親和女兒為伴就夠了，她們就是自己世界的全部。

沒想到，有一天，世界突然只剩下自己。

母親是願意無條件愛自己的人，女兒是自己願意無條件愛的人。如果失去其中一個，還有另一個可以替代，可是當兩個都失去，她的人生已經失去意義。

不知過了多久，小珍雙眼通紅走進廚房裡，把手搭在司徒素珊肩上，兩人相擁而泣。

第四章／不容易找到的（2020/2017）

45

趙韻之回去大學圖書館找參考書，曹新一只好去森記買一個人的午餐。

輝哥繼續忙於分發外送，忙到分身不暇的模樣有點狼狽。

曹新一在店外碰到一個住在他樓下的中年男人，其實曹新一認不出戴上口罩的他，但認得他那隻很神氣的迷你品（Miniature Pinscher），一雙大眼睛一直在留意附近所有動靜，觀察和牠主人攀談的街坊。

出於收集情報的本能，曹新一和那男人打招呼，成功擠進這個由四個男人（包括他在內）組成的臨時談話圈（迷你品並不包括在內）。剛好四個人穿的都是不同類型的鞋子。

拖鞋男說，他的公司本來按照時程表，在明年推行「遠程工作」，不料疫情來臨，IT部同事日夜趕工，預料下星期就會進行測試。

運動鞋男說，他公司的管理層已經放風聲，「遠程工作」將會成為日常。

涼鞋男說，如果「遠程工作」成為日常，公司需要繼續租昂貴的辦公室嗎？甚至，有必要僱用薪金高昂的香港同事嗎？到時不只整個香港的房地產租金都要下調，其至連僱員薪水也會下調，然後管理層會因降低企業營運成本而領到巨額花紅（獎金），貧富懸殊會進一步加劇。

拖鞋男說，現在連日本的奧運長跑選手也要做外送幫補家計。在未來，人工智慧只會令更多人失業。一個人工智慧法律顧問在十五分鐘內就能處理一個律師團隊要花一個星期才能完成的工作，而且身處雲端，不佔用半吋辦公室空間。

世界急速變化得像一條在汪海中漂浮的船，沒人知道會漂向何方。

三雙鞋子一一離去後，曹新一終於從輝哥手上接過便當，準備回家時收到意想不到的短訊。

46

「最近好嗎？要不要見個面？」

發出短訊的電話號碼已經三個月沒有在他的手機上出現，但他不會忘記。

「時間地點？」他問，同時感受到身體某部份開始變得不安靜，有蠢蠢欲動的意圖。

「明天下午兩點。上次的地方？」

「其實我現在就有空。」

「那就現在。」

小珍第一次參加同輩的喪禮，比她預期的提早了二十多年。

喪禮在醫院的靈堂舉行。這種在醫院出殯的方式稱為「院出」，完成大殮出殯後把靈柩由靈車直接送往火葬場，省卻在殯儀館設靈的程序。

美茵的喪禮以這種簡單的方式舉行，即使司徒素珊在小珍勸喻下終於在臉書貼出喪禮的消息，但出席的親戚不到五個，看得出司徒素珊家平日不多和外人來往，很符合她崇尚簡單和獨來獨往的個性。

小珍通知了同學，但出席的很少。

即使這種影片外流的情況不再罕見，媒體也不再報導，但會引起認識的人私下轉發和討論，也保持距離。

出席的同學都知道小珍和美茵是好姊妹，不會在她面前談論這件事，也沒有向她確認討論區流言的真偽，但都對司徒素珊年輕的外表大感驚訝，有個甚至以為是美茵的姊姊。

只有小珍很清楚，司徒素珊的容貌在短短一個月裡蒼老了不少。

在按鈕把棺木送進去安排火葬時，司徒素珊痛哭到失控，突然腳軟，要由一個小珍和不知道是誰的三十多歲短髮女人攙扶。

很多本來可以克制感情的人，也被感染得淚崩。

小珍從來沒想到大學還沒有畢業，就要出席好友的喪禮。這也是她第一次參加親戚以外的喪禮。那些親戚都和自己年齡相差很遠，也和她關係疏遠，所以她只是去鞠躬告別。

她一直覺得喪禮這兩個字就算不一定限於年老，也起碼是中年以後的事，和一個二十二歲的女生不可能扯得上關係。

大家開玩笑把「妳去死啦！」掛在口邊時，不會想到死亡跟自己的距離可以那麼近。她和美茵雖然不是親姊妹，但感情要好。以前在學校時大家都是有影成雙，這種情況在女校裡非常普遍。

美茵在中學時是乖乖牌，上了大學後開始不一樣，到大二去挪威首都奧斯陸做一年交換生，就更如出籠鳥。

「挪威人認為談戀愛是很嚴肅的事，不輕易和另一個人發展感情。」美茵在視訊裡說。「相反，純粹肉體關係卻沒有太大負擔。這裡的男女第一次約會就直接上床。」

「不談戀愛嗎？」小珍驚問。

「他們要和一個人上床後覺得適合，才再去吃飯和看電影，和我們的做法倒過來。最厲害的是，他們一直以來都是這樣，開放觀念領先其他西方國家很多年。他們不是透過吃晚餐去結識異性，而是只和建立了感情的異性去吃晚餐，因為去餐廳吃晚餐很貴，一年去不到幾次，所以非常隆重。」

美茵從北歐發來的短訊不斷令小珍眼界大開。挪威鼓勵國民享受性愛，提供免費保險套，你只要去線上登記[23]，說明要的尺碼、厚度和味道，一星期內就會寄十五個上門。

女人在性方面不是被動，而是主動，當然，也可以拒絕。

性愛自由不是沒有問題，一個人如果想認真找男女朋友，就會遇到挫敗感，因為很多人不管男女都在騙炮。

小珍自問是保守派，不過，在同輩裡，這種速食關係透過網路帶來的全球化和交友APP的盛行逐漸成為全球趨勢，衍生出新型的男女關係，像FWB（friends with benefits）和NSA（No Strings Attached），兩者都是固定炮友，卻沒有承諾，是新型的男女關係。分別在前者是本來就認識的朋友，後者就可能是新認識，或者在交友軟體上認識。

「如果能約到男人去餐廳吃晚餐，就是成就解鎖。」美茵在短訊裡說。

「那邊的餐廳吃什麼？」

「可能是鯨魚肉大餐。」

小珍很確定，美茵不會不知道鯨並不是魚，就像她不會不知道，她在挪威和男人之間的交流，其實都和愛無關。

「其實我更想有人陪我去看北極光。」美茵又說：「我本來以爲在挪威全國都可以看到，沒想到要去到北極圈裡才看到。」

「那就去呀！」小珍鼓勵道。「拍照片給我看。」

「沒時間呀，我的時間都被上課和男人塡滿了。」

美茵從挪威回來後，渾身上下都散發著和去之前完全不一樣的氣場。她由在香港時帶書卷味的黑長直，染成咖啡色，由有時靦腆變成爽朗大笑。

小珍不認為這種變化有問題，看著美茵由內向變成外向好動充滿自信，其實是很正面的成長。

只是美茵幾乎每個週末都要找男性排解寂寞，也鼓勵小珍去試。她就接受不來。和美茵認識了十多年，兩人第一次在觀念上出現巨大分歧。

「如果妳要聽音樂，會去買唱片或者聽串流？」美茵突然轉變話題。

「當然是串流呀！」小珍這話衝口而出後，才發現被美茵暗算。

「就是嘛！現在不是沒人聽音樂，而是一個很根本的觀念改變了。由於選擇太多，我們這一代人重視的不是擁有權，而是使用權。我們不買唱片，而是去聽串流，和看電影和電視劇都是付月費聽到飽看到飽一樣。以前的人追求天長地久，結果外遇離婚樣樣來，痛不欲生，像我媽。我不知道她怎樣熬過來。」

美茵手機上的背景照片經常更換，但都是她和母親的合照。「靈與慾我只需要使用權就夠了，我也只提供使用權而不是擁有權。」

這種決定沒有對錯之分，只是價值觀不一樣。在分眾的時代，大眾對愛情的想法愈來

23 作者註：Gratiskondomer，英文就是 Free Condoms，https://www.gratiskondomer.no/bestill/en/。

愈多，就算是同齡人也抱不同的想法。有些人追求天長地久的愛，有些人不期待愛情但有性需要，有些人什麼都不愛只愛自己。

每個人都有自由去選擇自己的生活方式，這才是自由社會的可貴之處。她和美茵的成長路只會愈走愈分開，友誼也會不斷接受考驗。美茵說過只有真正的友誼才會長存，她們老來要一起住老人院，方便互相照應。

「我走不動的話，妳可以偷偷推我坐輪椅去找男人。」美茵邊照化妝鏡邊說。「打死我也不接受人工加工，一定要很優雅地變老。」

只是美茵自己也沒想到，別說變老，就是連三字頭，她也去不到。

在一個陽光普照的早上，小珍和司徒素珊參加由政府安排的環保殯葬儀式，搭船去指定海域，把骨灰撒落大海。

船在大海中央停下發動機後，船身隨海浪搖盪。浪聲來襲時，各親友逐一把死者骨灰從滑梯倒進海裡。

有個人想撒冥錢，卻被海員阻止。不過，船長走過來對海員講話後，海員就別過臉。

司徒素珊這天沒有很多話，她留一半骨灰給小珍撒，讓小珍永誌難忘，自己是在一個風和日麗的上午，目送最好的朋友完成人生旅程，最後化為大海裡的泡沫。

47

過去一個月，司徒素珊由替美茵辦理死亡證開始，再憑這張證去學校辦理退學手續，發現她早就把寄物櫃清空，又再去美茵打工的公司處理她的薪水，最後去銀行打算接管她的帳戶，卻發現裡面沒有錢。美茵早就把錢提出來，安安穩穩放在抽屜裡。

這孩子雖然不在了，但司徒素珊一直都在處理她的事，彷彿她仍然在身邊。直到完成美茵的喪禮，司徒素珊才覺得人生終於要邁向另一個階段。

三年內先後失去母親和女兒，目前失業。這是司徒素珊怎也沒想過的情況。

唯一慶幸的是，房子是自己的，加上一向不大手大腳花錢，所以銀行存款夠她再支撐超過三年的生活，比起很多「手停口停」（一沒工作就沒飯吃）或者要還房貸的人，她撫心自問情況並不艱難。

按照原本計劃，美茵在半年內就會找到工作，幾年後談戀愛，十年內結婚（可是小珍說美茵從來沒有這個意願），而自己再工作兩、三年就會提早退休。不是自願，而是沒有人會聘請。

司徒素珊一向做事都按部就班，但最後發現不管你花了多少時間和力氣做人生規劃，也有可能全部落空。

本來她的迫切任務是找工作，但現在變成思考以後的人生要怎樣獨自走下去。

她把電視調整到只有畫面沒有聲音，就算播新聞也一樣。現在這個城市這個世界發生的一切和她不再有任何關聯。她甚至覺得，當妳的家人都死光，再活下去也沒有意義。然而，放在電視機旁邊的一家三代合照提醒她，喪期結束，她沒有資格再悲傷下去。那個向美茵下手的傢伙，那個把她的人生毀掉的混蛋。她一定要把他從茫茫網海裡揪出來，不管有多難，不管用合法或非法的手段。

然後，她要好好向他施加應得的懲罰。

48

曹新一去酒店前左顧右盼，確定沒見到熟面孔後才進去。

現在幾乎所有人都戴上口罩，但他無法改掉這個職業病，甚至擔心阿夢會在附近埋伏。身為她的拍檔，他很清楚她能在人群中隱形，也害怕被她跟蹤。

在工作時調查目標，下班後最害怕的就是反過來被調查。這種自食其果，令他渾身不自在。

離開電梯後，他尋找1027號房，並小心翼翼確定沒有其他人在走廊後才按鈴。

打開房門的女人三十多歲，頭髮燙得很漂亮，沒戴口罩，化上非常漂亮的妝容，向他露出挑逗的眼神和笑容。他也無法忽視她那條從浴袍裡伸出來向他招徠的長腿。他一點抵抗力也沒有就跟著美腿的主人進房間，用後腳把門踢回、關上。

兩人很快擁吻起來，並轉移到床上。他把她壓在底下。

「妳最近好嗎？」

「我在家工作，現在一個人住。」

「你先生呢？」

「他去年年底去美國出差，不知道什麼時候才回來。」

「寂寞難耐才找我？」

「你也可以找我啊！為什麼不？」她發出哈哈的笑聲。「你還和那個大學講師一起住嗎？」

曹新一忍不住笑出來。同一道題目三天內三個人問，大家都很關心他的性福。

「對，超過一年了。」

「像老夫老妻般相敬如賓，過無性生活？」

「還能怎樣？」

「你怎樣解決需要？」

曹新一伸出手掌來。

她把那隻手掌拉過來吻了好幾遍。「太可憐了，為什麼不找我？」

「我不想破壞妳的家庭幸福。」

「我說過好幾次。如果他不知道的話，就不算破壞。」

「就像『玩完沒付錢就不算嫖』[24]嗎？」

「你是不是暗示在嫖我？」

「也可以是妳嫖我。」

她笑出來。「你和她這樣不是辦法。我不認為無性戀有問題，但要兩個人都是才沒有問題，如果其中一個是被逼的，像你這樣，就有問題。你現在才二十多歲，打算一直自家發電嗎？」

「我和她最談得來，她性格也不錯。」

「那可以只做朋友呀！」

「我和她的感情並不只是朋友，我們什麼都談。」

「真的嗎？可以老實告訴她你的過去嗎？」

「怎可以？那是誰也不能說的事情，妳是例外。」

「也許你們上過床有肌膚之親後，就能更坦白。」

曹新一很懷疑這個女人怎能為人師表，是不是離開教育體制後想法才變成脫韁野馬？

「以我的經驗，只有和妳是這樣。」

她突然用力，把他扳下來，變成她在上面。

「那你現在對她的認識有多少？」

「沒比一年前多。不過，我們一開始時，就對彼此很瞭解很清楚，知道對方是什麼人，有什麼人生目標。」

「這沒什麼大不了，和室友的關係沒有兩樣。你有沒有想過，我比她知道你更多，也更懂你？」

「有什麼奇怪，妳是我老師。妳是不是其實想拐個彎說我最適合的結婚對象是妳？」

「開什麼玩笑？我結婚了，你不要害我。」

「妳和先生能和我們這樣聊天嗎？」

「你敢反過來問我？」

「現在我和妳不再是老師和學生的關係。」

女人坐起來，揚手表示不想再討論這話題。

「你的中學同學每年都約我吃飯。別說我結婚了，就算我是單身，但和你一起的話，就不能被他們看見。不管你變大隻或者換髮型長鬍鬚，他們和你做了至少六年同學，認得你的臉和聲音，不用一分鐘就能把你認出來，到時你的人生再也無法安靜，我也會被你拖累。你知道人言可畏嗎？我們的人生都會被毀掉。」

---

24 玩完沒付錢就不算嫖：出自周星馳主演的電影《九品芝麻官之白面包青天》。

她的語氣非常激動，彷彿她的人生在毀滅邊緣。

「我當然知道，所以我們只能一輩子躲在黑暗裡。」他忙安撫她。

「對，躲在黑暗有躲在黑暗的玩法。現在二十多歲的人不會去想一輩子那麼遠。十年後，你就會嫌我是老太婆。」

「怎可能？現任法國總統的老婆就是他的高中老師，比他年長二十多歲。」

「那就證明給我看。」她把浴袍的腰帶抽出來。「不要浪費這個房間，特別是這張床。我洗好澡了，等你。」

49

「謝謝妳來送別我女兒。」

「別這樣說。我應該來的。」

麗貝卡以前講話很小聲，也和很多社會新鮮人一樣只有裝出來的自信，現在勇於表達自己想法，甚至讓人感到強勢，這個成長一定很不平靜。

香港人在職場上習慣以英文名互相稱呼，所以司徒素珊十多年來只知道她的英文名Rebecca。麗貝卡當時剛從大學畢業，負責網路工作，留及肩長髮，加上亮麗外表，不只在ＩＴ部裡引起鬨動，也引起其他部門的同事過來一睹芳容。有些男同事發電郵給ＩＴ部說自己的電腦有問題，希望她幫忙檢查，結果ＩＴ部出通告提醒同事不要浪費寶貴的人力資源，否則會轉交給人事部處理。

麗貝卡在那間公司待了一年多後就離職，接下來以幾乎每兩年一次的頻率轉職，也愈爬愈高。

司徒素珊和她一直在臉書上保持聯絡，發現麗貝卡在臉書上的動態更新，從以前的一天好幾次，變成幾天一次，到現在，幾個月才更新一次。

她忘記了麗貝卡在什麼時候把及肩長髮剪掉，改為蓄短髮，臉上的稚氣和青澀不知在哪一年消失，也很少再穿短裙和及膝裙，衣著的顏色也愈來愈深沉，一身行頭都是名牌，表示晉身重視衣裝的管理階層。

美茵離世，麗貝卡不但留言給她鼓勵，也前來出席喪禮，是唯一出現的前同事。

在世態炎涼和功利的香港，司徒素珊見盡人情冷暖，很多美茵的朋友和同學都沒有現身，和自己聯絡不多的前同事反而出席，司徒素珊心存感激。

這是麗貝卡十多年前離職後再次出現，司徒素珊很感安慰，也很有戒心。LinkedIn上找不到麗貝卡，她不會沒有LinkedIn帳戶，只是隱藏起來。

司徒素珊一向多疑。喪禮第二天，她發訊息到麗貝卡一年多沒有更新的臉書帳戶，約她下班後出來喝咖啡。

□

咖啡店坐滿用筆電工作的人，司徒素珊感到格格不入。

即使這天是休閒星期五（Casual Friday），麗貝卡仍然以高級行政人員套裝現身。

交換近況時，她沒有談到公司名稱，只說「在一間大型科技公司任ＰＭ（Project Manager）」，工作內容除了項目管理外還包括「整合不同部門的資源，同時處理部門裡的派系問題」。

「妳有名片給我嗎？」

「我沒帶。我是來見朋友，不是來工作。」麗貝卡閃避問題。「我有個朋友住在附近，我來探望她時碰見妳和妳女兒好幾次，只是沒有和妳們打招呼。」

司徒素珊雖然在技術上遠超同儕，但缺乏人際溝通技巧，任何一隻辦公室貓員工都比她更討人好感，所以她別說和升職無緣，光要在中年後保好飯碗，就一點都不容易。

不過，她有一樣不錯的本領：超乎常人的直覺。

麗貝卡出席美茵的喪禮不是沒有理由。

她是來贖罪的。

司徒素珊須要她購買更多贖罪券，直接問：「妳在自由愛上班嗎？」

「我身上有那公司的味道嗎？」麗貝卡沒有直接回應。

「那公司臭名遠播，因此像佛地魔一樣，所有在裡面上班的人都不願意去提。妳不就是這樣嗎？不給名片，不說公司名稱，不提工作具體內容。」

麗貝卡反應不過來，司徒素珊又道：「我女兒是在自由愛上成為獵物，妳應該有猜到吧？」

麗貝卡拿起咖啡店啜飲了一口。

「我雖然是管理層，但也只是個上班族。這事不由我的部門負責，我也管不了。」

「我以為妳是來告訴我是誰向我女兒下手。」

司徒素珊早前試圖駭進自由愛的伺服器裡，但過程沒有她想像中順利。自由愛保全系統不知道在什麼時候升級到銅牆鐵壁，要駭進去需要一個國家級的駭客團隊。

如果能找到一個內部的人提供協助，就方便直接很多。

「妳能幫忙查出來嗎？」司徒素珊坦蕩蕩地問。

「我對妳們兩母女的遭遇深表同情，很想幫忙，但如果幫妳忙的話，我會有角色衝突，這個後果我負擔不來。」

「如果出事的是妳的女兒，妳會像現在一樣坐視不理嗎？」

麗貝卡板起臉孔。

「我不打算生小孩。這是個爛世界，極端氣候，大量物種滅絕，貧富懸殊，工作沒有保障。世界變得碎片化，但同時也單一化，全部人都活在同溫層裡，大家都膚淺得只憑一張臉去判斷一個人。只有一張漂亮的臉蛋就能平步青雲，就算你是個爛人還是會有一大堆粉絲。很多年輕女性第一筆存來的錢都是拿去整容。如果把一個生命帶來這個世界，我沒有信心告訴她怎樣既能夠忠於自己又能好好生存下去。」

麗貝卡最後一張贖罪券也沒有購買，拂袖離去。

當年的小女孩長大後，變得功利和現實。

司徒素珊沒有後悔自己逼得太緊。妳無法叫醒一個裝睡的人，更無法叫醒一個靈魂死掉的人，不，她已經是具死屍，不會再復活。

司徒素珊離開咖啡店時，突然感到一陣噁心，馬上衝到馬路邊嘔吐，引起途人側目。沒有人走過來幫忙或者詢問她的狀況，幸好她早就習慣。

很多事情，我一個女人就可以應付得來。

她用濕紙巾把沾到衣物上的嘔吐物抹乾淨丟掉後，抽出手機，發短訊給小珍。

「妳說和美茵找過自由愛受害者互助組，我可以怎樣聯絡她們？」

50

曹新一從洗手間出來時，紀曉芳穿好衣服，正在補妝。

他倒了杯水來喝，坐在床邊，靜靜看著這個曾經是自己老師的女人。

要說她的模樣和年輕時變化不大，肯定是騙人。她教他英文時，剛從大學畢業，比現在的自己更年輕，也比現在的自己缺乏社會經驗。

不過，就算現在，她也只是在年歲上的人生經驗比他多，但由於一直只是在辦公室上班，生活圈子也不大，對社會不同階層的認識反而遠遠比不上他。

她的工作和住處都在香港島，至今沒去過新界大西北的元朗屯門和天水圍。

她最令他難以想像的，是這輩子從來沒坐過渡海小輪。

「找不到理由去坐。為什麼不坐地鐵？」

一個貪圖安逸、沒有好奇心也沒有冒險精神的人，怎會和他偷情，去成就她和他這輩子最大的冒險？

他不懂女人。

就算你進過她裡面，也不代表知道她在想什麼。

但有個問題可以問她的意見。

「如果是一家三口的家庭，兩夫婦會不會拍攝只有他們兩個人的照片去表達兩人之間的感情？」

「誰跟你說的？」

「我上司。」他當然不能說是趙韻之。

「我又沒小孩子，怎會知道？但聽起來好像有道理。」

曹新一常常覺得，雖然紀曉芳比趙韻之年長兼已婚，但對愛情的思考，反而不及趙韻之來得深刻。這是又一證明。

這也是他愛趙韻之的理由。她能啟發他思考，幫他成長，比給他性愛的女人更有吸引力。

他在茶几上的手機突然震動起來，畫面顯示「電話維修」四個字。

他快速調整心情後接電話。

「大神，你找我有事？」

「你加錢特急就希望盡快知道結果吧！這案死了人，我放在最優先處理。」大神的聲音好累。「專家百分百肯定那影片沒有經過刪改、插入或其他後期處理，也沒有用deep-fake做特效。這是原原本本的影像檔案。」

「怎麼可能？」曹新一驚問，這等於確認凶手不是從門口進入劏房裡殺人。

紀曉芳放下在化妝的手，靜靜盯著他。

「也許你們可以找到高手用更厲害的軟體去推翻這個結果，但我這位專家朋友良心建議你們別再浪費錢和時間做不必要的事。」

「我不是問你，而是問那個凶手怎可能進入那房間裡？」

「那是你們的事，我只管我的事。我剛發了帳單給你，尾款要在二十四小時內付清。」

掛斷電話後，她繼續化妝。「你的工作真讓人頭痛。」

「我有個情況更令人費解。有個人在劏房自殺，用手勒死自己。」

「可以做到嗎？」

「當然不可能。」

她不像趙韻之般會和他推敲案情，不只沒有興趣，也沒有能力。

如果紀曉芳不是自己的老師，沒有共同的成長經驗，他很懷疑能否和她談得來。

和已婚女人約炮的唯一好處，就是她們一定會保密，也不會毀掉婚姻，給自己和他找麻煩。

他需要一段細水長流有性和愛的感情，可是做了二十多年人，始終找不到，只好同時找兩個女人滿足自己的不同需求。到底是那個完美的人選不存在，或者完美根本不存於世，連自由愛也找不到？

「最近見過你爸媽嗎？」她很有技巧地轉換話題。

「去年疫情前見過，但連招呼也沒有打。」

成為私家偵探後，要找出父母的住處易如反掌。他跟蹤過他們好幾次，發現他們找了他阿姨和阿姨的兩個女兒陪伴。他在家裡的角色被這對表姊妹完美取代了。

紀曉芳看來比他還要失望，找了另一個話題。

「有找你的仇家下落嗎？」

一想到萬豐年那混蛋，曹新一就咬牙切齒。

「那混蛋像隱形一樣，希望他死於新冠肺炎。」

51

在以前的星期六晚上，司徒素珊和美茵兩個人會一邊吃飯，一邊看電視劇，也許是美劇，也許是韓劇。

她不是沒叫美茵陪她看過九十年代的電影，也就是她年輕時看的電影，但美茵對十年前的東西一點興趣也沒有，認為那個智慧型手機仍未普及的世界離自己太遠。

她們曾經交換兩代人對世界的理解和感受等看法。雖然想法南轅北轍，誰也無法說服對方，但可以增進對彼此的瞭解。

司徒素珊很珍惜這種母女聊天的時光，以為會延續到自己老年，沒想到突然終止，就像晚餐吃了前菜，牛扒（牛排）剛咬了一口，侍應就把碟子收掉，然後端上她不吃的羊架，可是她很餓，不得不吃下去。

以後她要獨自在家裡吃晚餐。在窗外的其他客廳裡，都是一家人吃飯。

她更沒想過，在星期六晚上，要和兩個陌生人在陌生的地方碰面。

□

餐廳是對方挑的，位於灣仔一個地下室，要在電車路從不顯眼的入口進入，沿狹窄的樓梯走下去。

地底空間很大，客人卻不多。

頭頂是刺眼的白燈光，她和小珍在角落裡私隱度很高的卡座坐下來，但還是感到渾身不舒服。

自由愛受害者互助組組長宋小姐出現時令司徒素珊眼前一亮。她顯然不年輕，看來和司徒素珊屬於同一個年齡組別，但那雙眼睛即使躲在眼鏡後面仍然非常漂亮。

她穿粉藍色輕便服，即使衣服寬鬆，也看得出身材修長，應該很勤於做運動。

更令司徒素珊目不轉睛的，是宋小姐燙得很漂亮講究的頭髮，像貴婦甚至明星一樣，加上得天獨厚的分明輪廓和白皙的膚色，年輕時一定是個讓人移不開視線的仙氣美女。

其實宋小姐現在的狀態也不錯，偏偏男人就是貪新忘舊，四十歲的女人再漂亮，混在一堆視覺年齡在三十歲以下的女人裡就馬上被比下去。

互相介紹後，宋小姐馬上入正題。

「我們互助組沒有辦公室，沒有職員，當然也不獲政府資助，知道我們存在的人也不多。我常覺得，不知道我們存在的都是幸通兒，聯絡我們的都是遇上大麻煩。我寧願有一天沒人需要知道我們的存在，這個互助組也失去存在價值。」

司徒素珊覺得她的話再對不過了。

誰會想到像宋小姐這樣一個漂漂亮亮、舉手投足都非常優雅的美女，身上也會有悲慘的故事？司徒素珊不好意思問受害的是她女兒，還是年輕時的她。

宋小姐說在這麼一個鬆散的互助組裡，成員都在面對自己或家人的不幸，沒有多少人想成為執委，目前小組裡負責聯絡的就是她和在座的另一位成員葉小姐。

葉小姐三十出頭，身形圓潤，看來很開朗，不像受過什麼創傷，但心理創傷看不出來不代表沒有。

小珍說過，互助組裡的人很重視私隱，所以留的名字和姓氏都可能是假的，只有經歷是真的。

宋小姐繼續道：「我們互助組沒有法律顧問提供法律諮詢服務，也沒有心理專家提供心理輔導，依靠大家互相幫助，希望可以幫其他人走出谷底，重新振作。不過，如果有新成員申請加入群組，我們一定要親自見面，防止被滲透。」

「什麼人會滲透？」司徒素珊沒聽過小珍提到這一點。

「男人會假扮成女人混進來，把我們成員的經歷帖文偷偷轉載到討論區上，也有記者懷著獵奇心態混進來，把成員的不幸遭遇寫成報導吸引讀者，害我們花了很大力氣重建群組，和所有成員一一見面，進行『性別認證』，搞到像中世紀的祕密組織般。」

「天呀！這麼複雜！」

「對，但如果碰到是性小眾（性少數），像那些男性化打扮的女性，或者出生時是男性後來變成女性的，我們就頭痛了，到底如何分辨易裝癖的男性，和心理性別認同為女性的跨男，這太專業了。我們對性小眾缺乏認識，無法對她們伸出援手。」

司徒素珊沒想到要加入一個群組比找工作面試更複雜，她又有想吐的感覺。

「我也要被面試嗎？」

「不用。我們在妳女兒的ＩＧ上見過妳。」葉小姐答：「妳女兒知道影片流出後非常崩潰，怕被人認出來。現在那些東西只要流傳到網路上就永遠無法抹掉。如果以後人臉識別技術普及化到無處不在，說不定只要看到影片就會馬上找到她的身份，反過來只要看到她的臉，除非大幅度整容，否則就算她改名換姓，也會找到她的影片。」

司徒素珊相信這不是科幻電影的情節，問題只是在什麼時候發生。「妳們的群組現在有多少人？」

「通過我們檢查的成員有五十七位，但和我們保持聯絡的不到十位。很多都對尋求公義心灰意冷！她們在網路上受夠了欺凌。主流意見認為約炮這種事本來就有風險，去開房間你情我願，女性不是受害者，而是淫亂，不自愛，出問題是自作孽，是報應，甚至指責女方是援交妹，因為價錢談不上來就指控男人強暴。不管男人和女人都是這樣說，根本是蕩婦羞辱，是父權社會推卸責任的陳腐思想。」

「這是blame the victim（怪責受害者）的惡習。」

司徒素珊聽到小珍說時全身發熱。即使香港屬於亞洲地區裡女性社會地位較高的城市，一樣有這種厭女文化。

她聽說美味的食物能撫慰受創的心靈，可惜類似的療癒能力在這頓晚餐裡卻付之闕如。這間餐廳的食物非常難吃，但她覺得沒問題，反正沒有心情去享受。

「妳們向警方透露過她的經歷嗎？」宋小姐問。

「她們說了很多廢話，意思就是愛莫能助。」司徒素珊慨歎道。

宋小姐看來毫不意外。

「就算警方採取行動也沒有用。妳知道上法庭是什麼一回事嗎？香港自詡是國際大都會，但大部份香港人對性事的態度都很保守，這年頭父母可以接受兒子到處結識異性，讚他年少風流，但女兒就要乖乖留在家裡，守護自己的貞操，所以從一開始，女性受害者就讓陪審員留下負面印象。他們普遍認為跟男人開房間的女人道德敗壞，生活不檢點。」

宋小姐露出受挫的表情後又說：「如果要成功檢控，法官會向陪審員解釋，必須認為proof beyond reasonable doubt，也就是『沒有任何合理的疑點』，才能判被告的罪名成立。任何一個疑點都有利於被告，因此會出現『寧縱毋枉』的情況。像最近有個案件，一個打扮中性的男人假扮女性去和女同性戀者約炮玩ＳＭ。受害者指控他強姦，但由於被告從來沒表明自己的性別，最後被判無罪，引起社會譁然。」

「天呀！」

「不只這樣。為了製造合理疑點，有些辯護律師會找私家偵探調查妳，搜集妳整容的證據，再根據妳的成長經歷，編寫一個完整故事，把妳描繪成處心積慮不擇手段向上爬的social climber，對妳進行心理打擊，或者說妳本來就是無慾不歡的蕩婦，卻裝成弱勢女性爭取社會同情……」

司徒素珊喜歡看那些法庭大戰的電視或電影，覺得峰迴路轉很刺激，但現實不是那樣。

「……總之，只要在法庭裡打攻防戰，他們總會找到一個角度切入去攻擊妳，用近乎侮辱的方式鉅細無遺地盤問妳的性生活，連妳喜歡什麼姿勢、插入多久會來高潮、來多少次也會問。就算妳打贏官司，被告可能只被裁定散播淫褻及不雅物品，頂多判罰款一百萬元及監禁三年。對比受肉體和一輩子精神受傷害的女性，妳覺得這些刑罰足夠嗎？」

司徒素珊搖頭。正義控方律師和壞蛋辯護律師交鋒並最後取得勝利的場面，在現實裡不常出現。

宋小姐繼續道：「雖然法官禁止媒體公開妳的名字和個人資料，但討論區上和WhatsApp跟Telegram群組裡的匿名討論難以禁止和追究，網民會想盡辦法調查妳的底細，並在網路上公開和公審，資料會在網路上流傳一輩子，直到天荒地老。這是二十一世紀的獵巫行動。以後只要google妳的名字就會找到妳，就算改名也沒有用，haters會追蹤妳，找出妳的所有名字。妳會一輩子被罵淫婦。男人希望和女人結婚為他們傳宗接代，而不是追求身體自主。沒有多少男人可以接受太太年輕時有一大堆炮友。基於以上原因，只有很少女性敢站在證人席上。我們這種無權無勢的人在法律面前只能任人魚肉。」

一直保持沉默的小珍忍不住道：「接那些案件的律師都是混蛋。」

「不，不是這樣。」宋小姐道：「要分清楚，妳說的律師是事務律師（solicitor），能上庭進行辯護的是大律師，也是訟務律師（barrister），兩者有分別。而且，基於『不可拒聘原則』（cab-rank rule），大律師接到委託後，就不得推卻。這法例保障即使是臭名遠播的無辜者也可以聘用辯護律師，維護自己的權益。」

「我聽說有『當值律師計劃』（Duty Lawyer Scheme），完全免費。」

「這只限於為當事人出庭辯護，而不是提出檢控。」

宋小姐說得頭頭是道，可見她下了不少苦功鑽研相關法律條文，司徒素珊沒再去挑戰她。她碰過壁的次數，肯定超乎司徒素珊想像。

司徒素珊說：「我一直以為在香港這種大城市，女性的安全已經有保障，沒想到一樣遭受可怕的人身攻擊，沒有專人和法律保障我們的權益。」

「這問題不是香港獨有，否則MeToo運動不會襲捲全球。」宋小姐說。

「我是互助組裡唯一敢公開身份的人，妳看我的下場。」葉小姐接力道。她曾經接受過媒體訪問，聲稱被在自由愛上結識的男性「約會強暴」，並且公開批評自由愛不負責任。「我想委託大律師提出控訴。雖然沒有大律師拒絕，但費用高得超乎想像。」

「這就是拒絕的意思。」宋小姐補充。「如果願意幫忙的話，有些大律師會義助。」

司徒素珊被兩人的話疲勞轟炸了一輪後問：「所以，我下一步可以怎樣走？」

「放下，然後好好出發。這是我的忠告。」

司徒素珊以為自己聽錯。「放下？」

「對。」宋小姐說：「徹底放下，不管妳怎樣不捨，妳女兒已經走了。除了放下，妳還可以做什麼？」

司徒素珊望向小珍，小珍聳肩，輕聲說：「上次她們也是這樣說。」

司徒素珊無法接受這個答案。說不定美茵就是因此變得心灰意冷最後求死。

「我以為妳們互助組是在精神上互相支援，去爭取公義，而不是叫人默默承受。妳們不是互助，而是徹底的投降，是失敗主義。」

宋小姐還擊道：「妳以為只有自由愛上面才有欺凌嗎？整個社會都存在欺凌的問題，男性欺凌女性，大集團欺凌小公司，管理層欺凌員工，有財有勢的統治集團和精英階層聯手欺凌底下的人。一層壓一層。有些人既被欺凌，同時也在欺凌其他人。這是弱肉強食的世界。妳以為妳可以改變嗎？妳是誰？」

不管宋小姐說得多理直氣壯，司徒素珊都不願認命。

「我女兒死了，我要找出傷害她的人渣！」

「找不到的，就算找到，我們也鬥不過他們！所有制定法律的人，最終目的都是維護自己的利益。法律是男人寫的，就是用來維護男人。」

「所以放任那些人渣繼續傷害其他女性？」

「女人只要好好保護自己，其他就不要管了。我們不是沒試過反擊，但全部失敗。」葉小姐插嘴道。「自由愛沒有反過來控告我誹謗，卻透過有勢力人士向我僱主施壓。只要google我的名字，就可以找到我指控上司的輝煌戰績，在討論區更可以找到網民的留言，說我身形龐大得像摔角手，有男人願意和我上床就是我賺到。」

宋小姐拍葉小姐的肩安慰她。

「討論區可以找到很多這種留言。我這種醜女，從來不被當成女人。有時連我也懷疑自己是不是女人。」葉小姐說得很無奈。「其實我老東家就有女同事被高層性騷擾，公司也有防止性騷擾政策，可是我發現這個政策其實不是保護受害人，而是保障機構本身免受刑責，希望同事閉嘴。那時我每天上班，同事都只和我談論工作上的事務，沒有其他人性化的交談，非常冷冰冰，就當我是一個死物。三個月後公司以架構重組的理由把我和其他兩個受害人一起辭退。」

「我懂。我也經歷過。」司徒素珊點頭。「被人用辦公室政治逼走那部份。」

「那妳知道那多難受。即使我曾經入圍網頁設計師學會大獎，但兩年來沒有公司叫我去面試。所有公司的人事部認為我是『麻煩製造者』。我現在只能以匿名方式在零工網站上接案，客戶都在香港以外，雖然收入比以前少了三分之一，但我的收入不受香港的經濟環境變化影響，也不用面對討人厭的同事。」

「葉小姐，妳做得很好，但這也是我們這些受害人能做的極限。」宋小姐對司徒素珊說：「我不希望妳浪費人生。妳應該放下女兒的事向前走。妳從事什麼職業？」

「我以前從事網路的技術工作。」

「現在呢？」

「待業中。」

「那就好好找工作呀！妳連自己的生活也顧不好，怎能談其他？有空的話，就像我這樣多跑步，出一身汗後把事情忘掉，非常有用。」

司徒素珊覺得有千言萬語想從體內爆發出來，但最後只是拿出錢包，放下兩張一百元鈔票在桌上。

「如果連公義也沒有，活下去有什麼意思？就只是吃喝玩樂，繼續假裝這是一個正常社會嗎？就像這間餐廳的東西難吃得要死，只有妳們這種對食物沒有基本要求的人敢約我在這裡見面，繼續捧場，讓它能繼續開下去。」

司徒素珊站起來，頭也不回，氣沖沖地跑掉。

小珍受司徒素珊感染，離座時也沒有向互助組的人道別。

「上次她們跟我和美茵也是講類似的話，叫我們不要反抗，不要聲張，等風聲過後再出發！結果美茵一聲不響就走了，和妳一樣。」

司徒素珊覺得美茵在社會再磨練幾年，就會變得和自己一樣堅強，可惜她沒這機會。

「這組織不該叫『互助組』，而是『無助組』。」司徒素珊部署下一步的行動。「美茵是在哪家時鐘酒店（愛情旅館）出事的？」

「她找不到。」小珍後悔莫及道：「我們盡了力，對不起。」

司徒素珊第一次見到小珍時，她只是個八歲不到的小女孩，常來家裡玩，有次離開時借雨傘，進去文具店時把雨傘放在外面被偷走。她冒著雨跑回來不斷道歉，但真正要道歉的其實是偷走雨傘的人而不是她。

「傻孩子，不是妳的錯。」

司徒素珊沒有掉淚，不是忘記悲傷，而是被憤怒掩蓋了悲傷。

和這兩個女人見面不是沒有收穫，她知道自己面對的敵人比想像中更可惡百倍。

換句話說，她要百倍奉還。

52

「我要帶你去一個神祕的地方」巫師昨天在短訊裡說。

身為只在九龍和香港島活動的人，曹新一從來沒踏足過位於新界的石門。

幸好香港幾乎每一區的配置都和倒模一樣。地鐵站附近一定有大型商場，裡面的商店都是大同小異。大部份地鐵站上蓋的物業都是豪宅，或是豪宅價錢的納米樓（奈米樓，指面積非常細小的住宅單位），石門也不例外，所以不會令他感到陌生。

巫師不比曹新一好多少，要靠導航才找到目標的商業大廈。

車開進停車場後，管理員要他們報上名登記，並且打電話向租戶確認，保全嚴密得不尋常。

停車場可以停超過三十架車，但這時只有兩架電動車停在充電樁旁邊。

巫師開的不是電動車，對充電位置不感興趣。他把車停在靠近升降機入口的車位後，自己開車門，把摺疊的輪椅（不是電動那部）從後座移出來，再打開原狀。

曹新一只能旁觀。巫師謝絕任何幫忙，他這方面的獨立能力比正常人還強。

只要出門見客戶，巫師就會用這款輪椅，自己用手組合和推動。

大部份人都以為兩腿傷殘的人不能開車，直到看見巫師從車上下來時才大感驚訝。

巫師一向喜歡開車，說只要坐在駕駛座上，就沒有健全人士和傷殘人士之分。判斷司機的好壞是駕駛技術，而不是身體殘缺與否。他罵自私鬼把車停得太近，完全不給輪椅空間活動。他很怕車停的位置有段差，或者附近有水溝蓋或坑洞和補丁，這些情況都有可能卡著輪椅。

這天曹新一和巫師要去的這家研究中心由於性質敏感，所以名字在商廈大堂裡的水牌

（樓層索引牌）上沒有列出，即使上到四十二樓的門口，也找不到招牌，只有4202的號碼牌，和一隻鯊魚的黑色側面剪影。

曹新一覺得這是心中有鬼的做法，說不定掛招牌從事黃色事業的性工作者打開門做生意更光明正大。

全黑的大門上面有個鏡頭對著他們。曹新一認得那是個香港沒多少人認識、專門生產高解析度鏡頭的貴價美國貨。大門旁邊有個數字鍵，但位置比坐輪椅的巫師舉高手能摸到的高度還要高一吋。

曹新一伸手去按門鈴，門後沒有傳來門鈴聲。兩人在門口等了一分多鐘後，一個戴透明口罩的男人開門。他蓄著一公分長的鬍鬚，披上啡色西裝，腳踏啡色皮鞋，輕微over-dress的穿著讓曹新一很感突兀。

其實這人三十出頭，容貌甚至有點稚氣，只是刻意地裝老成。

「我是Peter，但你可以叫我『小飛俠』。」他向曹新一自我介紹。

他和他們碰手肘，但很快就縮回去。那個身體語言像是說「其實我不喜歡和人接觸，怕會被人參透我的想法」。

巫師說過這人姓彭，故意取Peter為英文名，構成Peter Pang，和Peter Pan只差一個字母。

小飛俠引領他們進入辦公室。曹新一本來以為會是冷冷清清的，沒想到裡面每一個座位都有人在奮戰，他們戴上透明口罩和眼罩，一半人戴上耳機，畫面因用上螢幕防窺片而變得漆黑一片。

這裡粗略數來有二十多人，不像小飛俠穿西裝，他們都是smart casual（商務便服）。他們瞄了他和巫師一眼後，很快又專注在電腦畫面上。

曹新一聽不到人聲，連鍵盤敲打聲也沒有。

牆身和天花板都鋪上隔音板。每部電腦都插上網路線。這是個防竊聽也防無線入侵的辦公室，他懷疑連腳踏的灰色地氈都能隔音，估計他們在做的工作保密到無法ＷＦＨ。

辦公室氣氛很嚴肅，彷彿這是一艘處於戰爭狀態的潛艇，不能被外界發現，每個人都在無聲無息全力戰鬥，一點也不能分心。

曹新一心想，如果當年他沒有行差踏錯，很有可能現在就是在這種辦公室上班，每個月安安穩穩領好幾萬的薪金。

都是那個混蛋萬豐年害的。正一仆街。

53

司徒素珊很不習慣回到這個家。

曾經住過三個人的地方，現在只剩下她一個。

以後再也沒有人陪自己一起吃飯，也沒有人可以擁抱。平日她洗完澡，就換美茵洗，熱水和抽氣都不用關。

以後她要記得關上。

美茵剛走時，她開電視不開聲，但後來如果不開電視，家裡就靜如死寂。她從來沒想到這種死寂居然能發出刺耳的聲音，令她無法承受，逼她不得不打開電視，容忍新聞主播沒有感情的聲音將她包圍，好讓她覺得在每天都有天災人禍也就是有人死於非命的世界裡，自己並不是特別不幸，無數人和她一樣喪失親人。

不，美茵是獨一無二的，其他死去的人就算全部加起來也及不上女兒一個。

美茵知道她想學習音樂，但一直沒有機會，所以去年帶她去聽一場用腦電波控制樂器的音樂會。「就算妳不懂樂器，也可以創作音樂。」

那是司徒素珊四十年人生裡屈指可數難忘的一晚，和美茵玩得很開心。

她把放在電腦旁邊的女兒照片架拿起來，用抹布抹乾淨後，拿去客廳，放在電視機旁邊。

她打開剛剛才買的啤酒，啜飲了一口，坐在電腦前，google女兒的名字。

這些不應該流傳出來的照片和影片，來自Telegram群組，後來轉發到不同討論區。

沒有一個母親會準備好面對女兒的慘痛經歷。這等於從懸崖上縱身跳落深淵，去看粉身碎骨的女兒。

所以這事拖延了一個多月，等她心情稍為平復，才強逼自己把照片和影片看完。

照片和影片裡的美茵都是閉著眼，像被下藥多於睡著。影片裡的她被換了幾個姿勢，從拍攝角度和內容判斷，鏡頭是被綁在男人額前，以第一人稱視角去拍攝，所以人頭怎動，鏡頭就跟著動。

一個變態的窺淫者要看的部位全都能看到，要聽的聲音也全部能聽到。

雖然美茵沒有發出聲音，但對於知道這部片所帶來的後果的人來說，整個觀看過程仍然是一場漫長而慘痛的折磨。

司徒素珊頂著內心的痛苦，希望可以從影片和照片裡找到洩露出那個男人身份的蛛絲馬跡，但什麼也找不到。

無奈之下，她下載了照片，希望能找到線索。

手機和數位相機拍攝的照片採用Exif（Exchangeable image file format）標準，含有相機製造商、相機型號、作者、曝光時間、攝影日期和時間，以及更重要的拍攝地點的GPS location等數據。誤差值只在幾公尺內。

可是那幾張照片裡的相關數據全部都被抹掉。

她回去把影片重播了一遍又一遍，把音量放大時，聽到一道很怪的聲音，也確定男人在頭部轉動時望向門口說了「我眼鏡」三個字。

司徒素珊怕自己聽錯，發短訊問小珍。小珍特地去把影片找回來聽，也同意司徒素珊的說法。

她鼓起勇氣去爬梳討論區的留言，內容比小珍轉述的難聽一百倍，嘲笑美茵的「奶太小」、「腿很長很瘦，像筷子」、「像長腳蟹」……

那種毒舌涼薄盡顯人性醜惡。

即使不想再看下去，但人生的急劇變化，強逼她的心臟增加負荷，以便強大到可以承受任何打擊。

司徒素珊喜歡單獨行動，但有時也需要鍵盤柯南幫忙，他們肉搜的能力可以省下她不少時間。

「這個時鐘酒店我去過，在旺角」

她在不同討論區留言道，希望有人會回覆，指正她的錯誤，畢竟上一則留言已經在三個月前。

她雖然不是年輕人，但曾經是，很清楚在匿名討論區這種地方，會糾正你批評你嘲笑你的人，遠比願意幫你的人多。

54

「當然不是。」果然幾個小時後，有個留言寫道：「是在Paradise，一間在灣仔的小型時鐘酒店，我在上面留低很多鳩（屌）毛」

另一則留言說：「Paradise是一間隱密度很高的炮房，我認得那塊鴨屎綠窗簾布和檯燈。整座大廈只有這個地方讓人開房間，不貴，有時會看到像是未成年的學生上去」

第三個留言說：「Paradise採取自助式，私隱度高，只有六個房間，客人要預先登記和付費，進場時輸入密碼，不會見到服務員。誠心推薦」

果然，司徒素珊在Paradise官網找到那個房間。

到了深夜，留言源源不絕湧入。

「很多服務都自動化。他們的付費方式有好幾種，包括用加密貨幣付款。這種時鐘酒店裡面和門口都沒有監視器，沒有紀錄留下來，非常安全」

「房間很小，沒有空間放東西。他們做過一個單薄的層板給客人放輕便的東西，結果我只是放手機和眼鏡，層板就掉了下來」

那個壓著美茵的傢伙罵出來，是不是因為同一原因？

「誰會一袋二袋過去？又不是酒店」另一個人留言。

「話不是這樣說，買了一大堆戰利品給囡囡[25]，她比較容易跟你去開房」

25 囡囡：粵語中對女孩的暱稱，亦有寶貝的意思。

美茵沒有拿到戰利品，反而不幸成為一個混蛋的戰利品，最後成為犧牲品。

55

小飛俠把房間的燈光調暗後，曹新一抽出平板電腦，播出在吉叔那間賓館的監視器拍下的兩條影片。

小飛俠不用等巫師和曹新一開口，主動開口問：「你們想要ＡＩ判斷這兩個是不是同一個人嗎？」

曹新一不確定這人是很聰明，或是很多人向他尋求過類似的協助。

「能做到嗎？」巫師反問。

「當然能做到。」小飛俠露出自信滿滿的笑容。「這麼簡單的分辨，別說ＡＩ，連我憑肉眼都看得出來。這兩條片屬於不同的人。你把片重播一遍，我告訴你怎樣看。」

小飛俠拿出雷射筆指向畫面裡擺動的手臂。

「第一個人走路時他右手前後擺動的幅度超過九十度，第二個人頂多只有六十度。」

「和剛睡醒有關係嗎？」巫師問。

「沒有。步姿是由神經系統與骨骼肌肉系統控制，就算你不清醒，也不會換成另一個姿勢，除非是故意，又或者，是肌肉病變或或腦退化等問題，才會出現起步困難或動作不協調等情況。我們現在可以用ＡＩ根據一個人的步姿去判斷腦退化或其他大腦毛病，比肉眼判斷準確很多。」

巫師向曹新一揚起眉毛。他們在尋求小飛俠協助前，首先要確定他是不是有真材實料，所以剛才播的兩條影片是要去測試小飛俠。其中一條是在白天時的陳德東，另一條是另一個和陳德東身形相似的住客，臉部都打了格仔（馬賽克）。

接下來巫師播的影片，才真正需要小飛俠幫忙，是陳德東在凌晨四點從房間走出來拍下。

小飛俠坐回座位，把三條影片反覆細看。「這條和剛才第一條好像是同一個人。他走路時左手的擺動有點不正常，好像受過傷。」

「有沒有可能是喬裝姿勢來欺騙我們？」

「如果連這點也算出來，我們就無法玩下去。你們聽過『後期昆恩問題』嗎？」

曹新一搖頭，萬事通巫師難得地聳肩。

「是什麼玩意？」

「那是日本本格推理小說的說法，以我理解表示，所有推理都是基於線索和證據，可是如果所有線索和證據都是偽造去誤導調查，不但偵探無法還原案情，就連推理小說也無法玩下去，情況套用到現實的犯罪也一樣。如果影片裡面那人連姿勢也喬裝，你們就要先搞清楚這段片內容的真偽。」

「我們懂，就當是真的吧。」巫師答。

這表示死亡時間在凌晨四點之後，可是期間沒有人進出那個房間。凶手到底怎樣進去殺人？

「你們到底碰到什麼難題？可以告訴我嗎？」小飛俠問。

巫師輕輕搖頭。「我們和客戶之間有保密協議。」

曹新一沒想到巫師會拒絕。賓館案不是客戶委託的案件，而是巫師自己要調查。為什麼這案件可以告訴大神，而不能向小飛俠透露？

看來小飛俠不屬於偵探社的inner circle，不是巫師認為可以完全信賴的人。

小飛俠沒有挑戰巫師的保密協議。「我有個朋友最近在做不一樣的研究，也許可以幫上你們的忙。當然，那也是有點敏感，甚至更敏感。你們有沒有十分鐘時間聽我說？」

「當然有。」巫師最喜歡收集情報。「我洗耳恭聽。」

「現在每個人去什麼網站，和什麼人互動，看什麼新聞，花多少時間，這些網路上留下來的足跡都提供大量參數（parameter）透露一個人的各種喜好和價值取向。分析師可以根據這些參數把一個龐大族群裡的人口切割成細小的區塊（segment）。大數據可以在一個人投票前，就知道他的投票意向。不過，要改變一個人的投票取向並沒有你想像中容易。你無法叫死忠派共和黨支持者變成民主黨支持者，反過來也一樣，你頂多只能讓對方不投票，或者改變中間游離選民的意向，但足以左右大局。」

「沒錯。」

「目前的科技無法徹底改變人類的行為，但可以透過誘因如遊戲吸引玩家去偏遠的地區，繼而光顧偏遠的餐廳和商場。」

「但這一招在疫情期間完全失效。」

「沒錯，但現在有人研究利用ＡＩ進行行為預測，包括一個人有沒有犯罪傾向，或者recidivism rates，也就是累犯率。這當然是個富有爭議的研究，很難拿出來討論。」

「就算預測行為有效，可以怎樣幫忙我們偵探社？」

「如果你們有幾個可疑人物，就可以根據他在網上的行為去評估他有沒有殺人動機。」

「我們沒有可疑人物。」巫師說：「這才最頭痛。」

「那就幫不上忙。」小飛俠的語氣很無奈。

曹新一插嘴問：「如果幾個人同時有殺人動機，ＡＩ應該無法評估某一天是誰真的下手，對吧？」

「很有趣的情況，好像找到ＡＩ的死穴。」小飛俠的眉眼揚起。「要不要我幫你們問詳情？」

「不用了。」巫師答。

56

司徒素珊沒聽過美茵佩服她的專業本領。美茵認為她那一張張電腦證照只是不斷挑燈夜讀的必然結果，和自己考試沒有兩樣。美茵只想盡快畢業，脫離考試地獄，而不是無止境的考試，所以沒有追隨母親的腳步進入科技產業。

司徒素珊不是考試上癮，只是一直對自己的工作沒有安全感，除了一開始的資料庫管理專業外，還不斷進修和考取專業證書。

不過，即使擁有的認證數量比鞋子還要多，僱主只重視實戰經驗和業績，她的工作範圍只限於資料庫管理，因此註定一輩子都只能在資料庫管理上打轉。

而且，香港ＩＴ業界人士普遍認為，只有年輕人才能勝任技術工作，中年人反應慢，學習能力差，追不上時代的變化。

在香港這種地方，老年人被罵廢老，中年人被罵廢中，年輕人被罵廢青，大家互相看對方不順眼。

雖然她自學的技術無法讓她找到工作，但在考取網路保全的專業認證時，她學會網路入侵的本領。

不懂入侵，就不懂駭客的想法，又怎能知道自家系統的保全漏洞和填補方法？

她輕易駭進時鐘酒店Paradise的網站裡，可是裡面什麼客戶資料都沒有。就算是本事再高強的私家偵探，也無法查出什麼來。

她這時才去查Paradise背景。

Paradise的創辦人是兩個年輕人，接受訪問時說有感於香港年輕人因土地問題不容易開房間，「想扑嘢都冇位，唔通去公園打野戰咩？會畀人拍片架！（想性交也找不到場所，難道要去公園打野戰嗎？會被人拍片的）」，所以在灣仔一座商住混合大廈開業，是港島區少有的非集團式時鐘酒店，只有六個房間。每個房間都有不同主題，走文青路線，並提供大學生優惠。

有些時鐘酒店曾經被駭客入侵，盜取客人的資料，包括真名實姓、電郵地址、手機號碼、信用卡號碼，開房間的時間、日期和費用等。這種事情如果駭客不是進行勒索，就是受客戶委託去找出目標人物的資料，結果連累時鐘店要暫停營業處理資訊保安。

後來很多業者以保障客戶為最高原則，認為客戶私隱和環境衛生同樣重要，寧願不設網路訂房系統，要客戶用曲折的方式訂房和付款。客戶也深明這做法是保障自己的最好方法。

愈方便客戶，也愈方便駭客。只要沒有網上資料庫，也就沒有資料可供駭客盜取。Paradise也不例外，只能通過WhatsApp訂房，並利用不同的電子貨幣匿名付款。

她活了大半輩子從沒開過房間。年輕時和唯一的男人也就是美茵的爸，是在他家懷上美茵的，接下來二十年，她都寄情工作，沒有再交男友。

當妳被男人拋棄過，也領教過可怕的後果，就不再對愛情抱幻想，就算有，也是惡夢而不是憧憬。

她懷孕時已經成年，所以那個男人不必負上法律責任。沒有結婚這點，方便他可以逃避任何責任，包括把她當成垃圾拋棄，也不用付贍養費。

後來他換掉所有聯絡方法，她再也找不到他。

她早就死心，從來沒有想念他。美茵出事也不打算通知他。他沒有盡過一天丈夫和父親的責任。他這輩子唯一做過的好事，很諷刺地，就是送她美茵。美茵是她這輩子最愛的人，比她自己的生命更重要。

不管是誰傷害美茵，司徒素珊都要把他找出來。

第一步，就是親訪Paradise。

57

回到停車場後，巫師打開車門，將剛才重組輪椅的動作反過來做一遍，把輪椅拆開，放回後座，幾乎每個摺合的環節都發出清脆的金屬聲，提醒旁人一個事實：傷殘人士每天都要花很多時間去征服身體上的傷殘。

曹新一同樣只能觀看。

有時他覺得，這種觀看一個傷殘人士的動作而要被逼無動於衷的過程，也是一種精神上的折磨。

上車後，巫師問：「你知道小飛俠的公司為什麼選鯊魚作標誌嗎？」

「你知道？」

「當然。」

「因為鯊魚什麼都吃所向無敵？」

「不。鯊魚並不是海洋裡最頂級的捕食動物，虎鯨才是，又稱殺人鯨或逆戟鯨，其實是一種海豚。鯊魚是視覺很差的生物，主要是靠嗅覺，如果你身上有傷口，很快就會成為牠們的點心。牠們身體能感受電流，就算你動一根手指，牠們也會感受到。」

「我懂了。小飛俠公司開發的技術和鯊魚一樣，目標只要移動，就會被辨識出來。」

「對，但他們沒鯊魚厲害。鯊魚能感應生物電，就算你不動，一樣可以把你找出。」

「太厲害了。」

「對，所以他們那些鯊魚最懼怕的，就是成為其他鯊魚的獵物。」

車離石門越來越遠，但曹新一仍然無法揮走剛才的所見所聞。

「為什麼不告訴小飛俠詳情？」

巫師沒有轉過頭來，繼續注視前方。

「小飛俠和大神不一樣，雖然會吃快餐光顧茶餐廳，但自小不愁衣食，讀國際學校，三十多歲人沒搭過公共交通工具，連出國也是搭私人飛機。」巫師特別嘆了口氣。「也不缺投懷送抱的美女，很多名字你可能聽過。所有你我要面對的生活壓力，不管是產業轉型、房貸、居住空間狹窄、少子化、高失業率、退休後生活積蓄不夠、醫療費用高昂，在他的世界裡不是不存在，而是化為一個個商機。你我的人生目標是好好地活，終極目標是追求財務自由，但在他的世界裡，錢不是用來累積，而是用來花。他的人生目標是花錢和發揮所長去實踐腦裡的鴻圖大計，甚至改變世界。他活在一個我們只能遠觀但無法進去的平行宇宙裡。你不能像對付大神那樣說加錢就能讓他替你做事。」

「老天，他過的是我這個凡夫俗子無法想像的生活。」

巫師向曹新一看了一眼，很快又別開。

「從他的角度來看，我們過得營營役役除了賺錢以外沒有夢想，或者只有很卑微夢想的生存狀況才無法想像。他這種人見多識廣，如果什麼都告訴他，他就會失去興趣，反過來，他人生最缺乏的，除了挫折以外，就是不同的體驗，所以需要源源不絕的刺激，只要提起他興趣後，吊他胃口，他就會自動爆料，就像剛才那種行為預測技術，應該屬於高度機密，我也是第一次聽到他說。他告訴我們的理由，就是希望套更多的料。」

「那你又不告訴他？」

「他比我們有錢，有社會地位，懂科技，有一大堆我們無法想像的人脈。我們只是他人生的佈景板，他就算停下腳步，也不一定會發現我們的存在，就像你站在草地上不會留意在草堆間爬行忙個不停的螞蟻。我們的身影在他的世界裡非常渺小，可有可無。如果我們提起他好奇後，什麼都坦白告訴他，他就會對我們這種人失去興趣。守祕密，保持神祕，讓祕密成為我們最寶貴的資產。」

「原來。」曹新一在調查方面不是菜鳥，但在對人心的洞察上和巫師的距離就像山頂和山腳之間那麼遠。

「我覺得那間行為預測技術公司也是他的。」巫師在交通燈前停下車來。「說不定他只要有興趣，就可以查到你我現在腦裡在想什麼，下一步會做什麼。賓館那案件已經是一條死路，你不要再浪費時間查下去。」

58

第二天下午三點，司徒素珊帶著三組付錢後拿到的密碼，抵達Paradise所在的商住混合大廈。

第一組密碼用來開啟大廈正門。Paradise沒有在大門外掛招牌。即使上到四樓也一樣沒有。那扇黑色木門旁邊只有一塊數字鍵。外人看來只會覺得是尋常住家。她輸入第二組密碼後順利進入單位，裡面果然像討論區上說的沒有接待處也沒有監視器，只有一條走廊，裡面有六間房。每扇門旁邊有一塊數字鍵，供客人輸入第三組密碼。

私隱度是偷情男女最重視的部份，Paradise做得不錯，但隔音能力就不行了。門後傳出男女交歡的淫聲浪語。雖然很吵，不過發揮極大的催情作用。

有個雜工忙於清理房間，不負責收錢和辦理登記。由於是南亞裔，直接被客人無視。

司徒素珊無法向她透露自己此行目的，對方可能為免惹上麻煩而拒絕幫忙。

司徒素珊進去她訂的房間，窗簾布和床單的顏色都不是美茵進去的那一間。唯一相同的是門旁邊那個層板。上面貼了張紙條：「不好意思，我的承載力有限，請把背囊勾在我旁邊的掛勾上。」

司徒素珊回去走廊時，和雜工對上視線，雜工用頗流利的廣東話問：「被人放飛機（放鴿子）嗎？」

司徒素珊不打算轉彎抹角。「不，我來找東西。」

「找什麼？」雜工問。

「眼鏡。我三個多月前來時掉了，但忘記在哪個房間。」

司徒素珊覺得那個拍片者很有可能是因為在劇烈運動期間眼鏡隨層板掉下來，但繼續辦事而沒有馬上去找。他事後很有可能找不到眼鏡，或者為了趕時間而遺留眼鏡。

司徒素珊就是在賭這個可能。

「六號房。」雜工伸手去指。「走廊左邊第三個房間。」

司徒素珊剛舉步，雜工又說：「裡面有兩個大學生，那男的是常客，很高大，每次都帶不同女同學上來，高矮肥瘦都有，最快也要一個小時後才出來。」

「那我一個小時後再回來。」

「不用，妳說的眼鏡，我在床底下找到。」

雜工轉身去雜物房，直接取出一副黑框男裝（男款）眼鏡出來，但司徒素珊仍然很狐疑，這到底這是不是她想要找的那副眼鏡？

雜工可以隨便拿一副出來敲她竹槓，但司徒素珊不管了。她唯一有機會逮到凶手的線索就是這副眼鏡，只能再賭一把。

司徒素珊伸手去拿時，雜工的手縮回去，露出狡猾的笑容。

「是妳先生留下來的嗎？」

司徒素珊沒有糾正她，只問：「鏡片有沒有破裂？」

雜工的手和身體往後退，大概是怕司徒素珊伸手去搶，把眼鏡拿到和眼睛很近的距離前細看。

「沒破沒爛。」

司徒素珊伸手進手袋裡，打開皮夾，抽出一張一百元鈔票遞給雜工。雜工搖頭，眼神貪婪得像不斷索取食物的猴子，只差沒有把手伸出來。

「那個位置伸手拿不到，我要用掃把掃出來。」

司徒素珊失業了半年，再捨不得，也只好抽出一張五百元鈔票，把眼鏡買回來，確定鏡片真的如雜工說的沒有破裂後，奪門而去。

59

自從出來社會工作以來，司徒素珊就一直配戴隱形眼鏡，對眼鏡架毫無認識，直到google才瞭解眼鏡腳上的一行英文字母和數字其實大有學問，分別透露眼鏡製造商、型號、色碼、鏡片寬度、兩塊鏡片之間的距離和腳長等資料。

這副鏡架屬於一個連鎖眼鏡店獨家代理的高級法國品牌，價值不菲。店家鎖定，在銅鑼灣一間商場裡有分店。

司徒素珊在商場洗手間的廁格裡脫下中性化的打扮，換上背包裡的緊身衣後，前往那間眼鏡店說要配隱形眼鏡，「順便」把那副眼鏡拿出來，要求一直盯著她乳溝的年輕視光師（驗光師）用全自動電腦測片儀找出鏡片的基本資料，包括遠視近視散光的度數，和眼睛的焦距，要愈多資料愈好。

「我對我丈夫的資料很好奇，想要送一副眼鏡給他。」她笑道。只要說是和丈夫有關，一切都變得合情合理。

視光師沒有懷疑，很樂意把數字一一寫在資料卡上，把卡給她時，手指裝作不小心碰到她的手。

根據諾貝爾經濟學獎得主丹尼爾．康納曼（Daniel Kahneman）所著的《快思慢想》（*Thinking, Fast and Slow*），只要人的腦袋放輕鬆，複雜的邏輯思維就用不上，所以，超商和時裝店都會播放音樂令顧客放輕鬆，去刺激他們的購買慾。

因此，她一點也不介意他的毛手毛腳，不是把這個觸碰視作報酬，而是換取他的掉以輕心。男人不會分得這麼細，只會覺得自己討到便宜，就像他們眼中的唇膏顏色只有三種，女人能說出三十種。

「如果有需要，歡迎再來問我。」

視光師不是對她說，而是對她的胸部說，這證明她特地去買一件緊身上衣再加「缽仔糕」[26]的決定是對的。

60

曹新一在家把那條片重播了好幾遍，甚至讓被巫師大讚有偵探頭腦的趙韻之加入調

26 缽仔糕：香港女性對「胸墊」的俗稱。

查，但始終無法解釋凶手怎樣進去房間裡殺人。

身為不輕易放棄的人，曹新一轉而調查那個智慧門鎖的技術細節，發現它原來會記錄門鎖開啟的時間，不管是在房外開或者房內開都會記錄，並以純文字檔的形式儲在存門鎖的小硬碟裡。外國警方會以此破解凶手的不在場證明。

「妳有沒有興趣繼續查賓館那案件？」他發短訊問阿夢。「這不是巫師的指示」也就是沒有錢可領。

「我沒興趣做義工。不如我介紹個人給你，她可能有興趣」

看到「她」字，他就知道指的是誰。她現在就坐在他旁邊。

「妳不好奇那人到底怎樣死嗎？」

「我和你不一樣，只有錢可以勾起我的好奇心」

61

——我一定會找出那個人渣！

司徒素珊的手指在鍵盤上飛舞。眼鏡公司的網路系統很舊，保全也沒做好。她花了二十分鐘就駭進去。

資料庫只記錄客人的姓名、性別、出生年份、電話號碼和電郵地址。沒有住址，沒有身份證號碼，就算全數被公開，也不會影響客人找工作，除非是對視力有要求的職業如機師和消防員。

很多企業管理層只把錢投資在核心業務上，認為花錢加強無關痛癢的保全毫無沒必要，做好資料備份就夠。這是她以前為中小企業客戶工作時發現ＩＴ部資源緊絀的主因。

根據視光師提供的資料，她又花了十分鐘就把那個客戶資料找出來。

是不是這個叫Will Tang的二十七歲男人對美茵做出禽獸不如的事？

她無法用電郵地址在LinkedIn上找到他，估計他有不只一個電郵地址，但找到他的臉書和ＩＧ帳號，上面都沒有個人照片，不過有很多奢侈品的照片。他愛拍自己窗外的風景、愛車和寵物。

那部紅色Tesla的車牌被模糊掉，否則很容易找到他。

寵物很好認，是隻邊境牧羊犬。她以前有個同事帶回公司，是智力排行第一的狗種。

他的相簿裡有很多美食照，全部賣相精美，不是來自五星級酒店就是米芝蓮餐廳。再笨的人也會看出他是個喜歡炫耀、自我中心、舉手投足都要引人注意的自戀狂。

矛盾的是，他從不公開自己的容貌，有些自戀狂會出現在幾乎每一張照片裡，當自己是明星般經營社群軟體。

唯一解釋就是他怕被臉書或者其他軟體利用面容辨識技術把他找出來。

這大大提高司徒素珊對他的興趣。她渴望見到他，也就是要找出他的住址。

臉書和ＩＧ會把上傳的照片壓縮，降低解析度，並把不少Exif的資料抹掉。

她不輕言放棄，改為研究照片內容，希望能找出他的住處所在。

有張照片是從自家露台拍出去，可以看到海，但在香港可以看到海的範圍極大。有些照片拍到他樓下的大街，但解析度不高，別說街名看不到，就是商店的招牌也看不到。她只能憑商店的顏色認出連鎖店和便利店。

她研究了百多張照片後，終於發現其中一張能清楚拍到他家附近一間美式連鎖熱狗店Three Gals的大招牌。Three Gals在全香港只有六間分店。

她利用Google Maps找出這六間的位置，再利用Streetview對比附近的環境，不難找到他樓下的Three Gals位於土瓜灣。

不過，他住在哪一座大廈，卻由於Streetview的角度跟他從大廈居高臨下俯視的不一樣，不容易說得準。

她需要去現場找答案。

62

啟德機場停用後，政府即重新發展土瓜灣這個地區，放寬建築物高度，但交通始終不便，因此發展速度緩慢，一座嶄新的豪宅旁邊，可以是一座外觀臃腫醜陋的工廠大廈[27]。

這種佈局常令人詬病，發展商只好用偏低的價錢吸引買家，以同區的換樓客為首要目標。

不過，她小時喜歡這地區，飛機降落時就像在頭頂飛過，近得她以為舉起手就可以摸到飛機放下來的機輪。

她和很多小孩子都以為，很多東西只要長大後手夠長就能伸出去拿到。這句話的錯誤不是飛機太高或者手沒那麼長，而是很多勇敢追夢和達成人生願望的人，其實都是有錢人的孩子。她這種窮人的孩子永遠只能伸長脖子，伸出手臂抓到的只是影子。

站在Three Gals門口，她確定照片是從看來建成不到十年的私人屋苑「青雲峰」的高層往下拍。屋苑左右兩邊是沒有陽台的工廠大廈。

她在樓下等了一個下午，看見大大小小不同品種的狗出來，就是不見邊境牧羊犬。難道他的狗已經死掉？不，這種大事他一定會在臉書上公告天下，爭取大家留言安慰，和尋求這年頭最重要最寶貴的東西：關注。

27 工廠大廈：即「分層工廠大廈」，簡稱「工廈」。一座工廈會分租給不同公司。一些並非從事工業生產的公司，也會租用工廈進行商業活動。

就在她幾乎要放棄準備離開時，才終於發現一隻邊境牧羊犬出現，由南亞裔女傭工用一條藍白紅三色構成的狗帶領著。

這條狗帶在他IG上出現過，索價兩百塊美金。藍白紅是公司的招牌顏色。這間公司是紐約LGBT文化的重要風景，但她不認為狗主對這點有共鳴。

她尾隨這一人一狗。傭工拖狗經過馬路，最後去到海心公園的一棵樹旁坐下，拿出手機來玩，半個小時後啟程回去大廈裡。

等了半個小時，她沒再見那傭工，可以確定她不是walker（遛狗散步者），而是那人的家傭。

這個叫Will Tang的男人很有可能就像臉書上表現出來的愛玩、喜歡炫耀和參加各種冒險活動。

他沒有公開說的是，他是個狩獵女性的獵人。美茵不會是他的第一個受害者，也不是最後一個。

司徒素珊不能縱容這些人。

她讀小學時，班上有個惡霸帶頭欺凌全班最瘦弱的男同學。訓導主任不是沒有欺凌的概念，而只是視教師為一個純粹謀生的職業，和春風化雨完全無關。學生只要參與打架，不管你是欺凌或者反擊都一樣，全部都要被處分。

欺凌他的惡霸雖然會被記過，但只是一次，相反，被欺凌的同學每一次被欺凌都會反擊，也因此被不斷累積缺點，直到最後不得不離開學校。從此，她再也沒有他的消息，即使很多年後在google和臉書上搜尋他的名字也找不到。

後來惡霸升上大學，成為專業人士，或大企業的管理層，有些甚至打出名堂很風光地接受媒體訪問，被視作社會精英，但沒有改變喜歡欺凌的本質，只是從在學校時欺凌同班和同校同學，出來工作羽翼更豐後，再進化到欺凌社會階層低於自己的人。

和在校園欺凌時需要親自出手不一樣，在社會進行欺凌時只需要出一張嘴，具體行動由其他人執行，不用跟對象接觸，所以手段更加凶殘，從剝削員工、逼員工無止境地加班、惡意收購競爭對手、大幅提升租金逼走小商戶，到在聖誕或農曆新年前夕以架構重組之名解僱大量員工等層出不窮。

在一個寡頭壟斷的社會裡，沒有制衡機制去對付這些有權有勢的惡霸，小市民成為被魚肉的對象，偏偏有些經濟學家把這種情況讚許為「自由經濟」。

在這個框架下，工會不受歡迎，打工仔退休後的生活毫無保障，在街上常見到背駝得像一座山的老人在拾紙箱或翻垃圾桶，在他們身邊呼嘯而過的是價值過百萬的名貴房車。

是誰養大那些冷漠無情的精英惡霸？包括只看成績不管人格的教育制度，包括不正當處理惡霸的老師和訓導主任，當然，也包括她這種袖手旁觀的同學。

她的女兒遭遇不測，是不是就是上天對她的懲罰？

63

曹新一獨自回去找吉叔。

「我從來不知道智慧門鎖裡原來有紀錄。」吉叔吃了一驚。

曹新一想像大神會怎樣把這種態度罵得狗血淋頭，即使對方是上門付錢給他的客人也一樣。

「你有沒有想過，買一個你不怎麼理解的玩意回來用，其實非常危險？」曹新一問。

「開玩笑，你買部電視回來，懂得用裡面所有功能嗎？」吉叔反問。

「你的電視壞了不會出現命案，門鎖卻不一樣。」

「好了，我不跟你爭。」吉叔舉手投降。「你想怎樣玩就自己來。」

吉叔靜靜地站在曹新一身後，看著他用ＵＳＢ線連接門鎖和他的MacBook Air，把那個純文字的log檔案抄下來。

曹新一把MacBook Air放在櫃枱上，仔細研究檔案內容。（見左頁圖）

裡面的欄目不多，所以就算連曹新一也看得出每一欄的含意。

第一欄是門鎖產生的序號，第二欄和第三欄分別是日期和時間。

第四欄是人名。由於沒有做人名設定，所以吉叔的代號就是「USER1」，陳德東的代

9068，20190302，2328，USER2，FGPT，IN
9069，20190303，0428，USER2，MAN，OUT
9070，20190303，0432，USER2，FGPT，IN
9071，20190303，1112，USER1，FGPT，IN

號就是「USER2」。除了開頭的屬於「USER1」，後來的幾乎都屬於「USER2」，直至事發那天。

第五欄是開門的方式，一半數據是「FGPT」，也就是「fingerprint」（指紋）的縮寫。陳德東從房外進房就是用「FGPT」，他從房內開門離開是「man」，也就是「manual」（手動）的縮寫，配合另一欄目的「進」（「In」）或者「出」（「Out」）。

他死的那個早上和前一晚，除了四點半的出入紀錄外，再來的就是十一點多吉叔開門的紀錄。

不管是deepfake或者影片剪接，都會涉及開門的動作，也會在檔案上留下紀錄。

這個檔案結結實實證明，那天確實沒有人闖進房間裡面。陳德東在那天前的出入紀錄也完全符合吉叔說的規律：早上八點，中午十二點，晚上七點，都是出門買外帶回來。

「他一日三餐都是光顧三喜，有時會先打電話過去下單，到了就可以馬上拿，來回不用十分鐘。」吉叔從櫃枱取出菜單。

「其實你真的見過那個茶餐廳太子女嗎？」曹新一上次說要去看她長什麼樣子，但至今未採取行動。

「沒有。」吉叔聳肩。「我早就有心無力，對女人失去興趣，收起屠刀，立地成佛，進入永恆的聖人模式。」

「開玩笑吧！」曹新一衝口而出後，才發現幾乎壞了大事，回去專注閱讀log檔，沒想到發現異常。「為什麼陳德東每個星期都有一天要出門幾個小時直到深夜才回來？有時是十一點，有時是凌晨一點。這不像是一個人去吃飯，反而像是約了人。」

吉叔聳肩。

「他沒說，我沒問。我只是賓館老闆，不是他父母。其實陳德東一直宅在房間裡的生活才不正常，這裡附近有幾間餐廳很晚才打烊，有些住客到晚上十二點還去吃宵夜。你以為我這裡收這麼貴是沒有原因的嗎？」

曹新一不怎麼滿意吉叔的答案。

陳德東不用智慧型手機，深居簡出，就算三喜有他的女神坐鎮，他也不內用。

那有什麼地方能吸引這個宅男玩到深夜？

吃完晚飯後，小珍在筆電上重溫幾年前為美茵慶生的照片和影片。即使那些對白她早就背得滾瓜爛熟，但仍然反覆看著影片，怎也看不厭，彷彿只要美茵在影片裡蹦蹦跳跳，就繼續存活在世上。

手機突然發出「叮」一聲。平日在這時最常傳來「叮」聲的是來自美茵的訊息，可是美茵上了天堂。

除了她，還會有誰？

「小珍最近好嗎？有空見面嗎？」司徒素珊在短訊裡說。

小珍很擔心司徒素珊，中年喪女的她現在獨居，不知能否承受巨大打擊？

小珍有個親戚接連遭遇離婚和失業等人生巨變時想過尋死，是想到孩子還小才作罷。司徒素珊是孤身一人身無罣礙，無後顧之憂，什麼事都做得出來。

小珍不想花時間打短訊，於是直接打電話過去，司徒素珊很快接聽。

「我有事情不能在電話上說，不能在公眾地方談，也不能在網路上談。」

小珍大感不妙。司徒素珊正處於危險狀態，很容易做傻事。

「現在過去找妳方便嗎？」

「現在？」

「晚上九點，妳沒這麼早睡吧？」

其實她覺得司徒素珊正處於危險狀態，要馬上趕過去探望她。

她們家距離很近，腳程只需要十分鐘，即使在晚上走過去也很安全。

一個月不見司徒素珊，她最大變化就是把頭髮由及肩剪到齊耳，看上去非常清爽和年輕，一點也不像有個成年的女兒。

也許互助組的宋小姐叫她放下是對的，但小珍不敢說出口。

電視在播新聞，不管是主播和記者的聲音都很響亮，甚至刺耳。以前司徒素珊的母親還在時，因耳力衰退，電視聲量要調到很大。

小珍剛準備坐上沙發，司徒素珊就拿起一張藍色外賣紙，小珍認得來自樓下的茶餐廳，但司徒素珊給她看的是背面，上面用黑筆以不太工整的字體寫著「拿出手機放在桌子上」。

這種像在電視電影才會出現的不尋常舉動，讓小珍一時反應不過來，但也聽從指示。

司徒素珊拉她進去美茵的房間裡，和她坐在床邊。

美茵的相架放在寫字桌上，其中幾張還有小珍在裡面，時間橫跨她們幼稚園、小學、中學至大學的不同階段，是她們成長的紀錄。

司徒素珊娓娓道出這兩個星期做過的事、找到的人，和打算進行的計劃。

「沒想到妳居然找到那個人。」小珍驚道。「太神通廣大了。」

「這是假設那副眼鏡屬於那個侵犯美茵的男人。我要找證據，但做法會有風險，也不能讓他對我的臉有印象。」

小珍點頭。司徒素珊就算穿平底鞋，目測身高接近一百七。這種鶴立雞群的女人在香港被稱為「高妹」，很難不讓人留下印象。

「我不懂，照這人的IG看來，他這麼年輕卻有這麼多錢，明顯就是『靠父幹』（靠爸族）。有很多方法可以解決性需要。為什麼還要冒充我們的同學去侵犯美茵？他們付錢不就能簡單解決需要嗎？」

司徒素珊攤手。「男人的想法和我們不一樣。也許只是要尋求刺激。很多事情只有當事人才懂。妳怕狗嗎？」

「不怕。」

「我和妳的聯合行動可能不只佔用妳的時間，也包括我說不出的潛在風險。」

「能為美茵做點事，我義不容辭。」小珍的眼睛發亮，「不過，如果真的是他，妳打算怎樣對付他？」

司徒素珊聳肩。「還沒決定。」

「可不可以答應我一件事？以後妳有任何發現和進一步行動，一定要告訴我。我很怕妳會做出不應該做的事。」

「那是什麼？」

「私下解決。」小珍盯著司徒素珊的臉。

「妳太抬舉我了，我一個手無縛雞之力的女人做得出什麼？」司徒素珊說得輕鬆，和嚴肅的表情完全搭不上。

「無關性別，只要一個人要報仇，就會變成另一個人，很可怕。」

65

三喜茶餐廳的侍應都是五十開外的大叔，白制服的上衣口袋用紅線繡上「三喜」兩個字。

最令曹新一難以適應的是白燈光配硬卡座，還沒坐下就覺得屁股會坐到痛。

曹新一如果是老闆，早就來個大裝修，加入懷舊元素，把名字從茶餐廳改成冰室。

老闆也許有這打算，不巧碰上看不見盡頭的疫情，餐廳連能否撐到下個月也成疑，裝修變成遙不可及。

趙韻之沒有上去賓館，而是坐在這裡等他。

她的眼睛也一直盯著茶餐廳的女神。

女神蓄馬尾，戴上透明口罩，清秀的容貌表露無遺，曹新一的視線也隨著她游移。

她除了坐鎮櫃枱結帳，也會替客人下單、接電話、處理外帶，身兼多職，並不是只有觀賞價值和只懂收錢的花瓶。

「如果陳德東喜歡看她，為什麼一直買外賣而不內用？」曹新一問。

「他怕內用會增加感染肺炎的風險吧！」

「這裡有多少客人？」

曹新一抬起頭來，站在廚房外面的侍應以為他要下單，但紋風不動，張大喉嚨豪邁地問：「大聲講你要咩（什麼）！講冧巴（number，即號碼）！」

曹新一搖頭說不是，繼續認真去數。「這裡有二十三張枱（桌子），現在加上我們只有四枱食客。」

「會不會他不好意思一個人在這裡吃？」

「怎會？那只是女人的想法。男人就算不好意思，也可以靜靜坐著看。這完全不符合男人的想法，等於狗不看門貓不吃魚一樣違反天性。」

「所以你的推論是？」

「他有不能公開也無法抗拒的理由，逼他無法內用。」

66

從下午五點開始，天色每一分鐘都在轉暗。

土瓜灣是小珍沒來過的地區。地鐵沙中線[28]一再延誤，通車無期。居民出入都要依靠巴士和小巴。對習慣搭地鐵的區外人來說，這個地區像迷宮般令人無從入手，就算用Google Maps也無濟於事。

交通不便容許土瓜灣的租金維持在低水平，老店得以苟延殘喘，但地鐵通車後就會變天。業主會大幅加租，老店會在幾年內逐一倒閉，換上門面光鮮的新店，餐廳的價錢也會提高，並吸引區外客前來光顧，令原區的居民難以覓食。

這種「士紳化」的戲碼在香港很多地區一再上演，居民對地鐵帶來的變化既愛且恨。

小珍戴上帽子和口罩，身穿便服，去到青雲峰外面。

六點零五分，遛狗的家傭出現。牧羊犬走得非常神氣，顯然很喜歡散步。那條藍白紅的狗帶非常醒目。

小珍沒有馬上跟在這一人一狗後面，而是耐心等待，等家傭和牧羊犬回來，向自己走近時，彎身去摸狗。

家傭沒有阻止，繼續用手機和朋友視訊通話，等小珍站起來後，再帶狗上樓。

接下來，小珍前往附近的美式連鎖熱狗店Three Gals。司徒素珊坐在遠離窗口的硬卡座位裡等她，後面是牆壁，頭上沒有監視器，附近沒有鏡子。她教小珍在餐廳一定要挑這種座位。

小珍脫下口罩和帽子，露出女性化的外表，披上外送員的標準外套。

小珍提起桌上的外帶保溫袋，再次前往青雲峰。

管理員見她這模樣，不等她開口就自動開門給她。

大廈樓高六十層，每層有四個單位，配備三部升降機。在管理員眼中，住客的狗是ＶＩＰ，但外送員不是，所以就算她跟著遛狗的家傭進去大廈，也不能跟著搭同一部升降機，只能和其他外送員一起擠進他們專用的貨運升降機。除了她以外，其他全是男性，年紀都比她大，一半是少數族裔。好多雙眼睛都盯著她看，讓她很不好意思。

他們一個個依依不捨地離開升降機，最後剩下她一個直達頂樓。

她剛才摸狗時，把一隻白色藍牙耳機用貼紙牢牢貼在牠背上，讓長毛掩蓋。

本來她想貼在腹部，不過，司徒素珊說那個位置狗狗坐下來時會感受到，說不定會用腳掃到地上再咬爛。

「為什麼不用追蹤器？」小珍問過司徒素珊。「那不是更簡單直接嗎。」

「就是太直接，如果被發現的話，意圖就很明顯了。」

司徒素珊的選擇並不隨便，而是深思熟慮的結果。

---

28 地鐵沙中線：即沙田至中環線，最終於二〇二二年五月全面開通。

那部耳機採用藍牙5.0的標準，傳輸距離達到四十公尺，經過牆壁阻隔傳輸力就會減弱，這符合司徒素珊的要求，要走近才會發現。

小珍從頂層離開升降機，取出手機，準備搜尋藍牙耳機發出的訊號。

她有心理準備要走幾十層樓梯，沒想到手機很快就找到那個訊號。

就在頂樓這裡。

她在第一層就偵測到訊號，是真的走運就在這一層嗎？有沒有可能這訊號太強，從底下的樓層發出？

這大廈的頂樓是「特色單位」，面積格外大，打通兩個左右相連的單位，因此頂樓只有兩個特色單位，價錢昂貴得一般人望門興嘆。

她走路時故意發出聲音，很快就聽到身後的單位傳出狗吠聲。

她按門鈴，狗吠聲就更響亮。

「妳怎確定開門的是本人而不是家傭？」小珍又問司徒素珊。

「家傭從防盜眼（貓眼）看到妳後，一定會問主人。那個好色的男人知道門外是女人，很大機會親自應門。」

求證的時候來了。

門打開露出一道十公分左右的門縫，後面是個男人的臉，不到三十歲，身材不高，大概一七二。

黑白雙色的大半個狗頭從門縫裡探出來，是剛才的牧羊犬。

他直接把門打開來，讓她看到他的FC Barcelona紫藍色直紋球衣。

躲在很花俏的圓框眼鏡背後的眼睛，盯著她隆起的胸部，也很快就移開。

「我沒叫外送。」

「是嗎?等我查查看。」小珍沒理會嗅她的牧羊犬，低頭假裝查手機。「原來這客人打錯地址!在另一區，要半個多小時才能去到，按公司規定為確保食物新鮮，這張單要取消。我這一趟也是白送。反正這外送要丟掉，不如就送給你吧!」

「好呀!」他不客氣接過她手上的食物，目光依依不捨她的胸部，接著關上了門。

67

小珍返回Three Gals坐，脫下藏在衣領裡的小鏡頭，交給司徒素珊。

「他不是我們要找的人。」小珍整理頭髮後道。

「妳怎確定?」

「美茵說那人比我們要高上一個頭，可是剛才那傢伙沒有那麼高。」

小珍把制服脫下來，換上另一件外套，把拉鍊拉到頂。剛才的活動太刺激，本來不餓的她變得餓腸轆轆。即使她不喜歡吃熱狗，現在也想買個套餐來祭五臟廟。

她見司徒素珊變得悵然若失，趕緊拉開話題。「要不要買什麼給妳吃？」

「不用了……等一下。」司徒素珊從手袋裡翻出一張八達通[29]遞給小珍。「妳要吃什麼就隨便點。」

「怎可以？」

「美茵會很高興妳把裡面的錢用光。」

68

這個酒店房間有兩張單人床、一個大衣櫃、一個只有兩格的冰箱、一張寫字桌和二十一．五吋iMac。

如果不是疫情，租金起碼要雙倍以上。這家飯店在二〇一九年翻新過，設備也嶄新無比。酒店管理層當年希望翻新後可以提高競爭力，甚至提高價格，無奈社會事件和疫情接踵而來，一年後不得不降價求生。

趙韻之很滿意這房間，特別是那部酒店供應的iMac。她這輩子不曾擁有過桌面電腦。

「你要睡在哪一張床？」她的語氣很是興奮。

曹新一知道她喜歡喜歡窗口的位置，「我挑選近洗手間那張床。」

「為什麼？」

「我怕被陽光曬到。」

這是曹新一和趙韻之第一次去酒店房間，雖然一樣是分床而睡，但由租房轉去酒店，算是遊牧生活的新階段。

住酒店的價錢比租房便宜，但看起來反而像高級不少，單是位處九龍市中心就比在離何文田地鐵站十五分鐘腳程的舊居優越。

唯一缺點，就是附近酒店不少，包括幾個和紀曉芳幽會的老地方。以後要和她去偏遠的酒店才行。

如果不是趙韻之，他不可能住到這種高級的地方。她改善了他的生活。為了報恩，他是不是該對她坦白自己的過去？

但每次有這種衝動，他都會擔心萬一她接受不了，目前這種穩定的關係和生活就會馬上消失。

29 八達通：類似台灣的悠遊卡，但用途更廣泛。

落地大窗外的天色逐漸陰沉，趙韻之站在窗邊俯視。

「這裡附近有很多餐廳，我們一餐光顧一間，也要一個星期才能吃完一輪。」

「對，我們逐間買回來吃，我可以去收集外賣紙。」曹新一的電話響起來，他忍不住抱怨道：「現在不是星期六私人時間嗎？」

看到手機顯示「電話維修」四字時，曹新一摸不著頭腦。他沒再委託大神辦理事情，而大神和他的交情沒有好到會特地打電話和他聊工作以外的話題。

「你在哪裡？」大神的語氣很急。

「尖沙咀。」

「六點上來，不要問原因。」

雖然這句話只有九個字，但語氣很嚴肅。曹新一不會誤會大神要請他吃晚飯或宵夜。

這時離六點只剩下三十五分鐘。

他掛線後，跟趙韻之說有特別任務要趕緊出門。

「我本來以為這天是我們『新居入伙』，可以一起去吃大餐好好慶祝！」趙韻之非常失望。

他本來想說「改成宵夜也不錯」，但不知道這晚什麼時候回復自由。

69

小珍下課後，戴上廉價有線耳機，一個人走往巴士站，準備乘隧道巴士回家，這比搭地鐵要換兩次線才回到炮台山簡單直接。

最重要的是，這是最便宜的回家方式。

好友離世對她是嚴重打擊，沒有流行曲能讓她獲得救贖，撫平天崩地裂的痛苦，她只想讓自己暫時抽離這個世界。

她改為聆聽讓人放輕鬆的純音樂，或者像下雨、暴風、潮汐漲退等的環境聲音。

她向司徒素珊提及這種聆聽——或者說自我療癒——的方法，但司徒素珊不感興趣。人家失去女兒，自我療癒的過程肯定複雜很多。

廉價有線耳機沒有降噪功能。那些雨聲無法掩蓋現時的環境聲，只能混在人聲和車聲裡。

巴士靠站，她準備隨人龍像喪屍般向前移時，有人從後方拍她的肩，嚇了她一跳。

小珍回過頭，認真注視排在她後面的陌生短髮女人。

雖然衣著不一樣，但小珍很快想起。這女人在美茵喪禮上出現過。

小珍繼續前行，但拿下耳機，「妳是Susan的朋友。」

那女人嘴角上揚，像讚許她的記憶力，又把手上的紙袋交給小珍。「幫我把這個交給她。」

「是什麼來的？」

「電話，裡面的SIM卡上有我的聯絡號碼，叫她一定要打給我。」

「妳怎會找到我？」這女人的搜尋能力太可怕了吧！

「Susan會告訴妳，快上車吧！」女人離開人龍，沒有回頭，很快就消失在人群裡。

第五章／不容易接受的（2020/2017）

70

坪洲是個小小的離島，位於全港最大島嶼大嶼山旁邊，像個大哥旁邊的小弟。島上觀光名勝不多，吸引不了遊客，也沒這打算。六千個島民只想平靜過生活，島上的唯二連鎖商店是銀行和超級市場。

雖然在香港土生土長，但這天是司徒素珊第一次搭渡輪踏足坪洲，而且用新買的八達通付船資，避免留下數位足跡。

她穿過街市和政府合署之間的直路進入小島的核心區域，一條叫坪洲永安街的狹窄街道，裡面的商店不是平民餐廳就是售賣民生必需品的小店，並維持幾十年前的風貌。這種低調讓居民得以靜靜地過著與世無爭的日子。

這裡治安似乎不錯，沒有太多監控鏡頭。

她沿坪洲永安街往右走，找到一間在二樓叫「星夜」的冰室，不管裝修、侍應和客人的衣著都像停留在二十年前。

她的目光很快就搜尋到麗貝卡。

這天麗貝卡身上的都是便服，沒有上班套裝那種耀目的氣場，變得平易近人。

司徒素珊在一星期前用小珍轉交的Nokia手機聯絡麗貝卡。

「我以為沒有機會再和妳聯絡。」

司徒素珊從近年開始注意開頭講的第一句話，不希望對方錯誤解讀。用「沒有機會」比「不會」讓對方聽起來，多出「害怕錯過」和「珍惜」的雙重含意。

「Susan姊，那種事情怎能在大庭廣眾討論？我不知道現場有沒有認識我的人。妳跟我講的話，我一點心理準備也沒有呀！」

麗貝卡講話不再拘謹，放開了很多。

司徒素珊也放心了。

職場經驗告訴她，要提防太客氣和太熱情的人，對方可能一直戴假面具。

「我很樂意幫妳忙，但妳要幫我去幫妳。」麗貝卡要她去買一部全新的MacBook，什麼型號都可以，不要在Apple Store，不要二手，不要翻新，不要向店家留下個人資料，不要做開機設定，一定要付現金。帶這筆電在星期三下午一點前往坪洲的星夜冰室見面。

「妳告訴小珍我是怎樣找到她的嗎？」麗貝卡問。

「我說妳在自由愛工作後，她就沒再追問下去。」

「妳怎會找到這地方？」司徒素珊坐下後問麗貝卡。

「我小時有親戚住在坪洲，這冰室我幾乎每年都會來一次。即使外面的世界風雲變色到無法認出，這裡始終是老樣子。」

兩人點餐後，司徒素珊把筆電拿出來，交給麗貝卡接手。麗貝卡完成設定後，把筆電連接到附近一個名為「坪洲街坊」的個人熱點。

「這是什麼來的？」

「由某個街坊釋放出來，供年紀大不懂網路的街坊使用的免費公眾hotspot。」

司徒素珊不用問就猜到，麗貝卡的親戚仍然住在島上。

麗貝卡把一支USB插進筆電裡，快速安裝了VPN後，順利登入自由愛，不過，卻不是給一般使用者的介面。

司徒素珊看出這個神祕兮兮的玩意是給開發人員使用的後門。

「這是誰的帳戶？」

「我同事的。他正在放假，這些登入名稱和密碼他寫在memo紙上，貼在桌子旁邊。不過，用他的帳戶也不安全，公司會登記登入系統的IP address，也會記錄每個用戶搜尋過的自由愛帳戶。」

71

黑幫經過警方的嚴厲掃蕩後，收斂了許多，不再聯群結黨出動，改為打游擊戰。

曹新一不擔心黑幫，而是不知道大神叫他上去的理由。星期六晚上急召他，肯定不是好事。

他進去商業大廈登記時，聽從大神指示，填寫的不是大神公司的名字，而是他樓上的人事顧問公司。

只要訪客填寫的公司真的存在，就算上去收取保護費，管理員也不知道，當然，你不能穿得像蠱惑仔。

曹新一在二十五樓離開升降機後，再走一層樓梯到樓下。這種老舊的商業大廈在樓梯間和走廊都沒有閉路電視，既是缺點，也是優點。

大神的辦公室已經關上大門，裡面的燈也調暗了，曹新一按了門鈴後，大神從房間出來開門。

這時離六點還有三分鐘。大神的小房間裡有一個二十多歲，戴著口罩的短髮女子。

大神沒說這是三人會議，這人是誰？來幹嘛？

曹新一第一眼覺得她有點陌生，坐下來花了幾秒才認出。

「阿南，妳有事找我？」

她是另一間偵探社的偵探。曹新一和她不熟，只在某次兩個偵探社的聯合行動裡合作過，沒談過私事。她這人聰明，做事也靈活。

阿南遞出平板電腦給他看。「別告訴我這個不是你？」

照片裡的他在酒店門口，準備和紀曉芳幽會。從衣著看來，是幾個月前的事。

要盤問或羞辱一個人，手法很簡單：給你一張照片叫你解釋在做什麼。如果你沒講老實話，接下來就拿另一項證據來打你臉，去證明你大話連篇。

如果他否認，說不定阿南就拿前天的照片出來。

就算阿南沒有拿出來，曹新一也不打算撒謊。大神和偵探社合作無間多年，算是自己人，也不會害自己。

曹新一和阿南不熟，但如果阿南要對付他，不會約他上來大神的地方。

「是我沒錯，妳怎會想到要拍我？」

「我攤開來說好了，我們受一個客戶的委託，跟蹤他太太，發現她去過三次酒店，剛好三次你都出現。」

曹新一自問行事一向小心，不可能被發現，萬萬想不到會被行家認出，而且是「感情調查」，也就是捉姦。

阿夢說過，只要被她們這種人見過一次，就像被電腦掃描身體特徵和記錄細微的肢體動作，即使戴上口罩只露出一雙眼睛，也難逃法眼。

「對，我是去找她。」

大神和阿南交換眼神，像達成某種協議。

大神回過頭來對曹新一說：「謝謝你的合作，省下我們不少時間。這事阿南不會公開，但要搪塞另一個版本回去交差，所以，不管當是交換條件，或者幫我們幫你，你都要老實告訴我們發生什麼事。」

曹新一感謝兩人放他一馬，但事情無法輕易解決。他沒有能力在短時間內去虛構一個沒有破綻的故事去欺騙大神和阿南兩位行家，但要他說出祕密也是難事，那不只涉及他自己，也涉及紀曉芳。

這個祕密可能比他坐牢更不能被發現。

「那個ＯＬ比你大起碼十年，你是去做小鮮肉賣身嗎？」

大神的語氣輕鬆，但嚴肅的眼神不變，表示曹新一必須講真話。

「她是我的中學老師。我以為阿南會查到。」

阿南半晌後才反應過來。「沒有往那個方向去查，也看不出你們保持聯絡。」

「不，我們是幾年前在自由愛上重遇。」

大神雙眼瞪得很大。「你看她在自由愛的照片時會認不出她嗎？」

「她的照片加了很多效果，化妝也和以前不一樣。」

「你們第一次見面時不會認不出來吧？」

「本來認不出，但她開口時我就認出來。」

「她認不出你嗎？」阿南插嘴問。

「我的樣貌和以前很不一樣，現在大隻了許多，而且她是老師，怎可能記得每一個學生的外貌和聲音？」

「即使你認出她，但仍然和她去開房間，你不覺得自己很過分嗎？或者是去滿足自己在中學生時的性幻想？」

72

「能找到誰對美茵下手嗎？」司徒素珊問麗貝卡。

「有機會。妳知道她的帳戶名稱嗎？」麗貝卡反問。

「不知道。」

「沒關係。自由愛是個『行動定位』（location-based）APP，系統會記錄會員配對的時間和地點。妳知道她去約會的日期時間和地點嗎？一個就夠。」

小珍說過美茵見到那個混蛋的準確時間和地點，是在一個很冷的晚上，一個商場的門口。

「我只知道她最後一次的。」司徒素珊寫下小珍告訴她的情報。

麗貝卡根據時間（前後十分鐘左右）和地點（十公尺範圍內）找到五對經自由愛搭配的男女，但女方年齡符合的就只有一位。

麗貝卡把這個女人的檔案叫出來，裡面只有兩張照片，一張遮了上半臉。一張只露出左眼，不認識她的人不知道是誰，但身為母親的司徒素珊輕易認出她來。

美茵的代號是「烈酒一滴」，和她配對的男人叫「溫柔死神」，是不是溫柔不重要，但他確是死神。

溫柔死神在檔案照片裡沒有露出臉孔，但有幾張露出結實的胸肌和腹肌，另外兩張分別秀出手臂肌肉和頭部以下的穿泳褲全身照。

「玩交友ＡＰＰ竟然沒露臉！」司徒素珊不懂。

「有些女性約炮只要肌肉男，這人符合那個市場需要，但肌肉照可以是從網路上偷來。他的電話號碼是6字頭，可以是不記名ＳＩＭ卡。」

「我們豈不是無法把他找出來？」

「一步一步來就找得到，自由愛的全知能力不是浪得虛名。配對主要分成兩種，一種是條件配對，另一種是位置配對。讓我看看，妳女兒成為自由愛會員超過三年，要求的對象年齡都比她大至少三歲，大部份在三十以上……」

司徒素珊覺得，是因為家裡一直缺乏男人，所以美茵要尋找父愛或保護。

「……配對過的男生達一百四十六人。」

「天！」

「配對不代表會聯絡。真正有意義的數字是見面出來後的評分數量。七十二人……」

司徒素珊覺得不管是一百四十六或者七十二，都是難以想像的天文數字，自己就算做十輩子人也無法達成這個數字。

「評分是4.6。」

「評分是什麼意思？」

「是綜合身形、談吐、床上表現等，非常主觀，但使用者不會看到。」

那些數字代表的不管是自由還是寂寞，都不再重要，只是提供司徒素珊對女兒很不一樣的瞭解。

麗貝卡再來就是挖出溫柔死神的紀錄。

「他配對的人數只有一個，就是美茵。可惜美茵看不到零這個數字。」

「對，美茵很有戒心。」

「他和美茵見面後，就把帳戶刪掉，只在自由愛裡面保存紀錄，彷彿人間蒸發。我們常碰到這種情況。這種帳號是針對某個任務而成立，完成任務後就功成身退，大部份都是騙徒。」

「他假裝美茵的同學，而且能說出她和其他同學的名字。」

「竟然是這樣，那就不是一般騙局，而是精心安排！」

「妳有辦法把他找出來嗎？」

「當然可以。自由愛去年推出升級版，讓ＡＩ能進行環境配對，簡單來說，只要讓自由愛讀取你手機上的訊息，就可以找到配合度更高的對象。」

「那是讀取什麼訊息？」

「手機裡所有內容：聯絡人、電郵、行事曆、Wi-Fi Logger、用戶行蹤、所有妳說出得出社交媒體、即時通訊、ＳＭＳ、瀏覽器的書籤（bookmark）和歷史、打進打出的電話號碼、相簿裡的照片和影片，還有包括鏡頭和麥克風。我們不只知道每個用戶花多少時間在自由愛和其他ＡＰＰ上，我們也會記錄用戶的聲紋、他們的臉和他們打的每一個字。」

「太誇張了！誰會裝這種爛軟體讓自己的私隱蕩然無存？」

「妳不要低估人類對配對和約炮的需求。這是全世界最能滿足個人慾望的活動，沒有人能抗拒。身為一間擅長分析客戶背景的企業，你必須瞭解不同客戶的需要和難題，把他們分類，再針對不同類別的客戶發動宣傳攻勢，掃除他們使用自由愛的各種障礙。為了吸納新客戶，自由愛在行銷上有超乎一般人想像的做法。」

麗貝卡舉例說，自由愛在推出這個ＡＩ版前夕，和某個電視台聯手製作電視劇，內容沒有提及自由愛，只以網戀為號召，核心角色是一對夫婦和女兒。三個人各自在網路上找到對象（包括出軌），雖然期間出現大量磨擦，但兩夫婦最後和平分手，找到完美的戀人。女兒在同志女友的調解下，也諒解父母的決定。

年輕的導演利用日系電影的攝影和打燈技巧，拍出一部賺人熱淚的療癒系作品。自由愛的客戶數目和活耀度，在播映期間和其後連續兩個月都增加了超過兩倍。

「這就是故事的力量。」麗貝卡補充道：「現在是電視劇的盛世，是很多人的主要休閒活動，但大部份人都不會主動找經典作品來看，而是看市場上最多人談論的作品，發行商推什麼就看什麼，簡單來說，就是趕流行、追話題、看明星、享受娛樂、打發時間，頂多就是找情節不通或者不合理的地方，在網路上發表意見，把故事踩得一文不值，去證明自己比編劇和導演聰明，好讓自己高人一等。大部份人都不會去瞭解故事類型的演化和分析主題，更別說找出故事的隱喻，或者反思故事的訊息是對或錯。製片人往往在觀眾不知不覺也沒有抵抗下灌輸一套套價值觀讓他們潛移默化接受。」

司徒素珊覺得自己和美茵就是這種觀眾，只是單方面接收，就算批評，也只是停留在劇情層面。

「所以看過那部電視劇的觀眾都會覺得，人生裡沒有什麼比愛情更重要？」

「對。」麗貝卡說：「如果和另一半生活下去沒有愛情的感覺，就應該拋棄。很多人都說：『出軌關係裡沒人愛的那個人，就是第三者』。追尋愛，就是追尋自由和幸福，因此每個人都有追尋幸福的權利，這就是自由愛宣傳策略裡的核心價值。任何KOL提出反對意見，我們的網軍就會出動，批評KOL保守。在很多人心目中，『保守』和『過時』是同義詞，他們如果不想不合時宜，就會對自己保守的價值觀產生動搖。就算為了討好市場和潮流，假裝立場開放，也代表我們勝利。我們不管你們內心怎樣想，只需要大家創造一個符合自由愛的網路言論氣氛。」

73

「即使你認出她，但仍然和她去開房間，你不覺得自己很過分嗎？或者是去滿足自己在中學生時的性幻想？」

曹新一覺得前面的問題只是熱身，這才是大神真正想問的問題。他不只被脫光看得一清二楚，還要面對自己的陰暗面。

「我在約她出來前，就覺得她非常有性魅力，見到她本人我覺得更加有吸引力。」

「她當時的打扮？」

「短裙，露出漂亮的長腿，是我最無法抗拒的打扮。」曹新一的臉熱得像要逼他脫下口罩。

「她什麼時候認出你來？」

「我們離開酒店後去茶餐廳吃消夜時。她說從我低頭吃飯的動作和以前在學校時低頭寫字的動作一樣，雖然我不知道她具體是怎樣看出來的。」

「說不定她早就認出你來，只是找個適合的時機去說。」阿南平靜地說。

「有可能。」

「她怎樣跟你相認？」

「她叫我名字，我很驚訝地點頭。接下來我們沉默了一陣，她問我的近況。」

曹新一沒再說下去。這是他這輩子最坦蕩蕩也最尷尬的一天。

被判坐牢，他覺得自己沒錯，那只是因為自己沒有找到好的辯護律師，但和已婚的老師搞上，儘管沒有犯法，連他自己都覺得在道德上站不住腳。

可是，有些事情即使不道德，卻有一股魔力吸引他去做。

「我和以前認識的朋友都斷絕聯絡，難得找到願意接納我的人，像找到一根稻草，向她老實坦白經歷過的苦況。她說知道我以前的新聞，一直很擔心我，也說出當年離開學校的原因是不滿高層行事專橫，轉去商界後情況沒有多少改變，工作也沒有前途，加薪幅度很小。和大學同學結婚後，原本以為可以穩定下來，但丈夫長期出差，她非常寂寞。我們聊得愈多，就離以前的師生關係愈遠。」

大神伸手來拍他肩膀。「雖然你沒有親口和我們說，但你坐過牢的經歷應該全行都知道。不是我說出去的，我也是聽來的。」

曹新一早就有心理準備自己的經歷全行皆知，畢竟這個行業的存在價值就是調查，特別是打探一個人的底細。

阿南的眼神變得溫柔，大神也一樣。

曹新一自覺他的回答滿足了這兩個人的職業需要，忙拉開話題。

「阿南，疫情期間，身在外國的男人查太太的行蹤很常見嗎？」

阿南笑出聲音來。

「什麼在外國？我們反向調查他，那人現在和他的小情婦住在屯門的度假酒店。我估計他準備離婚，所以先下手為強，調查太太有沒有紅杏出牆，有的話就可以用通姦入稟（訴請）離婚，提出雙方的婚姻關係去到一個無可挽救的地步。」

74

司徒素珊沒想過一部電視劇和電影的背後原來用心險惡。她本來就對自由愛沒有好感，如今更上升到厭惡層面。

「這根本是洗腦呀！」

「流行曲早就在做這種事。安排新歌手唱情深款款的歌曲，讓大家以為他是專一的情聖。電視劇和電影也一樣。安排新演員擔綱演出向上爬的小子，讓大家以為他本人真的很刻苦，有理想，講義氣。很多以年輕警察為主角的電視劇，都為警隊招募新人。用青春偶像演出以黑幫為主題的電視劇，也讓大家以為江湖中人講義氣。影視劇可以為演員化妝，也可以是意識形態的宣傳工具。」

「自由愛的用戶，其實都是待宰羔羊。」

「不然自由愛怎會有免費版而且不斷升級功能？用戶的個資和私隱，就是自由愛最大的資產。可是小市民面對科技巨企，可以反抗的手段並不多，除非你不用社群媒體，不用免費的電郵服務，或不用智慧型手機。」

「怎可能？」

「有，但很少。也有很多人覺得個人私隱很重要，但約炮或找到夢想的對象更重要，不是理想而是夢想，所以，有很多人——不管男女——即使有另一半、有孩子也會出軌，他們不是不知道這樣做會破壞家庭，但就是因為不滿枯燥的生活而出來尋求刺激。人類不是完全理性的動物。愈是男人，愈是用下半身控制大腦，思考能力不是由腦容量而是由睪丸大小決定。」

司徒素珊知道男人的德性，一點也笑不出來。

麗貝卡一口氣喝了半杯水後繼續道：「我們做過內部調查，三分之一的活躍用戶結婚不到十年，新婚也不在少數。我們的ＡＩ可以預測一對夫婦在一年內離婚的機會率，也可以介紹兩性關係專家修補裂痕。」

「我知道，你們同時介紹能妥善處理離婚的專家。」

「因為ＡＩ幫我們更瞭解用戶。」

「其實是竊取個人資料去轉售給其他人。」

「任何企業都需要瞭解顧客的消費習慣，希望把競爭對手的客戶挖到自己這邊來。我們只是提供專業服務。」

司徒素珊突然有種想嘔吐的感覺。

「使用自由愛其實是失去自由。真正的大贏家，其實是自由愛和企業客戶。」

「妳可以這樣說，不過，如果沒有這種能自由讀取手機資料的自由，妳和我不可能坐在這裡，去找針對妳女兒的那個混蛋。所有事情都同時包含黑和白兩個部份，妳不能只要其中一個。」

「如果沒有自由愛，她從一開始就不會出意外。」

「不，她一樣會透過其他方法去進行性冒險，也許在學校，或者在工作場所，或者在酒吧、圖書館，或者其他我們不知道的地方。妳以為這種事是在二十一世紀才發生嗎？」

司徒素珊說不過麗貝卡。

麗貝卡打開在自由愛伺服器上的「溫柔死神」手機相簿備份。

「沒有正面照片。證明這人很小心。放心，我們不會找不到他。」麗貝卡的手指繼續在鍵盤上飛舞。「我們自由愛和合作的企業會記下他的ＩＭＥＩ碼（International Mobile Equipment Identity，國際行動裝置辨識碼，即「手機序列號」或「手機串號」）和這部電話的活動範圍，連結過的ＳＳＩＤ。他飛不出我們的掌心。」

麗貝卡把「溫柔死神」的message box找出來。裡面有個名為「Tiger team」的對話串含有超過萬則對話，麗貝卡毫不猶豫馬上點進去看。

「Annette Hung。電郵地址是Doctor1999@abcdmail.com」
「電話號碼是998××××，住在灣仔半山，很有錢，父母都是名醫」
「學校成績優異，拿一大堆獎學金，準大學生」
「自由愛重度用户。評分數量是五十八人」
「好飢渴」
「我駭進了她的帳户（附圖）」
「很拜金。IG上全是名牌貨（附圖）」
「她在自由愛的私訊說『要被粗長大硬狠狠塡滿』」

「Zoe Lau，電郵地址是……」
「評分數量二十三人，評分3.7」
「同事在LinkedIn上讚揚她的執行能力很高」
「也就是服從能力很高。你叫她做什麼，她就做什麼」
「朋友不多，但面面俱圓，內向型的人」
「喜歡喝酒」

「值得一試」

「Venus Ho。自由愛菜鳥，評分數量七人，評分4.3」

「非常漂亮，勝過最近十年的港姐冠軍，即使我一個名字也說不出來」

「學校風紀隊隊長」

「天主教女校Head girl，唸大學時回去向學妹提供升學輔導」

「這種人不好碰」

「性格分析指她其實是內向型，但能夠適應環境而僞裝成外向型，就像美國總統林肯一樣」

「常去Amazon買書，完美的內向型人格」

「有紋身，你們接不接受得來？」

「關燈就ＯＫ」

「我不行，一定要開燈」

「她最近失戀，非常寂寞」

「Macy Fong，評分數量三人，評分1.3」

「怎可能？這外貌明明是明星等級」

「部門主管，二十八歲」

「公司悉心栽培的intern，非常aggressive，目標很高，裁減下屬不留手」

「ＡＩ評這人沒有同理心，冷酷無情，什麼事都批評，但不接受批評。工作上也許會成功，但由於人際關係很差，在中年可能會遇到巨大挫敗，不宜成家」

「和她配對過的人都說她渾身負能量，想盡快離開」

「可是她很漂亮。」

「這個說和她上過床後非常後悔」

「原因？」

「沒說」

「我懂」

「她是我的同事，建議放棄」

「爲什麼？」

「她和玫瑰一樣，有刺」

「世界太小了」

「幸好有你說」

「之前有個女的是我女同事，很漂亮，每次我在公司見到她都會硬，但無法出手，很可惜」

「我也一樣，有兩個是我中學同學，一樣動不了手」

「有個是我朋友的妹妹，很多年前見過，但我不確定她是不是還記得我」

「碰到認識的人，一點也不奇怪，畢竟現在的人認識的人都很多，如果碰到這種可能認得自己的人，就不要冒被發現的風險」

「沒關係，看到你們的一分鐘報告和影片，我就覺得和我出屌沒有兩樣」

「收服了Annette Hung，兩次」

「收服了Zoe Lau，兩次」

「搞定了Venus Ho。六次」

「六次？你不如說十次！」

「第六次出來的是什麼？血嗎？」

「六次是指Venus。她很飢渴，坐在我上面一直搖。我多怕被她弄斷」

75

曹新一本來以為紀曉芳背著丈夫偷情，沒想到是互相欺騙。

道。「等一下，以我所知，就算男方提出女方的通姦證據，也無法省下贍養費。」大神

「沒想到你知道這點。」阿南娓娓道來：「現在有些人的做法不一樣，把對方通姦證據丟到網路上，甚至傳給對方的家人和公司群組，讓對方名譽受損，造成精神打擊，去增加自己討價還價的籌碼。這也是一種資訊戰，以資訊為彈藥去攻擊對方，同樣沒有煙硝，殺人不見血。有些受害者——不管男女都有——就是在疲於奔命下一蹶不振，沒有力氣處理長期的法律程序，只想盡快了事。科技方便偷情，同時讓分手變得更可怕。」

「見鬼，幸好我對這種男歡女愛沒有興趣，」大神用手按著胸口。「還是留在二次元世界裡好了，遠離恐怖情人。」

屁啦大神！你的二次元世界並不是普遍級的動漫，而是充滿豐乳肥臀的ＡＶ。你一點也沒有表面看來那麼純情。

大神轉過頭去問：「阿南，那份報告妳打算怎樣寫？」

「我不可能向上司坦白，他們一定不會按下來。我可以說她一個人去staycation（宅度假）玩。」

曹新一在前天見過紀曉芳，上一次是在三個月前還沒有疫情的時候。阿南貼身跟蹤了她三個多月？不，當然不可能，這會是天文數字的調查費。很有可能是在紀曉芳身邊安置了跟蹤器。

可是在當下的狀況，反問行家用什麼技術去調查，就是越過界線，而且人家還放了你一馬。

「這表示我欠下妳和大神的人情債，對嗎？」

「沒錯。」兩人異口同聲答。

見鬼，人情債比高利貸更難還清。你只能一輩子都在還債。

「我可以問阿南一個問題嗎？」

「你說。」

「除了約我以外，她有沒有去酒店？」

「沒有。」阿南換過輕鬆的口吻。「你是不是慶幸是她唯一的約炮對象？」

曹新一點頭，也忍不住苦笑。

「有沒有查到她丈夫是怎樣結識那個情婦？或者找到她背景？」

「嘿，這是你問的第二個問題了。」大神阻止他問下去。

阿南沒理會大神。「那女人二十五歲，是個空姐，但兩人不是在他出差時在機上認識，而是在自由愛上面。」

「妳怎敢斷定？」

「我們在自由愛裡面有線人，查到他們的紀錄。他們是ＡＩ配對的組合。」

「ＡＩ配對是什麼意思？」曹新一摸不著頭腦。

「你多久沒玩自由愛了？」

「自從和現在的女友住在一起，我就修心養性！把自由愛APP刪掉。」

「AI配對是他們去年由beta（測試版本）改為正式版時推出的新功能，非常成熟，只要你開放手機讓自由愛讀取其他APP的資料，讓自由愛的AI更瞭解你，就能找出和你匹配的對象。不只這樣，還能根據你的購物習慣、飲食習慣進行分析，比幾年前準確很多。只要用AI的名義，很多人就會覺得AI比自己更瞭解自己，而放棄選擇權，像認為自己沒有能力找到適當的工作或伴侶，把選擇權讓給AI。」

自從刪掉自由愛後，曹新一就下意識遠離相關的新聞，也完全脫節，反正他負責的幾乎都是商業案件。

「這技術聽起來太強大了，也太可怕了吧！」

「可是人有惰性，比起艱苦奮鬥，更希望不勞而獲。」阿南說：「坐在家裡等工作和伴侶從天上掉下來，不就能省下時間和精力嗎？在瑞士，所有政策都要公投。很多不願花時間和精力去思考政策的人，寧願要一個強勢政府，幫他們決定一切。說不定以後國家領導可以換成AI大數據或者演算法，不論用什麼名堂，就是『你們替我做決定，我不管怎樣，總之把事情辦好』。」

曹新一聽過很多客戶說過類似的話。

「回到我的情況上，我不用和她斷絕關係吧？」

「當然不用。」阿南答。「不過，你們最好想辦法更低調一點。有些客戶不相信調查報告說沒有發現，會委託另一間偵探社。其他行家未必會幫你保持沉默，如果和巫師有牙齒印（過節）的話，打擊你就等於打擊巫師。」

「更低調一點」是委婉的說法，與後面的話連結起來，意思就是「立刻停止」。

「明白。謝謝妳！」曹新一也不忘謝謝大神。「謝謝大神提供場地！」

「大神不只提供場地。」阿南輕輕搖頭。「我向他徵求意見時，是他說一定要幫你忙。」

曹新一沒想到自己的命運有一天竟然會由大神決定。

「因為你們一直給我很多生意。」大神說得很客氣。「特別那些你們自己應付得來卻讓我賺錢的生意。我們算是唇齒相依吧，你們出了事，我也不好過。不用把此事看得太嚴重，每個人都有不可告人的祕密。我不相信全香港只有你們兩個人做這種事情。」

巫師說要給生意照顧朋友，果然有道理。

「每個人都有不可告人的祕密」這句話更有道理，對吧，暗黑股評人金槍？

不過，那些生意再多，也無法償還他欠下大神的人情債，後者巨大到無法用錢衡量。

大神不只讓他欠下人情債，也知道他最不可告人的祕密。

大神就是透過提供平台來成為全香港最大的祕密交換中心。以大神的為人，雖然不會以此為把柄，但會對曹新一自己的心理狀況有更準確的判斷，就像自由愛的ＡＩ般。

76

司徒素珊和麗貝卡被筆電的畫面吸進去，目不轉睛，抬起頭時，已過了大半個小時。

她本來以為只是面對孤狼，沒想到竟然是一整個狼群，有分工和部署。

只要有人提到一個女生的名字（愈獨特愈好）、提供一個電話號碼或一個電郵地址，其他人就會相繼補充其他資料，包括出生年月日、住址、職業、興趣、工作地點、活動範圍、性格、家庭狀況、出沒地點、生活規律等，有時連她們的健康狀況（甚至包括月經週期）也能看到，神通廣大到不可思議，令人毛骨悚然。

接下來，他們就會討論這個女生是否符合「狩獵行動」的目標。

如果符合的話，就會有人向她出手。有個成員看來熟悉自由愛的演算法，只要摸熟這些女性的要求，並位於她開啟「位置配對」的範圍內，ＡＩ就會自然把她和他配對起來。

由於已篩走不會去開房間的女性，因此開房間的成功率超過百分之九十。其中幾個成員宣稱完成百人斬，目標是千人斬。

不是所有女性都需要先吃飯再去開房間，有些是直接辦事，節省時間。

像美茵那樣神志不清的，估計只是少數，但就算只有十分之一，受害者仍然數以百計。

這些男人會偷拍床上照片和影片，在群組裡分享，並附上連結和非常露骨的文字描述，稱為「一分鐘報告」。只要公開，殺傷力就和「色情報復」不遑多讓。

司徒素珊從來沒想過，自己拿到駭客認證，女兒卻成為其他駭客的獵物。

即使她曾經入侵過不同系統，但看到這些男人輕而易舉地把那些女性的私隱一項項挖出來，仍然覺得不可思議和不安。

這種內容早就存在於網路世界，但她不會主動找來看，她沒必要去看人性黑暗具體化的模樣。

就算是麗貝卡，也震驚得拿杯子的手不停顫抖，最後不得不放下。

這些混蛋挑選的目標都是大膽、性事開放但其實非常怕事的女性，這個看來矛盾的特質事實上很真實，像美茵雖然敢約炮，可是出了天大的麻煩也不敢告訴家人或報警求助。

「他們是怎樣知道那些女生的性格？自由愛沒有這種紀錄吧？」司徒素珊問。

「有的，我們公司會把分析客戶性格的任務外包給專門的公司負責，他們會把客戶粗略分成幾十種，細分的話去到一千多種。我肯定有個混蛋就是在那間公司工作。」

麗貝卡下載了整個對話串，不是用AirDrop，而是放進ＵＳＢ裡，再傳到司徒素珊的iPad中，兩個人分別看比較快。

沒多久，麗貝卡把MacBook的畫面轉給司徒素珊看。

「嘿，妳看這段對話串。」

「大家有沒有想過把照片和影片丟到暗網或成立Telegram聊天室賺錢？」

「反對，這有違我們成立的初衷」

「對，愈多人知道我們的存在，我們的風險也愈大」

「一旦走漏風聲，警方就要背負強大的社會壓力，到時會動員全部力量去把我們找出來。大部份網路犯罪集團的主腦落網，都是被防不勝防的臥底滲透和出賣，像Silk Road[30]創辦人Ross Ulbricht，雖然以比特幣處理買賣不會留下痕跡，但最後還是遭ＦＢＩ探員設局抓到」

「沒錯，你想轟轟烈烈玩一年半載後收皮[31]被送去坐牢，或者靜靜地玩兩、三年，甚至更久？」

「在這個快速變化的時代，誰敢訂下三年計劃？」

「我認同，但我不想三年後踎監（坐牢）」

「認同」

---

30 Silk Road：位於暗網的網店，以販賣非法物品見稱，有「暗網Amazon」之稱。

31 收皮：粵語俗話，可作多解，在此指「收攤」。

「明白」

「明白＋１」

「誰把內容拿出去賣錢，這個群組馬上解散。只要有人的身份被發現，這個群組就馬上停止運作。我們沒見過面，也不知道彼此的身份，這是最安全的做法。」

「同意」

「同意＋１」

「同意＋２」

「同意＋３」

「同意＋４」

「同意＋５」

「此外，萬一有人被逮捕，雖然無法透過出賣彼此來換取減刑，但不能肉隨砧板上，怎樣也要幫他爭取減刑」

「說得好」

「有道理」

「完全同意」

「所以，我有個建議：我們不會忘記組員對這個群組的貢獻，也需要互相幫忙。任何成員被捕，他可以透過辯護律師向法官說，如果被判刑，其他人就會把這裡所有囡囡的個人資料、圖片和影片都發佈到各大小討論區和暗網，務求同歸於盡。交換條件，就是律政司中止法律程序」

「同意」

「有沒有這麼容易？律政司和法官怎可能容易屈服？」

「法官很重視判刑對社會的影響，特別是受害者。如果所有受害者的名字曝光，不只造成第二次傷害，也會毀滅她們的前途。Blame the victim的文化會驅使網民千方百計把這些女生找出來，評頭品足，說她們淫賤，其他旁觀的不只幫不上忙，反而會落井下石。有些女人可以承受這種打擊，但不是所有人。只要有一個受害者有自殺意圖，政府就難辭其咎。我們只要點一根火柴，就可以燃燒整座山頭，把裡面的一草一木全部燒燬」

「就像手術雖然成功，但病人死了」

「我很清楚政府怎樣運作，不認爲政府會屈服，但贊成這個同歸於盡的核選項」

麗貝卡補充說：「從此他們沒再提到賺錢的事，可見他們並沒有笨到谷精上腦（精蟲衝腦）。要對付這種冷靜又聰明的人很不容易。我看過不少犯罪紀錄片，最難搞的不是窮凶極惡的黑幫老大，警方固然想幹掉他們，但黑幫的仇家多，比警方更想幹掉他們，因此往往沒有好下場。最難搞的是懂得自我保護的連環殺手，他們殺人後會穿州過省幾個月甚至躲起來幾年後才再犯，即使殺的人數不少，也很難找出來。」

司徒素珊被龐大的訊息量壓得透不過氣來，覺得自己的大腦運轉能力開始下降，只能點頭。

「我們要特別留意這個叫『藝術大師』的人，大家都是聽他說話，明顯他是這個群組裡的領導，我最希望把他找出來。」麗貝卡把他的名字在筆電畫面上反白。

「可是，既然說不會公開，美茵的照片和影片為什麼會流出？」

「話說得漂亮，但那些混蛋怎會聽？說不定他們發了很多影片到色情平台上賺大錢！」

「可惡！這伙人渣一開始時是怎樣聚集在一起？能夠看到更早的訊息嗎？」

「看不到三個月前的訊息，我看他們是用bot把舊的訊息自動銷毀。」

77

曹新一離開大神的辦公室後，買晚餐到尖東海傍坐下來，讓海風伴自己吃飯。維多利亞港對面是灣仔、金鐘和中環的高樓大廈。大廈樓頂的巨型廣告牌仍然璀璨奪目，彷彿疫情並不存在。

他一邊吃飯，一邊重新安裝自由愛。啟動後，才發現整個介面不一樣了，果然可以提供ＡＩ配對。

自由愛的技術提升了，不必再假借心理或性格分析遊戲之名去套取用戶情報，而是直接利用用戶的行為分析去歸納出相關資料，這必然更準確，因為玩遊戲時不少人會故意輸入錯誤答案。

自由愛能瞭解客戶的使用習慣，如果再加上小飛俠說的行為分析技術，這表示ＡＩ比你更懂你，掌握資料庫的大企業也比你更懂你。

那多可怕。

你自以為怎樣選擇是你的自由，一切隨心所欲，但其實只要連上網路，就脫離不了演算法，一切都是精心設計的商業邏輯，只是你就算被控制也不知道。

沒有多少人看的巨型廣告牌兀自閃動、變換顏色、播映廣告，彷彿是在展現資本主義結合科技後的強大力量。

□

在快午夜時，他回到酒店，幾乎要把房卡插進發出微弱藍光的卡槽，當然不行，這會自動開啟房間的燈光。

科技帶來的自動化，有時並不是使用者所需要的。

現在房間裡沒有亮燈，只有從外面照進來的光線，來自不同的霓虹招牌。

他今天才搬過來，不熟悉房間的佈局，只能用手機的手電筒功能照明。早睡早起的趙韻之睡在靠窗那張床上，像隻可愛的小動物。

她讓曹新一挑選床位時，到底是真的任他挑選，或者早就知道他會主動把靠窗那張床讓給她？

有沒有可能和自由愛一樣能洞悉他的想法？

他洗完澡換上睡衣後，蜷在床上。

雖然想睡，但腦袋仍然很活躍。

趙韻之有沒有可能知道自己的想法？知道自己的過去？如果把全部祕密都告訴她，結果會怎樣？

他不敢去想如果她接受不了的後果，那個衝擊太大了。她可以接受自己在外面有炮友，但無法接受對方是自己的老師。

不，也許她能接受自己和老師約炮，但無法接受自己有案底。

所以，永遠不能被她發現。

其實他更想找出另一條問題的答案：

以前他和她是分房睡，現在是在同一個房間裡。如果現在爬上她的床，她會怎樣反應？把他踢下床？或者讓他摟著睡？

可是他不敢用行動去找出答案。

78

坪洲碼頭不大，但前往香港島的下一班渡輪要在十五分鐘後，因此擠滿等候渡輪的乘客。

司徒素珊和麗貝卡在碼頭店面徘徊，海浪拍岸時發出像人的哭聲。

司徒素珊的心思很快又回到那個「溫柔死神」上。

他的照片只有腹肌。她對他的腹肌不感興趣，只想知道那人擁有怎樣的一張臉。是平平無奇或者面目可憎？她見到他時，會不會生出「你果然長成一副混蛋模樣」的想法？

一陣嘔吐的感覺湧上心頭，她一手按著碼頭外面的欄杆，把嘔吐物吐進海裡，引起途人側目。

「妳怎樣了？」麗貝卡趕緊撫她的背。

「沒什麼，我遇到壓力時就是這樣。」

79

曹新一披上外送公司的藍色制服，帶上保溫袋，在星期一晚上七點，前往堅尼地城海邊。

那裡有好幾間大受好評的高級餐廳和酒吧，即使在疫情下，也能吸引不少視抗疫如無物的中產豪客。他們不戴口罩，站在路邊抽雪茄，跟朋友握手和擁抱。

這些豪客似乎來自附近一個被一眾餐廳和酒吧圍繞、由三座高逾五十層的大廈所組成的私人屋苑「帝都」。

曹新一混進其他外送員之間，前往帝都最近海邊的那座大廈。

大堂的氣勢不輸高級酒店。天花板有兩層樓高度，吊著一個既奢華又張牙舞爪的水晶燈。牆上那張兩公尺寬的抽象派畫作像夜空般高深莫測。

管理員沒有問東問西也不需要他登記，指示他前往專給外送員乘搭而且有一條人龍的升降機，以免感染尊貴的住戶。

他前往三十四樓的某個單位，在大門密碼鎖鍵盤上輸入密碼後順利登入。

他不是用駭客技術，而是付真金白銀租下一晚。

這是大廈裡五間Airbnb的其中之一，在疫情期間，宣稱租金只需要以前的三分之一。

曹新一沒有心情去欣賞窗外的維港海景，或者室內的日式簡約陳設，也沒去使用洗手間裡的免治馬桶，反而是拉上全屋窗簾，用儀器確認裡面沒有偷拍器和其他可疑的網路裝置後，走七層樓梯到底下一個單位。從褲袋裡抽出一張紙出來，再按門鈴。

防盜眼後面有個人影在晃動，門打開一道小小的縫。曹新一把紙塞過去給那人後就離開，走樓梯回去Airbnb。

十分鐘後，門鈴響起來。

門外的紀曉芳穿著很普通的運動服，就算被鄰居碰到，也可以說在大廈裡跑樓梯。自中學畢業重逢後，曹新一和紀曉芳見面的地點除了第一次去茶餐廳以外，接下來都直接約在酒店房間裡面。他們小心翼翼，沒有合照，沒有一起吃飯，沒有在路上共肩而行。

就算用手機傳短訊，他們不只給對方取化名，內容也非常謹慎。身為保安專家，他要假設就算內容被發現，也不會給彼此招來麻煩。

她鑽進客廳時摸不著頭腦。「你怎會知道我住在這裡？發生什麼事？」

「妳忘了我的職業嗎？」

曹新一沒有時間可以浪費。現在是外送的高峰時間，他不確定有沒有人監視，也盡力喬裝，但一個經驗豐富又神經質的行動組偵探，說不定會記錄所有外送員的出入時間。

「我只能再停留十分鐘。」這會是他們第一次沒有魚水之歡的見面。「妳丈夫沒有離開香港，準備和妳離婚。」

他把所知道的事原原本本告訴她，一點也沒有掩飾，除了消息來源這部份。

他有時覺得，兩個人看過對方的身體，身體也結合過後，說話能較為坦白，這也是他覺得自己和趙韻之有一層隔閡的原因。

「我沒想過會發生這種事。」她忘記自己也是背叛者，只覺得自己被背叛，身體一直顫抖，說話時身體抖個不停。「我丈夫的公司幾乎是全男班。我認識他十幾年，他從來不打身邊女性的主意。」

「現在這個女性是用自由愛的ＡＩ配對出來的，不用他花時間去找，興趣完全匹配，用自由愛的說法，是近乎一百分的完美夢幻伴侶。」

她目光失去神采，像被從水裡捕上來的魚。「我現在的婚姻狀況可以維持多久？」

「視乎妳會不會採取行動。如果妳先生沒有發現我的存在，也許會按兵不動，但那個女人和她任職的航空公司都失去正常的現金流。她退租了在東涌的單位，如果不想搬回老家和父母同住，只有兩個解決方法。一是由妳丈夫出錢繼續兩個人住在屯門的酒店，但這不是長遠之道。最徹底的做法，是把妳趕走，取代妳的位置。妳要做最壞打算，萬一妳丈夫要和妳離婚，妳就要找地方住。」

偵探會提醒「感情調查」的委託人，知道另一半出軌後，「裝作沒事」跟「簽下離婚同意書」是兩個完全不同層次的問題。前者即使名存實亡，但可以讓婚姻狀態苟延殘喘幾十年，小孩也不一定發現，後者卻會製造財政問題，特別是處理兩人共同擁有的房子，和爭奪孩子的撫養權。

「他玩玩就好了，為什麼要這樣對我？」她用手掩臉。

換了在以前，曹新一會坐下來，把手搭在她肩上安慰她。可是在當下的情況，這種身體接觸會讓兩人的靈魂更接近，也更難離開對方。

「我們暫時不要再見面，免得他找到把柄去對付妳。也許妳可以評估妳和他之間的關係和財務狀況後，再決定下一步行動。如果妳要找私家偵探去搜集他的通姦證據就聯絡我。我介紹別家偵探社給妳，保證收費公道。」

曹新一覺得自己責無旁貸，一定要幫忙解決。

她抬起頭時，臉上全是淚痕。

「你們的偵探社不接嗎？」

「我有利益衝突，也無法客觀判斷。妳還有用自由愛嗎？」

「沒有了。」

「但電話上還有它的ＡＰＰ，對嗎？」

「你怎知道？」

「把它刪掉，以後再也不要用，以免被不知道什麼人在上面監視妳的行蹤。」

其中一個人就是阿南，雖然不知道她找誰拿到相關情報。

「我們什麼時候可以再見面？」她問。

「也許要很久很久以後。」

「其實你是指永遠不要再見面嗎？」

「對。」

窩裡。

「可以聯絡你嗎？」

「最好不要。」

她含著淚水注視他。他把手垂直，動也不敢動，不敢碰她，怕會不能自已。

她也沒有碰他，過了一陣，她默默離開，留下他一個在本應讓人度假，給人溫暖的小

當初他約炮時想得很單純，就算和自己的老師發生關係，就算對方是個有夫之婦，就算不能一生一世，也覺得可以瞞天過海好幾年，但現實是，這個遊戲涉及的並不只他們兩個人，因此規則並不是他們兩個人說了算。

如果他和她繼續見面，很有可能會面對難以預視的風險。他要在自己再次成為新聞人物之前盡快抽身而出，否則連巫師也救不了他。

比起被她丈夫發現，給兩人帶來毀滅性的後果，現在的結束方式並不算很糟。

80

司徒素珊花了一整夜，一邊把全部對話看完一邊做筆記。

她在裡面找到美茵的名字和相關資料，包括ＩＧ帳號、電郵地址、電話號碼、大學學系，在兼職（兼差）的公司名稱和住址等。

那些混蛋還去過她們家附近。

他們很清楚美茵的作息時間、工作時間和興趣，甚至比她這母親更清楚美茵的月經週期。

他們看到她在自由愛上很活躍時，「稱讚」她是「無男人不歡的淫娃」，並用上其他非常淫穢不堪的字眼。

而美茵只是眾多受害者的其中之一。

那個群組成員在三個月裡提過的女性名字一共有三百七十二個，能被找到背景資料的是三百五十一人，提議要出手的有三百二十七人，最終成功被約出來開房間的有二百九十八人。

這只是她數到的數字。

這裡面的女性有多少是自願？有多少和美茵一樣被騙？有多少人報過警？有多少人向那個互助組尋求過協助？有多少人像美茵那樣走上絕路？

誰說殺人一定要見血？這些人在謀殺人的靈魂，和在身體上捅刀刺下去沒有兩樣。

「放下，重新出發。」

互助組的宋小姐給的勸告根本是笑話！

司徒素珊沒打算通知她們最近的發現。那兩個人的想法就算遇到天打雷劈也不會改變，說不定一樣會跟她說：「找到又怎樣？報警的話只會傷害其他女性。我們對付不了這幾個男人。妳要忘記過去，重新出發。」

有些人醒來後，一樣可以倒頭大睡。

但她不能。

妳自以為擁有性愛自由，享受性愛自由，獲得性解放，但混蛋擁有的，是更徹底的、無法無天的自由。

她本來就不是一個樂觀主義者，以前覺得這世界被一片厚重的濃霧籠罩，現在她覺得那片濃霧比想像中更厚，而且是黑色的。

她每天碰到的男人，不管是在街上擦身而過的，在餐廳和交通工具上坐她旁邊的，或以前在工作上和自己共事的，在人人可見的面具底下到底是怎樣的德性？

81

電梯花了很久才爬上來，但沒有停下，而是繼續爬上頂樓，等到終於下來打開門時，曹新一沒有進去，反而衝去樓梯。

腳步聲驚動正往下走的紀曉芳。

她抬頭看他。他沒有走近她。兩人保持距離互相對視，眼角都盛滿淚水。

他用手勢示意她往下走。她搖頭，反而踏樓梯上去找他。他想拒絕，但無法抗拒。

兩人回去Airbnb裡。他沒有亮燈，就讓窗外的光線透過窗簾映進客廳裡。

他不用看清楚她的臉，他永遠不會忘記。

她終於緊緊抱著他，讓他感到一陣心痛。

他一直以為當她是單純的老師和炮友，可是，當他要失去她時，回望過去，發現自己在找到趙韻之之前，第一個把他從地獄拉上來的，就是她。

她知道他的過去，接受他的過去，即使他們的價值觀不一樣，即使他們註定不可能光明正大在一起。

如果沒有和她互相取暖，和趙韻之的無性戀關係也無法持久。

他們這個奇怪的三角關係，需要三個角色都存在才能成立，才能維持穩定。

雖然她是他透過自由愛的演算法找出來，但他們早就認識，感情也是真的。

不行，再這樣糾纏下去，他們兩人都會被毀滅。

他輕輕推開他，把頭頂的燈打開，希望大家冷靜下來。

她眼裡含情脈脈，淚水化掉她的妝容，這是他見過最漂亮的她。

可是，他以後不能再見她。

她拖他的手進去睡房，開始脫下運動裝，他懂她的意思，也跟著脫下制服。

他們以後不會再見，所以需要好好用身體留下最後一次的記憶。

第六章／長腿（2018/2020）

82

汪家禮認為自己的每一天，是在香港時間黃昏六點下班後開始。

只要到五點五十五分，他就會拿水杯去洗，再去洗手間。到六點整，他就像短跑運動員般起步，用皮鞋聲劃破走廊的平靜，引起部份同事側目。

在位列全球加班時間頭三的香港，同事都視加班為常態，很多人就算不願或不敢準時下班，也要在公司加班假裝勤勞。

汪家禮沒有時間和興趣留在公司長期作戰。如果升職須要付出更大責任，他寧願一直只做個初級職員。

那些對他側目的同事並不知道，他汪家禮即使不工作，也可以過得很好。他的家族在上環開海味（乾貨）店，隨時歡迎他回去幫忙。

他上班的理由，除了近距離和年輕貌美的女同事聊天以外，最重要的是，使用公司的資料庫。

這晚他本來有活動，但大前天晚上和女性的交流太過刺激，休息了兩天仍然覺得下體很累，只好取消，讓小弟弟好好休息。

那天他對那個叫「烈酒一滴」的女生冒稱是中學同學，邀請她去吃甜品。十個女生有九個無法抗拒甜品，「烈酒一滴」也不例外，在IG上貼滿和朋友玩樂時吃甜品喝酒的照片。

甜品店在夜間往往要搭枱（拼桌），男人沒有花樣可以搞。「去吃甜品」只是引誘女生乖乖跟你走的藉口，這是他從「搭訕藝術家」課程學到的成功把妹關鍵，第一步就失敗的話，後續只能回家DIY。

兩人去到甜品店門口果然看到長長的隊伍，他裝作失望，馬上提議改去「名燒」吃串燒。

那是他口袋名單裡的其中一家，備受好評，特色是用三黃雞[32]作材料，你說得出的部位都能做成串燒。晚上常有明星戴上帽子去光顧，包括一個沒長腦袋的年輕男演員背著廣受歡迎的正牌演員女友，戴帽和小三去吃串燒，結果被不齒其所為的食客拍照丟上網路引起眾怒。

32 三黃雞：指黃羽、黃喙、黃腳的雞，還要求皮膚也是黃的。

有故事或有新聞的店能讓人提起興趣，即使劈腿的娛樂新聞其實很無聊，但沒有故事沒有新聞的店更無聊。「名燒」因這事而聲名大噪，不少全男班的食客都指定要坐在那個男演員和小三坐過的座位。

「烈酒一滴」馬上答應跟他去「名燒」吃串燒，不奇怪。她在ＩＧ上貼過很多在串燒店拍的照片，特別是雞心、雞皮和雞軟骨，但他不能讓她曉得他摸清了她的嗜好，否則只會把她嚇走。

兩人一直吃得很開心，一碟碟串燒如流水般送來，如果不用這方法，她這種長腿淫娃根本不會和他約會。

喝了半杯酒後，她終於提出較像樣的問題：「你怎會去了英國？」

「家人送我過去。」汪家禮放膽說。

他不但真的在英國住過，也徹底調查過他冒充的那個同學鄧少琦。烈酒一滴在她的ＩＧ上詢問過那人的下落，但大家都說不知道。

倒是汪家禮花時間認真找鄧少琦的下落。那人移居英國後，入讀私立中學，很快就徹底融入英國的生活，ＩＧ內容都是用英文書寫。在大學時出櫃，現在和一個洋同學同居，早就和香港同學沒有來往，所以汪家禮可以放心冒認。

「我被送去倫敦那邊的寄宿學校。一個香港人獨自面對冬天下午五點天黑、夏天晚上八點天仍然亮的國家，而且還要適應在香港不必面對的種族問題，第一年最辛苦。我後來上大學——」

「你怎會比我早一年大學畢業？」

汪家禮知道她一定會問，所以準備了答案。

「我成績好，在英國跳班（跳級）。」這理由是他挖鄧少琦的背景時想到，那傢伙三年內跳了兩班，目前在一間投資銀行工作。

「為什麼不留在英國？」

「我比較喜歡香港。」

即使他在英國讀完中學和大學，也適應不了異鄉生活，特別是陰鬱的天氣，簡直令人失去生存的動力，所以畢業後迫不及待地一個人回流香港。

他講得頭頭是道，也充滿經得起深究的細節，因為這是他的親身經歷。

「你在大學讀什麼？」她問。

「人工智慧。」他撒謊道，這聽起來比「Computer Science」厲害很多。他敢打賭即使她媽媽從事電腦工作，她也不懂兩者在字面以外的分別。

果然她說：「很厲害呀！」但語氣非常冷淡。

這和說話委婉的英國人說「it's interesting」但並沒有多加追問一樣，其實只是敷衍。

他自知外表不夠吸引，內涵也不夠。沒有人對他講的話感興趣。剛開始和大學同學去酒吧時，他只是會走動的佈景板。後來發現，向同性朋友講黃色笑話會令自己大受歡迎，大家也喜歡聽他用尖酸刻薄的方式去描述大家認識的異性：「她是連她養的狗寧願餓死也不願操的醜女人」、「她和出租單車一樣誰都可以騎上去，但不用付錢」、「她的性需要和英國財政赤字一樣是無底深潭」。

可是賤嘴吸引不了異性，他只好對司徒美茵使出殺手鐧。

「我回到香港，才瞭解我父母親很會投資，連我也不知道父母現在到底有多少房產，但他們把其中一間換成我的名字，甚至連每個月的管理費、水費、電費、煤氣費和網路費等的帳單，和買新車的錢，父母親也會負責。」

「原來你是投胎KOL，那你不需要上班呀！」她說得很熱烈，但看不出是真心或者假裝。

他生下來就有房可住，不必像其他同事或他的上司般，需要努力存錢準備首期或者正在努力還錢給銀行。他不只每個月的薪水都可以盡情花，父母還會給他和月薪相同的生活津貼，他比他的上司和上司的上司過得更自在，也可以完全不必關注其他人擔心的衣食住行和其他社會問題，只需要把心思盡情放在吃喝玩樂上。

雖然家裡有錢，可是在公司裡，同事不清楚他的背景來歷，只知道他的職稱，就是出來社會工作不到三年的基層職員。幾乎所有人都可以差遣他，也可以把他罵得狗血淋頭，即使犯錯的並不是他。

不過，他從來不介意捱罵，而是抱著臥底的心態來上班，回辦公室是跟女同事聊天和欣賞她們的長腿，意淫她們，特別是在英國不容易見到的黑長直類型。

他曾經想過用deepfake把女同事的臉換在AV女優上面，但嫌麻煩只好放棄。

從小父親就告誡他，不要打在工作場所認識的女人主意，不是怕被人閒言閒語，而是那些女人都是別有用心的social climber，只想利用他攀上更高的社會階層。

父親只相信「竹門對竹門，木門對木門」的傳統觀念，本來打算安排他和一個香港朋友的女兒相親，但他拒絕。他不想被婚姻約束，被一個女人控制他的生活，就像大姊牢牢控制姊夫。那個高大的男人對矮小的大姊言聽計從，比狗還聽話。

其實母親對童年時的自己同樣嚴厲，大姊只是用同樣的方法對付姊夫。有時他覺得父母親是可憐自己年幼時被母親狠狠教訓和體罰，所以才送房子來彌補他的心靈創傷。

「做人不能遊手好閒，那是浪費人生。」他對「烈酒一滴」說得大義凜然。

「你們家除了投資，還有其他生意嗎？」她的眼神沒有醉意。

「近年在英國開『中超』，就是中國超市。」他不提海味店，否則被她找出是哪一間就麻煩，寧願虛構故事。「入口中國貨，像柴米油鹽，客戶群是移居去外國也要吃家鄉菜的華人。」

「你為什麼不接手？」

「這種出入口買賣生意幾十年如一日，我沒有興趣，妳也沒有吧？」

「不，我有興趣。」「烈酒一滴」的眼睛發亮。「我會把這種生意變成網店，肯定大有可為。這是外國人不懂也無法插手的業務。」

他幾乎忘了，她讀工商管理，而且去過挪威做交換生，想法和一般女大學生不一樣。

「我家有很多房子，如果妳要找便宜的地方住，可以找我。」

有些入世未深的女性聽了這種話，馬上就會對他獻殷勤，但「烈酒一滴」始終對他不來電，不願意和他去開房間，找很多藉口。「很累」，「不舒服」，最後更乾脆說「姨媽到」。

他心裡很氣，幾乎想衝口而出：「少騙我，妳上星期才在IG說姨媽來經痛到痛不欲生，所以我等到這天才行動。」

這晚兩個人吃串燒花他超過一千塊。錢不是問題。自從他知道她存在，去過她家樓下確認過她不是照騙而且是他喜歡的長腿妹後，為了瞭解她背景，冒充是她同學，策劃和她見面，他花了兩個多星期。

不錯，有些事情花錢就可以，但用自己的聰明才智去誘騙一個女性，最後做一件她不願意也不為法律所容的事，而他也不必負上責任，得到的滿足感無法用金錢去衡量。

他從一個多小時前和她見面開始，下體已經鼓起來，需要進去她裡面，釋放自己的DNA，不能再忍下去。

「不如下星期我們再見面。」她說得不好意思。「哪天你有空？」下妳老母！不是「鳥從籠裡飛走就不會回來」，而是這種偽冒身份的見面，不可能有第二次，甚至，不能被她拍照，幸好她沒有提出來。

早上他拿她今天的自拍照給ＡＩ分析，她明明心情大好，需要找人打炮去滿足性慾，所以他利用後台技術，在自由愛上面發了一張雪糕優惠券給她，引誘她來這個地區，遠離她的生活圈。

他也查過幾個和她要好的朋友和同事，她們都沒來過這間串燒店。碰到她們的機會率很低，適合他下手。

有沒有可能那個ＡＩ照片分析結果出錯？

不管怎樣，身為一個不輕易投降的男人，就算ＡＩ出錯，他也有他的方法。

「老同學無所謂，妳有空再找我吧！」

他保持堆砌出來的和顏悅色，讓她放下山頭大石。

然後，趁她去洗手間時，他把藥粉藏在掌心，撒進她的酒裡。

在昏暗的燈光下，其他食客不會發現。這種靈活操作在人多到要搭枱的甜品店裡就無法派上用場。

接下來，他用WhatsApp向時鐘酒店Paradise訂房間。他早就用匿名方式把幾千塊錢存入幾間時鐘酒店的帳戶裡，成為ＶＩＰ會員。

Paradise很快回覆說留了房間給他，他隨時可以上去。

他的下體變得更加硬，開始幻想操她的畫面。

她回來後，他說不要浪費食物，叫她一起把剩下的串燒吃光。

她沒有拒絕，乖乖吃完串燒，也順理成章把酒喝得一滴不剩。

這藥要半小時才見效。他故意不挑五分鐘內見效那種。一個女生在吃串燒時突然不醒人事，連小孩也知道發生什麼事。

他用鈔票付錢時，她問：「為什麼不用電子支付？找錢很花時間。」

「我很重視私隱，不喜歡用電子貨幣留下數位足印。」他答。「為什麼要被大企業知道個人消費習慣？」

店員找錢很慢，也沒有笑容，像用懲罰方式教育他下次別再付鈔票。

他倆離開串燒店後，她的藥力開始見效，腳步開始放軟。幸好走過去Paradise只需要五分鐘，她這種纖瘦身形的囫圇他能輕易應付。這是他只挑五十公斤以下纖瘦型的理由。沿途碰見好些男女對他和靠在他肩上的她投以奇異目光，但很快就別過頭去。

83

他把她丟到床上時，她已經失去意識，任由他擺佈。

像她這種有臉有腿的女性，如果要花錢的話，少說要三千五。

他不缺錢，就算一萬塊錢等級的，不管是香港的高級私鐘妹（外送茶）、台灣的名模級外送茶、東京吉原的女帝/聖女高級泡泡浴他都玩遍，但出來做的都有一套SOP，就像用同一套劇本的AV，劇情、對白、體位全部一樣。他喜歡素人和新手的青澀，那給他源源不絕的新鮮感。

他把眼鏡脫下，放在床邊的掛牆層板後，戴上一個和一隻指節差不多大小的智慧頭戴式攝影機，掛在耳邊。即使頭部猛烈晃動，攝影機也會緊緊套牢，不會鬆脫。

這玩意的唯一缺點，就是和眼鏡同時配戴的話，在他做激烈運動時會發出碰撞聲，所以要脫眼鏡。

他要好好記錄每一次活動。很多拍攝者惹上麻煩，就是忍不住讓自己入鏡，或者在自己家拍。他沒有這興趣。在這個沒有鏡子的房間裡，主觀取鏡不會拍到自己，免煩。

他把手機改為靜音後，放進背包裡，以免震動時發出聲響令自己分心。

只要被餵了藥，人就像死屍般沒有反應。有些玩家喜歡死屍多於活人。他討厭死屍，或者反應不大的女性。只有反應激烈的、叫聲很大的，才能讓他感到刺激。

面對眼前這具死屍，他化憤怒為衝擊，一下下猛烈撞進去。

——妳這種女生就是賤貨，不要裝清高！

——妳這個只想騙吃不願陪老子上床的臭女人，老子要好好教訓妳。

他在她身上的動作只是機械化地進進出出，希望能盡快完成。

ＡＩ性格分析報告只提到這種女人開放，沒提到她們的固執，實在是很大缺失。

就在他快要一洩如注時，放置眼鏡的層板居然鬆脫掉下來，他的眼鏡跟著下墜。

他忍不住叫了出來，在她身上的運動稍稍停止，但他很快繼續抽插，希望完成最後的釋放。

不過，他向前衝的氣勢遭破壞，再也無法感到興奮，反而感到有點累和力不從心。

她的藥力只能維持一個小時，從吃藥到丟她上床中間花了二十分鐘，要預留十分鐘給她穿衣服送她走，中間只有三十分鐘。

時間流逝得很快，他不斷看手錶，確認剩下三分鐘無法釋放後，他當機立斷把不軟不硬的子孫根抽出來，不浪費多餘的體力，開始善後。

她很快就要醒來，即使未完全清醒。

她不會報警。她不是這種人。她只是隻好奇又貪吃的小白兔，就算吃錯食物拉肚子，頂多只會告訴自己下次不要亂吃。

不過，小心駛得萬年船。他必須趕在她醒來前帶她離開。不是他大發慈悲不想留下她一個人，而是不能讓她發現去過時鐘酒店。她對在自己身上發生的事愈一無所知愈好。

她的衣物不多，但他還是花了點工夫才幫她一一穿上，就算扣錯鈕釦也不管了。

媽的，女裝比男裝複雜好多。

他沒時間去找眼鏡，反正沒戴眼鏡一樣能離開。

他們回到大街時，她仍然神志不清，頭髮亂七八糟，但夜裡誰會留意？

就算有，但誰會攔他下來問？

即使是同一座城市，只要在夜裡就變成另一個世界。很多人都會自保，不會強出頭，可以閉嘴就閉嘴，就算看見也會當看不見。

就算遇到警察截查也不怕，他說得出她的一大堆背景資料，包括姓名、住址、出生年月日、上過的大中小學、住址，甚至她媽的姓名，全部都是真的。

除非她報警，警方就會知道是他，但機會近乎零。

路上風平浪靜，最後他頭也不回把她丟在快凌晨一點的大街上，一間便利店附近，遠離閉路電視。希望其他人會撿她回去再玩好幾遍，好把今晚發生的事情全都算到他們頭上。

這才是他把她從時鐘酒店帶到街上進行「女性共享」的真正意圖。

他走到幾條大街外，伸手招計程車，但不是直接回家，而是叫司機載他去最近的地鐵站——即使最後一班地鐵已經開出，然後再招第二架計程車回家。

他不會給外人機會輕易找到自己，所以他即使有架具備自動駕駛功能的私家車也從來不會在獵艷時開，而且，警察喜歡在夜裡抓非法改裝的車輛。

第二天，沒有新聞報導提到發現女屍。

汪家禮也沒有再聽到她的消息。

為了報復這個讓他白白浪費了一個晚上但無法滿足的死臭西（西是女性生殖器的髒話），他把她的影片和照片丟到討論區上，和大家分享。

群組裡的人也許會認得她的名字，但誰說下手的一定是他們這個群組裡的人？很多人都拍這種照片和影片，甚至拿去賺錢。

她這種出來玩的女性本來就要面臨風險。

為免被人從照片的Exif找出地點，他特地清掉那些資料。

汪家禮每星期都會玩這種狩獵遊戲。在這社會，你不是獵人，就是獵物。

飾演哪個角色，是從你出生那一刻的社會地位來決定，不是後天努力就能改變。

很多人自以為是獵人、想成為獵人，但最終會發現他們其實也不過是獵物。

84

汪家禮一向討厭開會，除了和自由愛的團隊開。他們的成員，只要不是處理技術，外貌都非常亮麗，不像是來開會，而是來參加配對。

自由愛今天多了一個人來開會，後台技術總監麗貝卡，她的容貌比其他女同事更出眾。汪家禮想像她生氣的樣子，也在腦海裡意淫她。

如果能在自由愛上找到麗貝卡的帳戶，他就有辦法和她配對，做他想做的事。就算身為管理層，她也是個有感情和性慾的女人，說不定家裡有皮鞭、震蛋和按摩棒等玩具。他很希望和她一起玩。

身為工作團隊裡的small potato，他只是坐在最後排的佈景板，在無後顧之憂下，老實不客氣地在筆電上調查她的背景。

開完四十分鐘的會議，他對她的認識，不比她那張電子名片上的資料多，就是英文名字、電話號碼、電郵和辦公室地址。她像懂得隱身術，只留下極少數碼足印，不讓人查到她的過去。

他回到座位時很失望，就像發現好不容易在一間米其林三星餐廳訂了明天的座位，幾個小時後卻發現餐廳因周轉不靈突然宣佈明天就要結業。

幸好他的二號手機顯示出「你有個完美配對」的訊息。

這種訊息他收得多了，而且這個「完美」只是宣傳用語，實際上可能只有八十分，他是工程人員怎會不知道。

他不在意分數，這個叫「薔紅」的女人從照片看來比麗貝卡更加漂亮和年輕，職業是瑜伽老師，照片裡的她能夠輕易做出他說不出名堂的高難度動作。

他喜歡有運動細胞的女人，她們在床上像永不言累，有些甚至能控制身上每一塊肌肉，連陰道肌肉也可以收放自如，只怕他應付不來。

為免被「照騙」，他把薔紅的照片拿去圖片搜尋，沒發現是偷來的。不得了，這是真人，是AI把她和他連上。

雖然這張照片可能經過美圖修飾，但不管怎樣，始終是個意料之外的驚喜。

他沒有笨到拿薔紅的照片去問組員打探底細，這是他的豪華晚餐，只供他一人獨享。

85

汪家禮和薔紅交換了不到二十條訊息後，約在跑馬地一間老牌法國餐廳見面。那個地點位置僻靜，附近有間四星級酒店。他曾經在一個跑夜馬（晚上舉行夜馬賽事）的晚上，在窗邊對著馬場策騎胭脂馬，衝線時的滿足感不輸冠軍騎師。

他提早十五分鐘抵達餐廳。

雖然薔紅訂了桌子，但過時間三十分鐘後也沒有出現。

其實他在過時五分鐘後見不到她，也沒收到她的訊息時，就知道自己被騙。不過，對方除了騙自己的時間以外，並沒有騙自己什麼。

不，桌子是對方訂的，說不定這是另一種商業操作。用美女照片在自由愛上面約你吃飯，你在餐廳坐下來點了紅酒，就不會輕易離開。如果你餓的話，就乾脆留下來吃晚餐。

你老母！這種新型態的詐騙操作，令人防不勝防！

餐廳裡有其他來約會的情侶，從他們互動的表情和社交距離判斷，既有熱戀的也有剛相識的男女，另外，也有幾個女人坐在四人桌，就是沒有單身的。

他想像過薔紅其實在不知什麼地方偷偷觀察他，但他買單後也沒發現有女人跟在自己後面。

他對薔紅有性幻想。即使她的照片肯定不是本人而是從不知哪裡找來，或者是ＡＩ構成的照片，這張臉根本不存在，甚至和他聊天的其實只是ＡＩ。

他今晚也要拿她的照片去deepfake，好好發洩心頭之恨。

他本來以為這天最不幸的事，是被人耍，沒想到更不幸的事在後面。

他在餐廳附近被兩個看來一點也不像警察的中年便衣警察截停和查身份證。他們甚至給身份證拍照，當他是罪犯來辦。

「這一帶的治安不好，沒事就別過來。」有個阿sir跟他說。

「可是我覺得很安全呀！」

「這區兩個大佬為選話事人（黑幫的地區領導）爭崩頭，隨時開片（開打）。」警察把身份證還給他時說。「見你青靚白淨，一個不小心被斬傷就不好了。」

86

三年前，麗貝卡被一間獵頭公司約見，看來像情報販子的獵頭顧問說：「自由愛願意付出多百分之五十的薪酬挖角妳。他們會提出很多奇怪的問題。我建議妳老實作答。」

她身經百戰，但仍然問：「會是怎樣的奇怪問題？」

「妳到時就會知道。祝妳成功！」

她懷疑顧問根本不知道題目內容，只是在裝腔作勢。

雖然她已經有心理準備，但坐在自由愛三個高層主管面前時，仍然要努力不讓對方發現自己感到緊張。

「妳是自由愛用戶嗎？」

「是，不過我開帳戶只是好奇。」

「妳有沒有配對過？」

「有，但沒有和他們交換過訊息。」

「為什麼？」

「我只有興趣瞭解自由愛，但沒有興趣用這種方式認識朋友。」

傳說自由愛近乎無所不知，他們要找出她的帳戶輕而易舉，也可以從她的配對紀錄和訊息內容，確定她沒有講大話。

三位面試官沒有太大反應，中間那位說：「在這裡工作的管理層，不能夠用自由愛的服務，對妳來說應該不是問題吧！」

當然沒有。

可是，不能使用，怎樣去體會用戶的感受？

麗貝卡沒有提問。大企業不喜歡問東問西的僱員。

她對自由愛的經營理念（對外）和管理哲學（對內）沒有興趣，只想趁年輕時賺愈多錢愈好。

87

她在第二天就收到錄取通知。

入職後，她發現所屬部門的中階管理層和她一樣都是無性戀者，這從外表上看不出來，但跟他們和她們共事久後就知道。這個族群沒有伴侶，也沒有意圖去找，人生裡沒有成家立室和約會這些選項。

自由愛只僱用他們這種人的意圖非常明顯：即使自由愛只是測試版，但一般人在近距離目睹自由愛配對的神力後，都會忍不住從資料庫裡找對象拉到自己身邊。

只有無性戀者不會利用職權影響系統的運作。

後來人事部經理告訴她，凡事總有例外。

所有無性戀者都說自己坐懷不亂、對愛情沒需求、永遠忠於伴侶，但人非草木。有些人住在銅牆鐵壁的城堡的理由，就是還沒有見到能撥動自己心弦的那個人，一旦兩人認識，就會把城堡炸爛，不惜一切走到一起。

這種情況連ＡＩ也無法預測，最後人事部要強逼相關人等自行離職。最離譜的是有個無性戀同事利用後台私下為客人配對謀利，最後不只要辭職，更遭公司提出民事控告「竊取商業機密」，要賠償公司一筆大錢和解才不把事情鬧大。

麗貝卡不清楚公司怎樣找出賺取外快的同事，也許是從監視銀行和電子貨幣帳戶的現金流發現。

所以，怎樣找出「溫柔死神」，需要非常謹慎。

她不知道他的真正身份，但只要他的手機安裝了自由愛ＡＰＰ，自由愛的系統就會記得這手機，就算他換了另一張ＳＩＭ卡，甚至把手機還原為出廠狀態也沒有用。

只要自由愛記得這手機，就一切好辦。

她先買了一部新手機，建立虛擬帳戶，再利用後台偽造配對的狀態，發出配對的訊息給他，約他見面。

只要不是頻繁做這個動作，自由愛的ＡＩ未必會偵查到。

她認識一個叫司武志信的私家偵探，曾經做過記者，知道很多匪夷所思的調查手法。她約他見面，但沒有把所有事情都告訴他，只說想找出那個人的身份。

「既然妳可以約他出來，那就容易了。」他自信滿滿地道：「最簡單直接又快捷的方法，就是最好的方法。」

他找到兩個做過臨時演員的男人，也有辦法拿到偽造的警察委任證（電影道具，只需要把自己的照片塞進去）。

雖然冒充警察是嚴重罪行，但坐牢對這兩個人是家常便飯，值得為幾千塊錢生活費冒險。

「妳安排他去跑馬地這間餐廳。附近沒有酒吧，不會有人醉酒鬧事。警方每晚只會在六點前巡邏一遍。」

那天司武志信和她都在現場觀看，但主要目的是留意有沒有軍裝警員意外出現。她沒有通知司徒素珊，不是怕司徒素珊身為美茵的母親而且高得顯眼，容易被那些人認出，而是沒這需要。

麗貝卡雖然在場，卻是白色襯衫打領帶加長褲的中性打扮，再加上帽子和鬍鬚，就不會在男人的雷達上出現。

拿到那傢伙的中英文全名、身份證號碼和出生日期後，她順藤摸瓜透過航空公司、

LinkedIn、網店等機構找到他的電郵地址、住址、電話號碼、公司名稱、職稱、收入、興趣等其他資料，就像她上次只憑小珍在司徒素珊Facebook上的一句留言，就找到她的ＩＧ帳戶，繼而找到對方就讀的學校和學系。

汪家禮這種人只想獨霸好處，不會在群組上分享從嘴邊溜掉的艷遇，也沒有分享遭遇。他的組員也是抱同樣想法，因此，同一套劇本，順利在他們身上一一上演，除了「藝術大師」。她找不到他。

麗貝卡自掏腰包付出「調查費」和「演員費」，覺得這就是為在自由愛工作而買的贖罪券。

可是，為自由愛這種公司出賣自己的靈魂，其實不管買多少贖罪券也無法獲得救贖。

88

麗貝卡把七人小組裡其中六個人的完整背景資料，連同群組最近兩個月的對話內容文件檔放進ＵＳＢ裡。

這次會面的餐廳位於港島半山，地點非常隱蔽，是麗貝卡的瑜伽老師介紹的。侍應全是菲律賓籍，顧客以外國人為主。

麗貝卡坐下不到五分鐘，身材高挑的司徒素珊就像一根黑柱般向自己走過來。

兩個多月不見，她渾身上下只有黑和灰兩種顏色，及肩長髮剪短變成及耳。整個人的氣場完全不一樣。

男人也許會覺得這種打扮很神祕很有藝術家氣質很有吸引力，但麗貝卡看到的是，司徒素珊的世界失去了其他色彩，只剩下一種顏色。

點了下午茶後，麗貝卡拿出MacBook Air直入正題。

陳德東：27，在劏房獨居，APP freelance設計師，代號是「一等良民」……

柳漢華：42，在政府部門任職，已婚，有一個小孩，代號是「段皇爺」……

趙克健：25，未婚，客户服務主任，耳機評論YouTuber，代號是「沉默的巨龍」……

鄧偉：30，在科技公司擔任顧問，單身，在群組裡代號是「魔童」……

司徒素珊指著鄧偉的名字。

「他的英文名是不是叫Will？」

「對，妳怎知道？」

「我之前找到這個人，以為是他向美茵騙炮，但小珍說他的身高不符，所以我們以為搞錯了，沒有再查下去。」

麗貝卡解釋道：「這就是天網恢恢，疏而不漏。只要做過，就會被找到。」

司徒素珊點頭，繼續看下去。

林世賢：35，在醫療用品公司任職，離婚，沒有小孩，代號是「積木人」……

汪家禮：25，單身，在「自由愛」的分公司任職資料庫管理，代號是「朝霧」，也就是自由愛裡的「溫柔死神」……

藝術大師：身份不明，但似乎是頭目，大家都聽他指揮。

司徒素珊花了十幾分鐘把這份二十多頁的PDF仔細看完，這些混蛋都不在自由愛裡上班，各人拿到一部份來自自由愛的資料，但合併後加起來就頗為完整。

「妳找得非常詳細。」她估計麗貝卡也是用同樣的方式把那些混蛋的資料整合起來。

「別忘了自由愛的強項就是查出一個人裡裡外外的一切情報，可惜藝術大師的身份始終找不到。他神祕得像隱身在黑洞裡的蝙蝠。你聽見牠拍翼，知道牠在飛翔，但看不見牠，不知道牠在什麼地方。最奇怪的是，他不是自由愛的用戶。」

「怎可能？」

「他也許有其他方法可以使用自由愛的服務，或者直接讀到內部資料。最怪的是，我沒發現他向女性出過手。」

「那他在這個群組裡做什麼？」

「他可能人在外國，或者是個老人，或者傷殘人士，總之足不出戶。」

司徒素珊握著茶杯的杯柄。「太戲劇化了吧？」

「他也可能是另一個人的分身，一人分飾二角。」

「雙重人格嗎？」

「不，這樣其中一人提出的建議就會馬上有另一人帶頭贊成。」

司徒素珊眼睛發亮。「有道理。沒有政治手腕的我不會想到這種做法。」

麗貝卡輕拍她的手。

「妳本性善良怎會想到。我本來以為這些人的背景會出現驚人的一致性，像連環殺手般孤僻，甚至沒有像樣的工作，沒想他們的背景都非常良好，教育程度高。雖然職位不同，但工作都和資料庫有關。」

「我也以為有些是無業遊民，沒想到全部都有正當的工作，反而是我失業。」

「妳只是在換工作，不是失業。」麗貝卡馬上安慰她。「一個獨居失業又中年喪女的女人很容易因為失去存在價值而做出蠢事。「這六個人不曾在同一間公司工作過，加上背景、年紀、職業等都差異很大。除了透過網路，不太可能有其他方法認識。現在我們知道他們的背景，也能從自由愛去看他們的對話，可惜無法交給警方。」

「妳覺得警方抓到他們後，那個藝術大師真的會以手上的名單要脅法官或者律政司嗎？」

「機會很大，但我認為政府不會妥協，然後他們會啟動那個核選項，這件事馬上會成為全球的熱門話題。網民只在意影片的真實性和娛樂性，所有是非對錯都給拋開。那些女孩會被嘲笑，淪為男人自慰的工具。如果連名字也流出，她們會被肉搜，那些個性內向、軟弱、怕事的女孩都很可能一個個步上美茵的後塵。」

雖然餐廳裡冷氣充足，但麗貝卡說完也不禁取出吸油面紙來吸汗。

她當天答應幫忙司徒素珊時，本來以為自己要對付的只是一匹狼，沒想到其實是一個狼群，但狼群並不是最糟的，一群拿槍的人類才是食物鏈最頂層的動物。任何成為人類目標的物種，下場都會很悲慘，不管是農場裡的家禽家畜，或者森林裡擁有一對雪白象牙的大象都一樣。

勢孤力弱的人，下場同樣悲慘。

「我不能讓這些混蛋再去傷害其他女性。」司徒素珊的眼神仍然銳利。

麗貝卡很清楚，司徒素珊的意思雖然是阻止，但真正想做的其實是報仇。

「那些人看來正常不過，但其實都是危險人物。妳長得再高，但他們是男人，力氣怎樣也比妳大，動起手來，妳毫無勝算，說不定會把妳殺掉滅口，再同心協力處理屍體。我看過這些人的心理分析報告，不會低估他們做壞事的決心和能力。」

「放心，我不會亂來。妳說他們身邊都有大大小小的物聯網裝備，像電動滑板、智慧喇叭、藍牙耳機，似乎可以輕易入侵。」

「沒這麼容易吧？」

「很多物聯網裝備的保全都不怎麼樣，像這個電動滑板我覺得是零保全，任何人都可以輕易登入。現在很多科技公司為了爭先推出物聯網裝備，往往忽視安全，而大部份的人為了能廉價享用高科技產品，也不太注意安全。我可以通過這些漏洞去動手腳。別忘了，我是個fast learner，只要想學一項技術，沒有人比我學得快。」

麗貝卡相信司徒素珊的豪語。如果她不是女人或者不合群，早就可以升職。兩樣加起來，只能註定這輩子懷才不遇。

「我會以保護自己為大原則，」司徒素珊說。「也不會讓自己的身份曝露，更不會連累妳。」

被連累是麗貝卡最擔心的事，所以「如果妳需要幫忙，就聯絡我」這句客套話，她並沒有勇氣說出口。

89

「那道門沒有第三者出入，連deepfake的機會也可以排除……」

曹新一和紀曉芳分手，魂不守舍了兩天後，才重拾調查的腳步，坐在床上，和坐在另一張床上的趙韻之討論案情。

雖然他會和趙韻之跟紀曉芳討論案情，但對兩個人講的內容不一樣。

紀曉芳知道他的背景和職業，所以他能講很多，對趙韻之他只能講一部份。

可是，紀曉芳對他的案件興趣不大，能給的意見不多，相反，趙韻之很感興趣，也能提供寶貴意見。

有時他覺得和趙韻之之間有一層膜，如果兩人有肌膚之親，也許就能撕開這層膜。

如果告訴趙韻之這想法，她一定會反駁說他只是想佔自己便宜。

趙韻之不知道在他腦裡運轉的內容。她盤腿坐在床上，素著一張臉思考案情。

「問題一定是出在死者身上。」她的腿很長很瘦，彷彿很容易被折斷。

「沒錯。」曹新一故意不去看她從短褲裡露出來的長腿。她說過討厭他色迷迷的目光。「他跟劏房老闆說他和父母在車禍中受重傷。有沒有可能他講的不是大話而是真話？」

「當然有可能。」

「妳認同就好了，我可以下定決心進去醫院管理局的系統裡查他們的紀錄。」

「你能進去？」

「醫院管理局提供「醫健通」（www.ehealth.gov.hk）服務，方便私家醫院和診所等醫療機構查閱病人在公立醫院的醫療紀錄。只要獲得病人授權，就可以把紀錄叫出來。即使他們一家人都已經死去，但在醫院管理局裡的檔案並沒有刪除。」

「但你怎樣獲得死人的授權？」

「我們當然有辦法。」曹新一沒向她解釋，這就是巫師常說的「讓餐廳出錯」。

「我有個同學的父母親都是醫生，說不定可以找她幫忙。」

「不行，事情不像電視劇說的那麼簡單。編劇不懂電腦保安和稽查（audit）。診所每一次登進去看，都會留下閱讀紀錄。如果這事被發現，就算那個診所說被人盜竊了帳戶去偷看，也會被批評為無法保障病人私隱而留下污點。」

「還以為這種事情可以神不知鬼不覺。」

「當然不是。你登進電腦系統和網站後，每一個動作都被監視。」

「要怎樣做才不會被發現？」

「找一個懂醫管局系統的傢伙，從後門進去資料庫，把資料偷出來。」

「怎可以這樣？」趙韻之露出驚訝的表情。

曹新一覺得趙韻之這種循規蹈矩的人，雖然有偵探頭腦，但沒有旁門左道的想法，因此無法勝任偵探的工作。「如果合法的話，妳覺得可行嗎？」

「好像可行。你懷疑那個死者講什麼大話？」

曹新一打開筆電，「等我找到實實在在的證據再告訴妳。」

90

Zigma是香港著名的ＩＴ公司，在ＢＶＩ[33]註冊，自成立以來，一直以低價去搶政府和大企業批出的合約工作。

為了節省成本，Zigma以低價聘請合約員工。他們沒有福利，沒有升職機會，沒有加班費，也沒有在職訓練，所有任務都要在限期前完成，否則會反過來被扣減薪水。

這種工作適合需要累積經驗的大學畢業生，或者被辦公室政治搞到焦頭爛額寧願獨來獨往、完成合約就走的老鬼。

員工雖然被剝削，高層卻是賺大錢，每年領幾百萬花紅，而投資者也認同這種嚴格控制成本的經營策略。

Zigma雖然在業內無人不識，但臭名遠播，或者反過來說，雖然臭名遠播，但在業內無人不識。

司徒素珊擔任程式設計師的第一個僱主就是Zigma，累積兩年工作經驗後就離開，由於紀錄良好，因此二十年後以低於市價的薪酬標準向他們求職馬上獲得面試機會。

他們不計較她的年齡，對她的家庭生活沒有興趣，除非合約要求，否則不需要求職者拿到專業認證。他們只需要一個具備即戰力的員工。

Zigma這字是「品質管理」（Quality Management）中「六標準差」（six sigma）的

sigma的變體。在項目管理的領域裡，資源短缺和限時完成的代價，就是品質難有保證。

Zigma的辦公室搬過好幾次，始終在工業區。以前大部份外包工作都是去客戶的辦公室上班，其後遠端控制技術成熟，現在只需要在家工作。

只要出席面試，久違的嘔吐感，就會回到司徒素珊體內，所以這天她不吃早餐，寧願餓肚子上場。

面試官叫Clara，比司徒素珊年輕很多，估計不到三十歲。她散發出年輕人才有的天然美貌和氣質，不是中年人能裝得出來。

司徒素珊經常懷疑是不是只有自己這種已屆中年、還有幾年就到更年期的女人才會特別留意其他女人的年齡，比較自己在外貌上與她們的差異。

「很多從Zigma畢業的人都會回來工作，」Clara說：「也許只是幾個月或者幾年後，但像妳這種相差二十年的，我是第一次見。為什麼想回來Zigma？」

「四十多歲的developer不容易找到工作。」司徒素珊直接說。

---

33 BVI：The British Virgin Island，英屬處女島是廣受歡迎的離岸註冊地，公司毋須繳稅，也不受外匯管制，需要披露的公司資料也極少。

「放心，Zigma是個大家庭，歡迎大家隨時回來。」

這句話刺激司徒素珊的腸胃有想吐的感覺，但被壓抑下來。

Clara的臉轉向電腦畫面，電話回到滑鼠上。

「妳女兒好大了呀！」

司徒素珊記得當年向公司隱瞞自己有女兒，試探地問：「我來時已經生了？」

「這裡說有天妳打電話給女兒的學校，記錄在系統裡。」

天，原來有個同事偷聽她講電話，並暗地通報人事部。

想不到當年自己就被同事出賣，而且要多年後才知道。

是誰？

那些臉孔她沒一張能想起來。他們只是她人生裡的過眼雲煙，卻有不小的惡意。

人心險惡。

更險惡的是，即使是差不多二十年前的事，一旦記錄在系統裡，彈指間就能找出來。

她不難想像到美茵發現自己的照片和身份在討論區被公開的感受。這些人生污點會如影隨形，一輩子也無法抹乾淨。

「妳女兒出來工作了嗎？」

「她去了很遠的地方。」

「外國留學很好呀，畢業了就不要回香港。這裡除了炒樓和金融，其他行業都難以發展。」

司徒素珊沒有接話。

Clara說Zigma很缺人，懂得一大堆技術的廉價勞工司徒素珊鐵定會拿到offer，視乎主管安排她負責哪一個項目。

比司徒素珊想像的還要順利。

這工作的收入不到她高峰時的一半，但她看來就像失業多時，落魄得要馬死落地行，什麼工作都要找來做。

沒人會懷疑她回來Zigma的理由。

但沒人知道她回來Zigma的真正理由。

《復仇女神的正義　上》完

國家圖書館出版品預行編目資料
復仇女神的正義／ 譚劍 著.
——初版.——台北市：蓋亞文化，2024.02
面；公分.（故事集；34）

ISBN 978-626-384-091-1（上冊：平裝）

857.81 113001440

故事集 034

復仇女神的正義 ㊤

作　　者　譚劍
封面插畫　森森
裝幀設計　張巖
責任編輯　盧韻亘
總 編 輯　沈育如
發 行 人　陳常智
出 版 社　蓋亞文化有限公司
地址：台北市103承德路二段75巷35號1樓
電話：02-2558-5438　傳真：02-2558-5439
電子信箱：gaea@gaeabooks.com.tw
投稿信箱：editor@gaeabooks.com.tw
郵撥帳號 19769541　戶名：蓋亞文化有限公司
法律顧問　宇達經貿法律事務所
總 經 銷　聯合發行股份有限公司
地址：新北市新店區寶橋路二三五巷六弄六號二樓
電話：02-2917-8022　傳真：02-2915-6275
港澳地區　一代匯集
地址：九龍旺角塘尾道64號龍駒企業大廈10樓B&D室
電話：+852-2783-8102　傳真：+852-2396-0050
初版一刷　2024年2月
定　　價　新台幣370元
Published and printed in Taiwan

GAEA
ISBN 978-626-384-091-1